L'ange de la Tamise

Aux Éditions J'ai lu

LA FAMILLE BUMGARTEN

1 – L'ultimatum
N° 13489
2 – La fille au doux secret
N° 13539

BETINA

KRAHN

HÉROS MALGRÉ EUX – 1

L'ange de la Tamise

Traduit de l'anglais (États-Unis)
par Anne Busnel

J'AI LU

Titre original
HERO WANTED

Éditeur original
Zebra Books, published by
Kensington Publishing Corp.

Pour deux merveilleuses jeunes femmes
que j'aime et que j'admire :
Kristine Lord Krahn
et Dorlinda Stone Carlson.

Merci de nous éclairer le chemin.

1

Printemps 1880

Lauren Alcott et son fiancé canotaient depuis dix minutes quand, dans un coude de la rivière, leur barque heurta quelque chose.

Secouée, Lauren dut s'agripper aux plats-bords pour ne pas perdre l'équilibre.

— Nous avons touché quelque chose, dit-elle.

— Oui, à l'évidence, rétorqua son fiancé.

Il essaya de dégager une rame pour repousser l'embarcation loin de l'obstacle. Son visage rougit sous l'effort, et il se rendit vite compte que les rames étaient fixées aux dames de nage par des chevilles métalliques. Apparemment, l'entreprise de location en avait assez de perdre du matériel au fil de l'eau.

Lauren détourna le regard en faisant semblant de ne pas remarquer qu'il était aussi agacé qu'elle.

À cet instant, un cri fusa non loin. Lauren pivota vivement.

Une barque venait de se retourner au milieu de la rivière, projetant les deux occupantes dans les eaux froides, gonflées par les pluies de printemps. Lauren poussa une exclamation en voyant les malheureuses se cramponner tant bien que mal à la coque.

— Il faut faire quelque chose ! s'exclama-t-elle.

— Vous voyez bien que nous sommes coincés et que je fais ce que je peux pour nous dégager, grogna Rafe Townsend.

Il tira de plus belle sur les rames, ce qui fit saillir ses muscles sous sa chemise en coton.

Lauren reporta son attention sur les deux femmes. Leurs jupes en corolle gonflées d'air les aidaient un peu à flotter, mais le tissu allait vite se gorger d'eau. L'une d'elles avait lâché la coque et risquait d'être entraînée vers le fond.

Lauren réfléchissait à toute allure. Même s'ils parvenaient à s'approcher, ils n'arriveraient jamais à les tirer vers la berge. Elle scruta les environs. Il n'y avait personne à proximité immédiate.

Elle jeta un regard anxieux à son fiancé. Pourquoi ce nigaud était-il en train de se battre avec les rames, au lieu de sauter à l'eau pour aider ces deux femmes en détresse ?

Elle ne connaissait pas bien Rafe Townsend. Ils ne s'étaient rencontrés qu'en de rares occasions depuis leurs fiançailles. Mais jamais elle ne l'aurait cru capable de regarder deux femmes se noyer sans lever le petit doigt !

Grand, blond, plein d'allure… au début, il lui était apparu comme le parti idéal. Les Townsend avaient fait fortune dans le commerce deux siècles plus tôt. Ils n'avaient pas de titre, mais il y avait plusieurs chevaliers parmi leurs ancêtres. Rafe avait été à l'université. Il était cultivé, lisait des œuvres latines, grecques et françaises dans le texte. Très fier de son impeccable pedigree, il avait approuvé ces fiançailles parce qu'il considérait Lauren comme un parti « acceptable ».

Mais elle était en train de découvrir que le très séduisant et très distingué M. Townsend avait des défauts, et non des moindres.

Du côté de la barque renversée, les cris se faisaient plus désespérés.

Sans plus attendre, Lauren se leva, déboutonna son chemisier amidonné et le jeta dans le bateau. Puis elle arracha sa ceinture. L'extrémité gifla le visage de l'éminent lettré qui la regardait bouche bée et n'avait pas eu la présence d'esprit de se baisser.

Son cri outré fut couvert par les appels des deux femmes et le bruit des éclaboussures.

— Mais qu'est-ce que vous... Vous n'allez quand même pas... ? bégaya-t-il.

— Il faut bien que quelqu'un fasse quelque chose !

Lauren le fusilla du regard, avant de laisser glisser sa jupe qu'elle piétina allégrement.

— Tenez bon, j'arrive ! cria-t-elle.

Le jupon rejoignit la jupe au fond de la barque. Dieu merci, elle ne portait pas de corset.

M. Townsend détourna pudiquement le regard lorsqu'elle apparut en chemise.

— Franchement, mademoiselle Alcott ! Pourquoi ces sottes sont-elles sorties en bateau, si elles sont incapables de naviguer ?

Ces sottes ?

Si Lauren hésitait encore, ce mépris inqualifiable la décida. Dans un plongeon gracieux, elle se jeta tête la première dans la rivière.

Une seconde plus tard, elle refit surface et se mit à nager, dans un crawl si précis et fluide qu'elle ne laissait presque aucune éclaboussure dans son sillage.

Derrière elle, Rafe Townsend protestait en postillonnant sous l'effet de l'indignation.

Sans s'occuper de lui, Lauren fila en direction des deux femmes. Elle rejoignit à temps celle qui commençait à dériver, la ramena vers le bateau, puis récupéra l'autre, plus âgée, juste au moment où ses forces la trahissaient.

Le froid lui engourdissait déjà les membres. Il lui fallut toute sa détermination pour nager jusqu'à la rive la plus proche, entraînant la femme alourdie par ses vêtements trempés. Elle avait l'impression de remorquer une baleine !

Enfin, elle parvint à la hisser sur la berge et la positionna sur le flanc pour l'aider à recracher l'eau avalée. Puis, après avoir vérifié qu'elle respirait normalement, elle se jeta de nouveau à l'eau pour aller chercher la plus jeune.

Ses forces s'épuisaient. La jeune fille était de plus forte corpulence et lui parut peser deux fois son poids. La ramener sur la berge fut une véritable épreuve physique, et Lauren comprit pourquoi lorsqu'elles s'effondrèrent toutes deux sur le sol sableux : les deux femmes portaient d'énormes tournures, un corset et un nombre incalculable de jupons.

Quelle idée d'aller faire du bateau dans un tel accoutrement !

Empêtrées dans leurs vêtements mouillés, les deux femmes se redressèrent péniblement et, en larmes, tombèrent dans les bras l'une de l'autre.

Lauren ne tarda pas à apprendre qu'elles étaient mère et fille, et qu'elles avaient décidé de faire cette sortie en barque pour se rappeler les bons moments passés avec leur mari et père, récemment décédé.

Elles avaient loué une embarcation, oubliant au passage que c'était toujours monsieur qui avait manœuvré le bateau lors de leurs promenades dominicales.

Quelques curieux s'étaient approchés. Un bon Samaritain proposa des couvertures à Lauren. Elle en enveloppa les deux femmes, leur frotta les épaules pour les aider à se réchauffer.

— Est-ce que quelqu'un a du cognac ? demanda-t-elle aux badauds.

L'un d'eux hocha la tête et rebroussa chemin.

Lauren s'agenouilla près de la mère. Celle-ci releva la tête et balbutia :

— Merci infiniment... mademoiselle. Je ne sais pas ce qui... J'avais les bras si ankylosés que j'ai lâché la rame. Et quand j'ai voulu la récupérer...

— Tout va bien, maintenant. Vous êtes en sécurité. Plus de peur que de mal, dit gentiment Lauren en caressant sa joue glacée.

Quelques instants plus tard, elle vit son fiancé accoster non loin, parmi les touffes de joncs. Il sauta sur la berge et s'approcha en sautillant pour ne pas salir ses belles chaussures italiennes dans la vase.

Puis, l'air scandalisé, il ôta sa veste doublée de soie et la tendit à Lauren.

— Enfin, mademoiselle Alcott, vous n'avez donc aucune pudeur ?

Lauren réalisa que sa chemise trempée lui collait à la peau, soulignant chaque courbe de son corps. Rafe Townsend était rouge tomate. Peu importe qu'elle ait sauvé deux vies au péril de la sienne. Il était manifestement plus perturbé par l'exposition de son anatomie que par la vision de deux femmes luttant contre les flots.

Après tout, ces *sottes* l'avaient bien mérité, non ?

Comme il tentait de la couvrir, elle le repoussa sans ménagement et se releva pour aller récupérer ses habits dans la barque.

Il lui emboîta le pas.

— Je n'ai jamais rien vu d'aussi inconvenant. C'est... ahurissant !

Furieuse, Lauren déposa la pile de vêtements sur la berge et entreprit de se sécher à l'aide de son jupon.

— Je vais vous dire ce qui est ahurissant, monsieur Townsend. C'est que vous soyez resté assis sur votre auguste séant à regarder deux femmes se noyer, parce que vous refusiez de mouiller votre précieux pantalon. Voilà ce qui est proprement ahurissant !

Tout en parlant, elle avait avancé de trois pas, et il avait reculé d'autant. Au ras de la berge, il se mit sur la pointe des pieds pour ne pas enfoncer ses talons dans la vase.

— Voyons, je ne pouvais pas vous abandonner au milieu de la rivière, protesta-t-il. Cela n'aurait pas été raisonnable. Je devais d'abord songer à votre sécurité. Il... il faut avoir le sens des priorités, mademoiselle Alcott !

— Vous vous servez de moi pour excuser votre lâcheté ? Comment osez-vous ?

— Moi ? Moi... un lâche ?

Il glissa un regard en direction des curieux groupés autour des deux femmes.

— Vous allez trop loin, articula-t-il d'une voix assourdie.

Lauren plissa les paupières.

— Trop loin ? Non, pas tout à fait.

Là-dessus, elle lui donna une bonne poussée. Déséquilibré, il battit des bras tel un moulin à vent, puis bascula et tomba dans l'eau à plat dos.

Le bruit des éclaboussures fut couvert par les cris et les rires des badauds qui les observaient.

Toussant et crachant, Rafe Townsend remonta sur la berge.

Sans réfléchir, Lauren fit glisser la bague sertie de rubis et de brillants qui ornait son annulaire, la jeta à ses pieds.

— C'est terminé, monsieur Townsend. Après ce qui vient de se passer, je ne vous épouserai pas, fussiez-vous le dernier homme sur terre !

Lauren franchit la grande porte d'Alcott House et déboucha dans le hall, son jupon trempé roulé en boule sous le bras, sa tournure à la main. La structure d'osier heurta l'échiquier en marbre posé sur la console, renversa plusieurs pièces.

Le majordome, qui passait par là, s'arrêta dans un sursaut et considéra d'un air ébahi les cheveux mouillés de Lauren et ses vêtements boueux.

— Mademoiselle...

— Où sont-ils, Weathersby ?

— Hum. Votre père et votre tante sont dans le salon, mademoiselle.

Quelques secondes plus tard, Lauren faisait irruption dans le salon où Lawrence Alcott et sa sœur Amanda Perrix, petite dame dodue aux bonnes joues roses, étaient occupés à leur activité préférée du dimanche, respectivement la lecture et la broderie.

Il fallait leur annoncer la nouvelle avant qu'elle se ravise. Rafe Townsend était l'héritier et l'étoile montante de Townsend Imports. La rupture de l'alliance entre les deux empires commerciaux allait déclencher un coup de tonnerre cataclysmique.

— Je voulais vous dire... j'ai rompu, déclara-t-elle.

— Qu'est-ce que tu as rompu, ma chérie ? s'enquit sa tante sans lever le nez de son cercle à broderie.

— Mes fiançailles. Avec Rafe Townsend. C'est terminé.

Son père releva la tête en écarquillant les yeux.

— Quoi ? s'exclama-t-il.

— Bonté divine ! murmura sa tante.

Lauren affronta leurs regards tandis que leurs cerveaux intégraient la nouvelle, dissipant la léthargie dominicale. L'instant d'après, son père se leva d'un bond en jetant son livre sur le sofa. Il réalisa soudain dans quel état elle se trouvait et considéra d'un air horrifié ses cheveux emmêlés, son chemisier froissé et sa jupe humide.

— Mais... que t'est-il arrivé ?

Une explication s'imposait.

— Je viens d'apprendre que M. Townsend, en plus de se croire supérieur à ma personne et au reste de l'humanité, présente des tares rédhibitoires. Pour n'en citer que quelques-unes, il est arrogant, imbu de lui-même et férocement égoïste. Envisager de l'épouser suffit à me donner une crise d'angoisse.

— Qu'a-t-il fait ? Que s'est-il passé ?

M. Alcott avait traversé le salon pour prendre les mains glacées de Lauren dans les siennes.

— J'ai toujours eu des réserves à son égard. Il est tellement guindé, il se donne toujours de grands airs... Chaque fois qu'il ouvre la bouche, c'est pour juger quelqu'un ou critiquer quelque chose, afficher son mépris ou exprimer une contrariété.

— Tu parles bien de Rafe Townsend ? À ma connaissance, c'est un jeune homme très bien élevé, cultivé, distingué. Un tantinet ambitieux sans doute, comme son père, mais tout le monde s'accorde à reconnaître que c'est quelqu'un de bien. En affaires, il est connu pour sa parfaite intégrité.

— Un homme ne se résume pas à son sens des affaires ou à ses bonnes manières, j'ai le regret de vous le dire, papa. D'autres qualités plus subtiles entrent en ligne de compte, comme la compassion, l'empathie, la générosité. En outre, cet homme est un pleutre ! Quand les gens ont besoin d'être secourus, il regarde ailleurs...

— Oh ! Vous avez chaviré !

— Non, pas nous, dit-elle en dégageant ses mains. Deux femmes qui faisaient du bateau sur la rivière. Elles étaient en train de se noyer sous nos yeux, et quand j'ai demandé à Rafe Townsend d'intervenir, on aurait pu croire que je lui réclamais la lune ! Il est resté les bras ballants pour ne surtout pas prendre le moindre risque.

— Et pourquoi es-tu mouillée, ma chérie ? demanda tante Amanda.

— Il a bien fallu que j'agisse à sa place. Ces femmes étaient emportées par le courant, à bout de forces.

— Tu... tu as sauté à l'eau ? bredouilla son père, stupéfait.

— Oui.

— Tu as risqué ta vie pour sauver de parfaites inconnues ?

— Oui ! J'ai réussi à les ramener sur la berge. Ensuite, tout ce que M. Townsend a trouvé à dire, c'est que je manquais de pudeur. Parce que je m'étais débarrassée de ma jupe et de mon jupon. Au lieu de me féliciter et de se réjouir que ces femmes soient encore en vie, il a eu honte. Comment voulez-vous que j'éprouve le moindre respect pour un individu aussi égoïste ?

Elle recula d'un pas, puis de deux.

— Maintenant, si vous voulez bien m'excuser, je vais aller prendre un bain chaud et me changer. Je suis glacée jusqu'aux os.

Laissant son père et sa tante se perdre en conjectures, elle tourna les talons, gravit rapidement l'escalier. Une fois dans sa chambre, elle referma la porte, donna un tour de clé et eut un petit frisson en se remémorant l'expression furibonde de son père. En temps normal, Lawrence Alcott était un homme calme et pondéré, mais poussé à bout, il entrait parfois dans des colères tonitruantes.

Elle n'eut pas longtemps à attendre. La poignée de la porte tournicota furieusement, puis un poing cogna à plusieurs reprises contre le battant.

— Lauren Elena Alcott, ouvre tout de suite cette porte ! Tu ne vas pas t'en tirer comme ça, ma petite. Ton comportement était complètement irresponsable !

Bang, bang, bang. Il était vraiment fâché.

— Je prends un bain, papa. J'ai très froid. Je redescends dès que je suis prête, promis !

Elle se précipita dans sa nouvelle salle de bains, alluma la chaudière qu'on venait d'installer. Elle n'avait pas menti : elle grelottait. Néanmoins, l'appréhension l'envahit à mesure qu'elle réalisait ce qu'elle venait de faire.

Sur une impulsion, elle avait pulvérisé son avenir et la fusion tant espérée de l'East Anglia

Trading, la compagnie de son père, avec la société d'import de Horace Townsend. Une alliance que son père avait mise au point avec l'habileté d'un diplomate royal, en veillant à peaufiner chaque terme du contrat.

Elle se dévêtit, s'enveloppa dans une serviette et s'assit sur le rebord de la baignoire aux pieds griffus en attendant que l'eau chauffe. L'expression indignée de Rafe Townsend lui revint en mémoire. N'avait-il donc aucune grandeur d'âme, aucun esprit chevaleresque ? Que faisait-il de la charité chrétienne ?

Elle avait bien fait de se jeter à l'eau pour sauver ces deux femmes.

N'est-ce pas ?

— Voilà le résultat de tous ces bains de mer qu'elle prenait pendant les vacances ! tonna Lawrence Alcott qui, le visage rubicond, arpentait rageusement le salon.

— Elle a quand même sauvé la vie de deux personnes, objecta Amanda. Le problème, je crois, c'est qu'elle n'a pas vraiment eu voix au chapitre au moment des fiançailles. De nos jours, les jeunes femmes ne supportent plus d'être troquées comme des meubles. Je te l'ai dit à l'époque, souviens-t'en, Lawrence.

— Cela fait deux ans que je négocie cette fusion. Lauren le savait depuis le début, et elle n'a pas protesté.

— L'aurais-tu écoutée si elle l'avait fait ?

Les mains jointes dans le dos, Lawrence faisait les cent pas devant la haute fenêtre qui laissait entrer les rayons du soleil.

— Et tous ces livres, bougonna-t-il encore. Elle en a toujours un à la main. Ce n'est bon ni pour les yeux, ni pour la posture, ni pour la stabilité mentale. Ça lui met toutes sortes de notions stupides en tête. Quel est donc ce roman imbécile dont elle nous rebat les oreilles ?

— *Ivanhoé*, de sir Walter Scott.

Amanda eut un petit sourire qui camouflait mal sa jubilation. Elle adorait avoir raison et conclure une conversation par un « je te l'avais bien dit ». Surtout avec son frère aîné.

— Ce ne sont pas ses lectures qui sont à incriminer, Lawrence. Plutôt ton indifférence aux sentiments de ta fille, ainsi que tes manigances incessantes pour damer le pion à Horace Townsend. Et aussi, je dois dire, les regrettables lacunes du jeune Townsend. Pour ma part, je trouverais intolérable d'unir mon destin à celui d'un homme mesquin. Mes défunts maris étaient tous d'une grande richesse morale.

— C'est bien toute la richesse qu'ils avaient, marmonna Lawrence.

— C'est vrai, admit-elle avec un petit soupir. Ils n'avaient pas le sens des affaires, mais nous nous en sommes toujours tirés. Et tous deux ont été heureux de pousser leur dernier soupir dans mes bras.

— Je n'en doute pas, grinça Lawrence, qui n'avait jamais caché ce qu'il pensait des époux successifs de sa sœur. Il faut que je raisonne Lauren et que j'envoie un message à Townsend pour le voir de toute urgence. J'imagine que je vais devoir faire des concessions. Peut-être va-t-il exiger une compensation pour ce cafouillage ? Prions pour que le mariage et la fusion se fassent quand même.

Amanda leva les yeux au ciel, estimant que Dieu avait bien autre chose à faire que d'extraire Lawrence du guêpier dans lequel il s'était lui-même fourré. Selon son expérience, le Seigneur avait pour règle de laisser les idiots obtus assumer les conséquences de leurs erreurs.

Elle ôta ses lunettes, posa sa broderie.

— Je vais voir si elle va bien, annonça-t-elle.

Lawrence lui jeta un regard noir.

— Et je veillerai à ce qu'elle descende dès qu'elle sera présentable, ajouta Amanda.

2

Lauren s'allongea dans l'eau chaude parfumée à la rose. Elle cherchait le meilleur moyen de faire comprendre à son père qu'elle refusait catégoriquement d'épouser Rafe Townsend. Sans doute Lawrence lui réservait-il une punition pour sa réaction impulsive, mais il n'allait quand même pas l'obliger à revenir sur la rupture ! D'ailleurs, elle doutait fortement que M. Townsend accepte après cette humiliation. Elle l'avait traité de couard, et un homme aussi orgueilleux ne pouvait passer l'éponge là-dessus.

Elle nota à peine le grincement de la clé dans la serrure, occupée à passer en revue toute une suite d'éventualités déplaisantes : son père la déshériterait ; elle finirait vieille fille ; pire, elle échouerait dans un couvent.

La voix de tante Amanda s'éleva dans la chambre :

— Eh bien, tu nous as mis une belle pagaille…

Lauren se redressa vivement en croisant les bras sur sa poitrine, envoyant quelques éclaboussures sur le carrelage de la salle de bains.

— Ma tante ? Mais comment avez-vous… ?

Soulagée, elle constata que sa tante était seule.

— Grâce à ça, ma chérie, répondit Amanda en agitant le trousseau de clés de la gouvernante, qu'elle fit promptement disparaître dans sa poche.

Elle vint s'asseoir sur le tabouret, près de la baignoire.

— Raconte-moi. Je veux tout savoir.

Lauren lui relata leur sortie en détail : le pique-nique, insupportable. Puis la promenade en barque et la réaction honteuse de Rafe Townsend face aux deux « sottes » qui se noyaient.

Amanda plissa les yeux.

— Je l'ai toujours trouvé hautain et distant. Ce n'est pas vraiment ce que l'on cherche chez un mari, mais tu avais accepté sa demande en mariage, alors je n'ai pas jugé utile d'interférer.

— Vous aviez raison, ma tante. Il est froid et égocentrique. Chaque fois qu'il me regarde, j'ai l'impression qu'il me jauge selon une grille de critères personnelle et qu'il m'accorde à peine la note « passable ».

— Les hommes sont bêtes. Ils se focalisent sur le minois et la silhouette d'une femme, et se moquent bien de sa personnalité. Ils suivent leurs élans charnels, mais ce qu'ils veulent surtout, c'est le prestige qui va les faire briller aux yeux des autres hommes. Ils sont tellement obtus... Parfois, je me demande comment ils survivent. Et je mets ton père dans le lot.

Le silence retomba. Lauren se rallongea dans son bain. Son avenir lui semblait aussi trouble que l'eau savonneuse.

— Que va faire papa, à votre avis ?

— Difficile à dire. Je pense qu'il est autant surpris qu'irrité. Il ne comprend pas que tu rejettes un tel parti.

— Je viens pourtant de lui expliquer que Rafe Townsend est bouffi d'arrogance et narcissique. Lors de nos précédentes rencontres, pas une fois il ne m'a questionnée sur mes centres d'intérêt, mes expériences, mes opinions. Il ne m'a pas demandé si je savais monter à cheval, si j'avais voyagé à l'étranger ou si j'aimais danser. En revanche, il est intarissable sur ses propres avis. Il est sûrement persuadé que des perles de sagesse lui tombent de la bouche.

Amanda secoua la tête.

— J'ai prévenu Lawrence qu'il commettait une erreur en annonçant les fiançailles avant que tu aies le temps de mieux connaître cet homme. Il m'a répondu que cela n'avait pas de sens, que tu avais la tête sur les épaules et que tu t'estimerais heureuse d'épouser un jeune homme aussi séduisant.

— Séduisant ? répéta Lauren avec dégoût. Papa s'imaginait vraiment qu'un beau visage me suffirait ? Il ne me croit quand même pas si superficielle ! Je veux un homme plein de bravoure et de verve, noble d'esprit, capable de discerner le bien du mal, et qui n'hésitera pas à se battre pour une noble cause. Quelqu'un comme…

— Ivanhoé ?

Ce n'était pas la première fois qu'elles avaient cette discussion.

— N'est-il pas normal de vouloir un mari qu'on admire et qu'on respecte ? Qui ait de grands idéaux et la volonté de faire de ce monde un monde meilleur ?

— Bien sûr que c'est normal, ma chérie, opina tante Amanda avec un sourire patient. Mais il me semble que tu vises la perfection. Et dans le monde réel, les hommes parfaits sont plutôt rares.

— Vous me trouvez trop idéaliste ? Ivanhoé est un personnage complexe. Son propre père le désavoue et le considère comme un traître. Mais il est courageux, prêt à risquer sa vie pour les autres. Croyez-moi, il ne serait pas resté tranquillement assis dans une barque pendant que deux femmes se noyaient !

— C'est un vrai héros, résuma tante Amanda.

— Exactement. Un vrai héros, altruiste, audacieux, chevaleresque... Autant de qualités qui font défaut à Rafe Townsend.

Amanda poussa un soupir résigné.

— Ma foi, une chose est sûre : Townsend n'aurait certainement pas été un bon amant.

— Qu'est-ce qui vous fait dire ça ? demanda Lauren, surprise.

— Les égoïstes ne brillent pas dans ce domaine. Ils prennent leur plaisir et hop, ils passent à des affaires plus importantes. Il a fallu que j'apprenne à mon deuxième mari à prendre son temps et à faire preuve de créativité. Il y a mille façons de profiter du mariage, mais avec un égoïste... c'est la misère assurée. Le partage et la considération sont de rigueur quand on aime quelqu'un. À l'évidence, M. Townsend n'est pas au courant.

Tante Amanda se leva et, la mine grave, conclut d'une voix ferme :

— Ne te laisse pas faire, ma chérie. Tu mérites mieux.

Lorsqu'un peu plus tard Lauren entra dans le bureau de son père – qui avait plus des allures de bibliothèque –, elle était réchauffée et prête à assumer les conséquences de son coup de tête.

Lawrence Alcott trônait derrière son bureau en noyer, la mine renfrognée, les doigts en pyramide devant le nez, ce qui le rendait encore plus intimidant. C'était un adversaire formidable, raison pour laquelle les Townsend s'efforçaient de faire de lui un allié.

— Explique-toi, dit-il en désignant le fauteuil.

Lauren s'assit, le dos bien droit, tête haute. Puis elle raconta de nouveau l'incident, sans rien omettre... du moins, rien d'important. Inutile de préciser qu'elle était en chemise et trempée jusqu'aux os quand elle avait rompu ses fiançailles.

— Et c'est juste à cause de ça que tu ne veux plus épouser Townsend ? Il ne s'est rien passé d'inconvenant avant ?

— Non, rien. Hormis qu'il m'a complètement ignorée et qu'il n'a fait que parler de sa petite personne. Mais ce n'est pas à proprement parler « inconvenant », je suppose.

— Autrement dit, tu l'as tout à coup pris en aversion parce qu'il ne faisait pas assez attention à toi ?

— Ce n'est pas ce que je voulais dire, protesta-t-elle en rougissant. Je lui reproche d'être condescendant, de s'écouter parler et de se moquer de l'opinion d'autrui. Vous devriez l'entendre dénigrer l'école obligatoire, les dispensaires et les œuvres sociales qui viennent en aide aux déshérités.

Elle comprit qu'elle venait de commettre une erreur au moment où les mots franchissaient sa bouche.

Son père se raidit et plissa les paupières. Il avait toujours pensé que s'investir dans le milieu caritatif et militer pour des causes progressistes n'était pas convenable pour une demoiselle de bonne famille.

— Je vois. Eh bien, il me semble que tu dois changer ton point de vue sur certaines idées, ma petite. Il faut commencer à préparer l'avenir.

— C'est ce que je fais chaque jour, papa.

Maintenant qu'elle était sur sa lancée, autant aller au fond des choses et aborder la raison profonde qui la poussait à fuir le mariage.

— Je prépare l'avenir de dizaines d'enfants qui ont besoin de livres, de professeurs, d'une nourriture saine et de chaussures correctes. Avez-vous la moindre idée de ce que coûte une paire neuve, de nos jours ?

— Ça suffit ! tonna Lawrence en frappant le bras du fauteuil du plat de la main. Il est grand temps que tu oublies ces gamins sans visage et sans nom pour envisager de fonder ta propre famille.

— Ils ont un visage, et ils ont un nom ! Je les vois tous les jours dans la rue, ou chez nos ouvriers, ou à l'usine, ou à l'école de la paroisse. Je les connais tous, je vois leurs sourires pleins d'espoir, je sais quelles histoires les font rêver...

— Et voilà, ça recommence. Toi et tes maudits livres ! En leur faisant la lecture, tu farcis la tête de ces mômes de rêves et de désirs qu'ils ne pourront jamais atteindre. Cela ne leur apportera que des désillusions et de l'aigreur. Je ne parle pas de l'avenir du monde, ma petite, mais du *tien* !

Il s'était dressé et la fusillait du regard.

— Dorénavant, plus de sorties pour toi. Je ne veux plus te voir frayer avec cette engeance pouilleuse et ces activistes réformistes. Et plus de lecture ! Je vais demander qu'on vide ta chambre et le solarium de tous ces livres. Désormais, tu ne liras plus que la Bible et *Le Manuel de la parfaite maîtresse de maison* de Mme Beeton.

Lauren poussa un cri étouffé. Son père voulait la priver de lecture ?

— Tu ne rajeunis pas, Lauren. Ta mère, Dieu ait son âme, avait dix-neuf ans quand nous nous sommes mariés. Et toi, tu as... tu as...

— Vingt-deux ans, acheva-t-elle, la gorge nouée.

Elle ne digérait toujours pas la punition qu'il lui infligeait. Tenait-il à sa précieuse fusion au point de la vendre – corps et âme ?

— Tu n'as plus l'âge de faire des caprices. Une femme n'a pas à s'occuper de sauver le monde. Ce sont les hommes qui font ça !

— Mais puisque la plupart des hommes s'en lavent les mains, je ne vais pas rester les bras croisés ! s'emporta-t-elle à son tour.

Sa véhémence désarçonna son père un instant. Puis il gronda :

— Assez ! Tu vas m'obéir. Tu ne sortiras plus et tu aideras ta tante à tenir la maison.

Lauren voulut se lever, mais ses jambes flageolaient.

— Combien de temps ? demanda-t-elle.

— Jusqu'à ce que tu recouvres la raison.

— C'est-à-dire ?

S'il avait des exigences, elle était prête à y répondre pour retrouver au plus vite sa liberté.

— Jusqu'à ce que tu acceptes d'épouser Rafe Townsend.

3

Le lendemain matin, un rayon de soleil malicieux qui s'infiltrait par la fenêtre réveilla Rafe Townsend. Il cligna des yeux et, irrité, se demanda pourquoi la lumière était si forte au petit matin. Puis il roula à plat ventre sur le lit et enfouit son visage entre les oreillers.

Un grognement de douleur lui échappa. On aurait dit qu'un marteau lui défonçait le crâne. Juste punition pour les libations de la veille. Lui et son meilleur ami avaient vidé la cave de leur club, et quelqu'un – sans doute le portier de nuit – avait appelé un fiacre pour les renvoyer chez eux cuver leur vin et se repentir de leurs excès.

Et, Seigneur, comme il regrettait ! Il avait un goût de paille pourri dans la bouche, des aigreurs d'estomac, et il mourait de soif.

Le salaire du péché. Raison pour laquelle il ne se laissait jamais aller à des abus aussi stupides.

En règle générale.

Il se leva d'un bond, alla tirer les rideaux pour bloquer ce rayon de soleil diabolique. La chambre parut tanguer autour de lui, et il dut se cramponner à la colonne du lit.

Puis, à mesure que la mémoire lui revenait, un vertige un peu différent le saisit.

Elle avait exigé qu'il plonge dans ces eaux noires et tumultueuses pour sauver deux écervelées qui ne pouvaient s'en prendre qu'à elles-mêmes.

Soit, la rivière n'était pas si tumultueuse, et les deux femmes étaient en situation précaire. Mais leur propre barque était bloquée et il avait tenté de la dégager pour pouvoir s'approcher d'elles. Et il avait scruté la rive en quête d'un éventuel promeneur qui aurait pu leur porter secours plus rapidement…

Mais non, il avait fallu qu'elle procède elle-même au sauvetage. Et ensuite, trempée comme une soupe, quasi nue, elle l'avait traité de lâche devant tous ces gens.

Aïe.

Lauren Alcott était à moitié folle. Et le père de Rafe n'avait rien trouvé de mieux que de la lui proposer comme épouse, pour sceller l'alliance entre deux compagnies qui se concurrençaient depuis des décennies.

Horace Townsend passait sa vie à comploter et à planifier. N'avait-il pas vu que Mlle Alcott était ingérable ? Ou n'avait-il songé qu'à la fusion, se disant que son fils se débrouillerait avec elle après le mariage ?

Certes, Horace voulait assurer l'avenir de Townsend Imports, et la mère de Rafe avait hâte d'être grand-mère. Mais ce n'était pas une raison pour le coincer à vie avec une exaltée !

Il se frotta les yeux dans l'espoir de dissiper la vision délectable de Lauren Alcott en chemise transparente. L'impudeur de cette femme ! Elle avait même refusé d'endosser sa veste, préférant récupérer ses vêtements dans la barque, fière comme la reine du Nil en personne.

Il ferma les yeux, mais l'image était toujours là, gravée dans sa fichue mémoire.

Il prit une profonde inspiration.

Elle l'avait publiquement insulté, avait jeté sa bague par terre, puis s'en était allée.

Quel incroyable culot.

Que savait-elle de lui ? De ses années de service dans la marine, de ses brillantes études à Oxford, des invitations pressantes qu'on lui adressait pour siéger au Parlement ? Elle n'avait pas daigné lui poser une seule question sur ses projets d'avenir – qui auraient dû la concerner également.

En fait, elle décrochait à peine un mot quand ils étaient ensemble. Il avait un mal de chien à nourrir la conversation. Au dîner de lady Edgerton, elle avait *bâillé* au milieu de son vibrant plaidoyer pour la réhabilitation de la commission du commerce ! Elle était taciturne, quasi muette, et la seconde suivante elle se transformait en harpie.

Et cette créature dangereusement lunatique se cachait dans un petit corps exquis dont le souvenir revenait le perturber quand il s'y attendait le moins.

Comme en cet instant.

Le pire, c'est qu'il allait maintenant devoir annoncer la nouvelle à son père.

Cette perspective lui arracha un grognement. Les fureurs de Horace Townsend terrorisaient les âmes les plus valeureuses.

Mieux valait en finir tout de suite.

Une demi-heure plus tard, Rafe se présenta dans la grande salle à manger lambrissée de chêne où son père et sa mère venaient de terminer leur petit déjeuner. Comme souvent, ils s'attardaient pour lire respectivement le *Times* et le courrier du jour.

Rafe se joignait rarement à eux car il passait presque toutes ses soirées au club, ou chez son ami Barclay Howard qui habitait une élégante résidence en ville.

À son entrée, ses parents l'accueillirent avec leur air habituel, comme s'il était le soleil venu les réchauffer de ses rayons.

— Ah, te voilà ! fit sa mère avec un sourire béat.

Caroline Townsend, une jolie femme à la silhouette généreuse, était d'une nature posée qui contrastait avec le tempérament volcanique de son époux. Les yeux bleu-gris pétillants, les cheveux bruns à peine striés de gris, elle irradiait de gentillesse.

— Réveil difficile, hein ? gloussa son père. Il va falloir te réformer, mon garçon. Tu ne pourras pas t'encanailler tous les soirs, une fois marié.

Rafe, qui venait de s'installer, eut un petit mouvement de surprise. Il ne s'attendait pas à ce que son père aborde lui-même le sujet. C'était sûrement un signe du destin.

Les œufs, le bacon grillé et les scones posés sur la desserte répandaient une odeur délicieuse. Il fit signe au valet de le servir.

— Pour se marier, il faut une fiancée, rétorqua-t-il.

Son père plia son journal et sa mère posa la carte d'invitation qu'elle était en train de lire.

— Que veux-tu dire ? s'étonna-t-elle. Tu as une charmante promise. Et dans trois mois, tu seras…

— … toujours célibataire, la coupa Rafe, qui mordit dans un scone avant d'ajouter : Je ne suis plus fiancé.

Dans le silence qui suivit, ses parents échangèrent un regard interloqué. Rafe se sentit rougir comme un galopin pris en faute.

— Mais... qu'est-ce que tu racontes, fiston ?

Manifestement, Horace était déjà à court de patience.

— Que s'est-il passé, mon chéri ?

Sa mère s'était penchée vers lui, main tendue. Soudain, il lut dans son regard ce qu'il redoutait d'y voir : une fragilité cachée sous cette apparente sérénité.

Il se raidit. Mieux valait cracher le morceau.

— C'est terminé. Les fiançailles sont rompues. J'ai récupéré ma bague.

Il se donna du courage en avalant une gorgée de café, tenta de se rappeler les arguments logiques auxquels il avait pensé en se rasant pour démontrer l'ineptie de ce mariage.

— Cette fille est instable. Elle passe du mutisme à l'hystérie en un clin d'œil. Je ne veux pas épouser quelqu'un comme ça. Dieu merci, j'ai découvert sa véritable nature à temps.

Il goba la moitié d'un scone et le mâcha méthodiquement, en évitant le regard de ses parents. Mais il avait la bouche sèche et, sans crème et sans confiture, il lui était presque impossible de déglutir.

Son père se leva brusquement en repoussant sa chaise. Il frappa la table de son journal replié, avec tant de vigueur que les couverts en argent cliquetèrent dans son assiette.

— Quelle mouche te pique ? Qui t'a donné la permission d'annuler un mariage que j'ai mis des années à préparer ?

— Je n'ai rien annulé. Disons que c'était d'un accord mutuel. Mlle Alcott ne me convient pas, et elle-même se réjouit apparemment que nos chemins se séparent.

Un peu plus sûr de lui, Rafe reprit une gorgée de café pour faire descendre la pâte compacte qui lui collait à la langue.

— Je la laisse à ses égarements. Bon débarras, conclut-il.

Il s'obligea à regarder sa mère. Caroline semblait s'être ratatinée sur sa chaise, sous le poids de la déception.

— Elle semblait si gentille et elle était si jolie, protesta-t-elle, désolée d'avoir perdu la mère de ses futurs petits-enfants.

— C'est intolérable ! Je ne laisserai pas ruiner deux empires commerciaux parce que tu fais la fine bouche ! tonna son père, qui ouvrit les bras comme pour prendre le cosmos à témoin de la stupidité de son fils. Elle est mutique, dis-tu ? Mais mon pauvre garçon, au bout de deux ans de mariage, tu supplieras le Tout-Puissant de t'accorder un moment de silence !

— Voyons, Horace !

Caroline fusilla son mari du regard, avant de reporter son attention sur son fils.

— Vous êtes partis en pique-nique, puis vous êtes allés faire du bateau ? Et vous vous êtes disputés, si je comprends bien ? Cela arrive souvent chez les jeunes couples.

Rafe sentit de nouveau ses joues s'enflammer.

— Pas du tout. Elle s'est jetée à l'eau pour porter secours à deux femmes dont la barque avait chaviré. Après avoir retiré sa jupe, son jupon et son chemisier. Quelle femme bien élevée se conduit de la sorte en public ? Ensuite, elle a eu le toupet de m'insulter. Puis elle m'a rendu la bague. Voilà.

— Alors… ce n'est pas toi qui es à l'origine de la rupture ?

Horace plissait les paupières. Rafe connaissait ce regard rusé et calculateur. Son père imputait déjà la faute à la partie adverse, pour mettre Townsend Imports en position de force et tirer profit de la situation.

— Vu son comportement, je ne suis pas contre. Il n'est pas question que j'épouse cette folle.

Il s'appliqua à mastiquer ses œufs brouillés, étonnamment insipides.

— Mais je ne suis pas opposé à l'idée de me marier avec une autre, ajouta-t-il pour rassurer sa mère.

— C'est Lawrence qui est derrière tout ça, je le parierais ! gronda Horace. De toute façon, il a accordé bien trop de liberté à sa fille. S'il croit qu'il peut…

Il s'interrompit brusquement, comme frappé par une idée.

— Après les investissements massifs que nous avons faits, s'il pense avoir trouvé une meilleure opportunité ailleurs…

Il n'acheva pas sa phrase et fonça vers la porte à la vitesse d'une locomotive emballée, sous le regard consterné de Rafe. Nul doute que Horace allait débouler chez Lawrence Alcott. Chacun allait accuser l'autre, et les imprécations fuseraient. On les entendrait jusqu'au château de Windsor.

Sans doute finiraient-ils par se réconcilier pour sauver la fusion, essentielle pour les deux entreprises dans l'actuel climat de concurrence commerciale. Mais cette fois, ils devraient le faire sans impliquer leurs enfants respectifs.

D'ailleurs, cette idée de mariage arrangé était aussi archaïque que grotesque.

Il y eut effectivement un feu d'artifice dans le bureau de Lawrence Alcott, un peu plus tard ce jour-là. De part et d'autre fusaient les accusations de déloyauté et de piètre éducation parentale. Dans les locaux de l'East Anglia Trading Company, les employés avaient marqué une pause dans leurs tâches et regardaient, bouche bée, la porte du bureau de leur patron restée entrouverte.

À l'évidence, les rejetons respectifs des deux magnats n'étaient pas les parangons de vertu que tout le monde s'imaginait.

— Si vous n'aviez pas laissé la bride sur le cou à votre fille, si vous lui aviez inculqué l'obéissance, elle n'aurait pas sacrifié un avenir florissant par pur caprice ! rugit Horace en agitant le pommeau de sa canne sous le nez de Lawrence.

Le regard étincelant, ce dernier écarta la canne et les deux hommes se retrouvèrent presque nez à nez au-dessus du bureau.

— C'est vous qui avez été laxiste avec votre fils ! Si vous lui aviez appris à avoir un minimum de considération pour autrui, il ne se prendrait pas pour le nombril du monde !

— Comment osez-vous dire ça ? Mon fils est unanimement respecté. Nos clients insistent toujours pour que ce soit lui qui gère leurs dossiers. Alors que votre fille est une tête de mule, une écervelée qui agit avant de réfléchir, sans la moindre logique !

— Qui vous a dit ces bêtises ? postillonna Lawrence. Vous savez bien que c'est faux, vieille baderne ! Vous avez rencontré ma Lauren, vous avez parlé avec elle.

Tout le monde chante ses louanges. Votre épouse l'a trouvée adorable.

— Je la connais aussi bien que vous connaissez mon fils, éructa Horace. Rafe est un garçon intelligent, cultivé et scrupuleusement honnête. Je vous garantis qu'il a son petit succès auprès des dames. J'ai réussi à le convaincre de s'établir, et voilà que votre fille saccage notre futur à tous sur un coup de tête ridicule...

Lawrence n'avait pas fermé l'œil de la nuit. Il avait tourné et retourné le problème dans sa tête, pour aboutir à la conclusion que ce mariage était le seul moyen de garantir la fusion qui leur permettrait de surnager en ces temps troublés.

Une fois Lauren mariée, la loi accorderait à son époux le contrôle de son héritage. Lawrence n'avait jamais imaginé qu'elle éprouverait une telle aversion pour Rafe Townsend, qui était un brillant jeune homme, d'un physique avenant.

Face à Horace Townsend, il se calma un peu pour réfléchir un moment. S'ils voulaient sauver leurs entreprises, ils allaient devoir s'entendre.

— Qui a dit que tout était perdu ? J'ai pris des mesures de rétorsion immédiates pour faire entendre raison à Lauren, et je peux vous certifier qu'elle va vite changer d'avis.

Les traits rugueux de Townsend se détendirent aussitôt, et Lawrence comprit que sa fureur cachait une véritable angoisse.

— J'espère bien, Alcott. Sinon, mes avocats vont contacter cette meute de chiens que vous appelez vos hommes de loi.

4

Lawrence suivit Townsend dans la salle de travail, où les employés se tournèrent pour voir son ex-concurrent et désormais associé gagner la sortie d'un pas martial.

Dès que Townsend fut hors de vue, Lawrence prit une profonde inspiration. Il n'y avait plus qu'à prier pour que son plan fonctionne et que Lauren se ravise.

— Quand je pense que sa mère trouvait épuisant de lui apprendre à marcher, marmonna-t-il.

Puis il remarqua un petit groupe d'employés rassemblés dans un coin de la salle.

— Que se passe-t-il ici ?

Comme il s'approchait, les employés s'égaillèrent promptement pour regagner leurs bureaux respectifs, laissant Higgins, le responsable, se débrouiller avec le patron.

Un journal était tombé par terre, aux pieds de Higgins. Celui-ci se décala et marcha dessus, comme par inadvertance. En quinze ans de bons et loyaux services, Higgins avait souvent prouvé son dévouement, même s'il manquait un peu de subtilité.

— Vous avez le pied sur un journal, Higgins.

— Pardon, monsieur ? Oh… ça.

Higgins était rouge comme une tomate.

Lawrence poussa un long soupir et tendit la main.

À contrecœur, Higgins ramassa le journal et le lui donna.

— Je ne sais pas ce que cela fait ici, monsieur. C'est sûrement un des commerciaux qui…

— Mais… qui lit le *Morning Post* ? s'exclama Lawrence, qui venait de déplier le journal.

— Ne faites pas attention. C'est une vulgaire feuille de chou. Une honte journalistique.

Et aussi une gazette très populaire, que l'on se transmettait à tous les étages pour en dévorer le contenu avec délectation.

Lawrence toisa Higgins d'un œil réprobateur, avant de reporter son attention sur le journal. Un titre lui sauta aux yeux.

SAUVETAGE HÉROÏQUE SUR LA RIVIÈRE.

Il sentit sa bouche s'assécher. Ses yeux s'écarquillèrent à mesure qu'il lisait.

L'article racontait comment sa fille avait sauvé de la noyade deux femmes en perdition. Le journaliste n'avait pas hésité à nommer l'héroïne du jour : *Mlle Lauren Alcott, fille du richissime Lawrence Alcott, baron du commerce.*

Baron du commerce ? Lawrence ravala un sourire. Horace serait vert de jalousie.

Il poursuivit sa lecture.

« Mlle Alcott » était décrite comme « un rare exemple de bravoure féminine ». Lawrence sentit sa poitrine se gonfler d'orgueil en lisant « qu'elle aurait dû être décorée par la reine pour son courage et son abnégation ». Après avoir précisé que les autres personnes présentes n'avaient pas réagi, le journaliste poursuivait en vilipendant « le riche et célèbre Rafe Townsend » qui avait fait partie de ces spectateurs indifférents.

Tout cela concordait avec le récit de Lauren.

Lawrence trouva la suite beaucoup moins réjouissante. On stipulait que, suite à l'incident, Mlle Alcott avait rompu ses fiançailles. Qu'elle s'était insurgée de la lâcheté de son fiancé, autant qu'il s'était offusqué de la voir s'afficher en tenue d'Ève. Ces deux-là n'étaient clairement pas faits pour s'entendre, concluait l'article.

Lawrence se sentit pâlir. Il relut le paragraphe. *En tenue d'Ève*. Bonté divine ! Il était écrit dans le *Morning Post* que sa tête brûlée de fille s'était montrée nue en public, et qu'elle avait traité Townsend de lâche. Damnation ! Il avait fallu qu'un journaliste soit présent sur les lieux. Et bien sûr, il s'était empressé d'écrire un article pour relater cette anecdote explosive !

Lawrence retourna précipitamment dans son bureau. L'image du visage furieux de Horace était gravée dans sa mémoire. Ce dernier le menaçait déjà de rupture de contrat et de poursuites judiciaires. Quand il lirait cela... bon sang, il exploserait littéralement !

Horace Townsend bouillait en silence lorsqu'il rentra dans les locaux de Townsend Imports au cœur de la City, un peu plus tard ce jour-là.

Il trouva ses employés agglutinés autour d'une table sur laquelle était étalé un journal. À son entrée, ils se retournèrent brusquement et le saluèrent avec des sourires hypocrites qui lui mirent aussitôt la puce à l'oreille.

S'approchant, il découvrit un exemplaire de l'*Examiner* ouvert à la page de la rubrique mondaine. Une illustration accrocha son regard : un bateau, au bord d'une rivière, et un type caricaturé avec un long nez qui était assis les fesses dans l'eau, non loin de la berge, tout dégoulinant.

À côté était dessinée une demoiselle aux courbes gracieuses vêtue d'une simple chemise, la tête ceinte d'une couronne de laurier.

Le sang de Horace ne fit qu'un tour.

— Bon sang, mais comment sont-ils au courant ?

L'article s'intitulait : *L'ANGE DE LA RIVIÈRE*. Il détaillait l'épisode que Rafe lui avait raconté au petit déjeuner : deux femmes qui faisaient du bateau avaient chaviré. La fille d'Alcott s'était déshabillée et avait plongé pour les secourir. On parlait d'elle comme d'une héroïne au grand cœur qui avait su réagir au quart de tour en faisant preuve d'un altruisme remarquable. Les personnes ayant assisté à la scène avaient été interviewées et ne tarissaient pas d'éloges à son sujet.

Puis vint le mot qui transperça la fierté de Horace comme une dague.

Le journaliste affirmait avoir vu de ses propres yeux Mlle Alcott s'en prendre à son fiancé, le traiter de lâche et rompre sur-le-champ leurs fiançailles. Le trouillard en question était expressément nommé : il s'agissait de Rafe Townsend, héritier de la société bien connue Townsend Imports.

Horace faillit s'étrangler. Son fils, un lâche ? Le toupet de cette chipie ! Et c'était écrit dans une des gazettes les plus lues du pays, tant par les classes populaires que par les cercles huppés. Raconter comment un héritier connu avait été humilié par sa fiancée... cela revenait à jeter de la viande dans la cage aux tigres !

Horace enfonça son chapeau sur son crâne et fit immédiatement demander sa voiture.

Lawrence Alcott n'allait pas s'en tirer comme ça !

— Que font ces gens mal attifés devant le portail ? s'étonna tante Amanda qui regardait par-dessus l'épaule de Lauren.

Quelques instants plus tôt, Weathersby avait annoncé que trois individus faisaient le pied de grue devant Alcott House. Lauren était montée dans le salon de l'étage et, le nez collé à la vitre, les avait observés en se demandant ce qu'ils fabriquaient là.

Deux étaient adossés au mur, l'autre à un réverbère. Leurs vestes chiffonnées auraient eu besoin d'un bon coup de fer. Ils ne se parlaient pas, se contentant d'attendre en jetant de temps à autre un coup d'œil vers la maison.

— Je n'en ai aucune idée, répondit-elle, aussi intriguée que sa tante.

Celle-ci retourna s'asseoir dans son fauteuil préféré et reprit son ouvrage.

— Il faut dire à Weathersby de les chasser.

— Je crois qu'il a déjà essayé. Ils sont partis du côté du parc, puis ils sont revenus. Quand Weathersby leur a demandé ce qu'ils voulaient, ils l'ont bombardé de questions. Ils voulaient savoir si j'étais à la maison et à quelle heure papa rentrait.

Lawrence rentra chez lui en fiacre. À peine descendu de voiture, il fut assailli par les trois types qui avaient sorti de leur poche calepin et crayon.

— Est-il vrai que le mariage est annulé ?

— Avez-vous eu peur rétrospectivement qu'elle ait pu se noyer ? Qu'avez-vous à dire sur l'Ange Nu de la Rivière ?

— Croyez-vous que Rafe Townsend soit un lâche ?

Retranchée derrière la fenêtre du salon entrebâillée, Lauren sentit son sang se glacer dans ses veines. Devant le portail, les trois hommes empêchaient son père d'entrer. Mais Lawrence n'était pas du genre à se laisser faire. Menaçant d'appeler la maréchaussée, il bouscula sans ménagement les journalistes et traversa le jardinet en direction de la porte d'entrée que Weathersby s'empressa de lui ouvrir.

Lauren dévala l'escalier et déboucha dans le hall au moment où son père tendait son chapeau et sa canne au majordome.

— Que vous voulaient ces hommes, papa ?

Narines frémissantes, il pointa vers elle un journal roulé en tube.

— Ce sont des journalistes. Et ils sont ici à cause de *toi* !

Il lui plaqua le journal dans les mains et déboula dans son bureau en ordonnant à Weathersby d'y introduire Horace Townsend dès qu'il arriverait.

Lauren baissa un regard plein d'appréhension sur le journal, le déroula. Il s'agissait du *Morning Post*. Elle jeta un coup d'œil à la une – qui ne contenait que des réclames – puis l'ouvrit et repéra un article qui avait été encerclé d'un coup de stylo. *SAUVETAGE HÉROÏQUE SUR LA RIVIÈRE*.

Son visage s'enflamma.

— De quoi s'agit-il, ma chérie ? demanda tante Amanda qui descendait l'escalier.

— Il est écrit là que… que j'ai sauvé la vie de deux femmes et que je suis une héroïne.

La consternation l'envahit à mesure qu'elle lisait l'article.

— Ils disent… que j'étais *toute nue*… quand j'ai rompu avec Rafe Townsend !

Horace Townsend fit irruption dans le hall tel un ouragan. Peu de temps après, un concert d'invectives et de jurons s'éleva dans le bureau de Lawrence. C'était une bataille royale, et apparemment les armes choisies étaient les noms de Lauren et de Rafe que les deux belligérants s'envoyaient à la figure.

Contre l'avis d'Amanda, Lauren se glissa dans le couloir. Elle n'eut même pas besoin de coller son oreille à la porte pour entendre ce qui se disait.

— … humilier mon fils devant le Tout-Londres ! Dans non pas une, mais deux gazettes à ragots ! Et ce ne seront sûrement pas les seules. Demain, toute la planète sera au courant. Vous devez faire quelque chose, Alcott. Il faut que votre fille se rétracte !

— Pardon ? Vous voudriez qu'elle parle à ces vautours qui assaillent mon domicile pour redorer le blason de votre incapable de fils ? Voyons, ça ne ferait qu'empirer les choses ! Les gens penseraient qu'il n'est même pas fichu de se défendre tout seul.

Il y eut un silence tendu, comme si cette dernière remarque avait porté.

— Elle ne peut pas traiter mon fils et ma famille avec un tel mépris. Intervenez, Alcott. Sinon, la fusion est annulée.

— Ce n'est pas possible, vous le savez bien. Il faut la mener à bien coûte que coûte. Avec tous ces navires plus rapides que les nôtres qui passent par le canal de Suez... les taxes douanières qui s'envolent et dévorent nos marges... les investisseurs qui se font rares...

Nouveau silence. Horace Townsend n'avait apparemment pas d'arguments à opposer à cette logique. Lauren fut stupéfaite.

Horace changea de perspective.

— Combien de temps faudra-t-il pour que Ledbetter profite de cette débâcle, à votre avis ? Si cela se produit, mon garçon mettra des années à s'en remettre. Ledbetter tire les ficelles d'ici à Bombay !

Lauren fronça les sourcils. Ledbetter. Ce nom lui était familier... Ah oui, c'était le sous-secrétaire d'État au Commerce. Elle l'avait rencontré à la fête d'anniversaire du comte de Margrave. C'était un type au regard de fouine, qui pinçait toujours la bouche comme s'il venait d'avaler une rondelle de citron. Que venait-il faire dans cette histoire ?

Il y avait donc des enjeux qu'elle n'avait pas soupçonnés.

Dans le bureau, le ton avait baissé et il devenait difficile de suivre la conversation. Lauren renonça à coller son oreille contre le battant. Elle saurait bien assez tôt le prix que Horace Townsend et son père entendaient lui faire payer.

Elle regagna l'étage et passa un moment à fixer ses nouveaux compagnons, à savoir la Bible et le manuel de Mme Beeton. Elle n'avait pas été plus loin que l'Exode. Les Saintes Écritures regorgeaient de règles et préceptes que les gens s'évertuaient à enfreindre. Quant aux vertus de l'essence de térébenthine et de la cire d'abeille, elle ne voulait plus en entendre parler.

Si seulement elle avait eu son cher *Ivanhoé* !

Lauren apprit un peu plus tard que les deux hommes étaient parvenus à un accord. La solution trouvée était aussi funeste qu'elle l'avait craint.

Après l'avoir convoquée dans le bureau, Lawrence lui tendit un exemplaire de l'*Examiner,* ouvert à la page d'un article intitulé : *L'ANGE DE LA RIVIÈRE*.

Doux Jésus. Un deuxième article ?

— Voilà ce qui va se passer, ma petite. Tu vas sortir en société avec Rafe Townsend, *habillée correctement,* et faire savoir à tout le monde que vos fiançailles sont toujours à l'ordre du jour. Et que tu éprouves une admiration sans bornes pour ton promis. Si on te pose des questions, tu diras que toute cette histoire a été exagérée par la presse, que tu as toujours été une jeune fille pudique, entièrement dévouée à son fiancé.

— Mais... je ne peux pas ! protesta-t-elle, agrippée aux bras du fauteuil. D'ailleurs il doit me détester, après tout ce tapage. Et vous n'allez quand même pas m'obliger à épouser un homme qui me hait, papa ?

— La date du mariage n'a pas été fixée, rétorqua son père en la regardant droit dans les yeux. Et si tout se déroule selon mes vœux... il n'y en aura peut-être pas.

— Que... que voulez-vous dire ?

— Je te demande juste de sortir à son bras et de faire bonne figure, jusqu'à ce que la fusion soit conclue. Plus vous serez convaincants, plus les fiançailles seront courtes.

— Cela signifie-t-il qu'au bout du compte nous ne serons pas obligés de nous marier ? Qu'il suffit de faire semblant en public pour qu'on oublie cette histoire ?

— Cela arrangerait tout le monde. Tu es une forte tête, et lui un âne bâté ! C'est votre faute si nous nous retrouvons dans un tel pétrin. À vous de nous en sortir, conclut Lawrence.

Lauren était partagée entre l'espoir et l'horreur. Elle tenta d'imaginer la réaction de Rafe Townsend quand il recevrait lui aussi cet ultimatum. Il était si orgueilleux...

Elle le revit les fesses dans l'eau boueuse, sa dignité en lambeaux, se remémora son expression outrée quand elle l'avait traité de lâche. Horace Townsend allait avoir bien du mal à le convaincre. Mais, comme elle, Rafe serait obligé d'assumer les conséquences de ses actes. Et au bout du compte, il n'aurait pas d'autre choix que de se plier à la volonté paternelle.

5

Le lendemain après-midi, Horace Townsend se rendit chez les Alcott en compagnie de son fils, qui n'avait franchement pas l'air heureux d'être là.

Lawrence avait quasiment traîné Lauren dans le salon d'apparat après l'avoir examinée de la tête aux pieds, comme un maquignon examine une vache à la foire pour vérifier qu'elle est présentable.

Si cela n'avait tenu qu'à elle, elle aurait accueilli son fiancé en peignoir et pantoufles.

Les Townsend firent leur entrée dans la pièce. Après un silence embarrassé, on procéda aux salutations d'usage. Puis les deux pères se retirèrent en fermant la porte, et rejoignirent tante Amanda dans le hall.

— Es-tu sûr que ce soit raisonnable de les laisser seuls ? demanda Amanda à son frère.

— Il faut bien qu'ils surmontent leur différend en privé avant de se montrer en public. Et le meilleur moyen, c'est de les coincer ensemble, rétorqua Lawrence.

Nerveuse, Lauren regarda Rafe s'approcher d'un pas assuré. Son humiliation publique n'avait pas amoindri son aplomb. Elle ne lui tendit pas la main, se disant qu'il ne l'accepterait sans doute pas.

Face à face, ils se jaugèrent. Devant son expression critique, elle regretta soudain de ne pas avoir fait un effort d'élégance et sentit son visage s'empourprer. On aurait dit que c'était la première fois qu'il la regardait vraiment.

— Autant en finir tout de suite.

Elle comprit qu'elle avait parlé tout haut en le voyant hocher la tête.

— Je suis ici pour tenir la promesse de mon père et aplanir les difficultés qui menacent la fusion, déclara-t-elle.

— Et moi, je suis là parce que mon père est persuadé que ma réputation ne peut être sauvée que par celle qui l'a salie.

Lauren redressa les épaules.

— Vous devez savoir que je n'ai pas changé d'avis à votre sujet. Même si mes paroles ont eu un effet délétère que je n'ai pas souhaité.

— Ce sont là vos excuses ? Permettez-moi de vous dire que je les trouve insuffisantes.

— Vous n'en aurez pas d'autres. Votre attitude n'était guère chevaleresque, c'est le moins qu'on puisse dire.

— Chevaleresque ? Vous attendez d'un homme qu'il soit chevaleresque ?

— Je l'attends d'un vrai gentleman, oui.

À l'évidence, il n'avait pas tiré la leçon de l'incident. Lauren comprit qu'elle avait compté là-dessus et que c'était décidément naïf de sa part.

— Donc, par déduction, je ne suis pas un gentleman à vos yeux ?

— Je me réjouis que ceci soit clair dans votre esprit.

— Dans ce cas, vous devez savoir que vous ne correspondez pas à l'idée que je me fais d'une dame. Vous êtes la femme la plus impulsive et irrationnelle que je connaisse. Se déshabiller et plonger tête la première dans la rivière pour sauver de parfaites inconnues...

— Je n'étais pas nue. Et entre porter secours à des personnes en difficulté et choquer les *âmes sensibles,* mon choix est tout de suite fait.

Elle avait prononcé « âmes sensibles » d'un ton sarcastique. Les poings sur les hanches, il la toisa de toute sa hauteur.

— Vous me trouvez bêtement puritain parce que j'attends de ma fiancée qu'elle soit décente et qu'elle ne mette pas sa vie en péril ?

— Oui, quand deux vies sont dans la balance. Et je vous préviens : le cas échéant, je n'hésiterai pas à recommencer.

Il ouvrit la bouche, comme s'il était sur le point de répliquer, puis poussa finalement un profond soupir.

— Très bien. Nous nous afficherons en public pour sauvegarder les apparences. Je vous prie juste de me prévenir, la prochaine fois que vous aurez l'intention de vous dévêtir, afin que j'aie au moins le temps de me munir d'une couverture.

La scène s'anima dans l'esprit de Lauren : elle se vit à demi nue, poursuivie par Rafe qui tenait une couverture à bout de bras... Elle eut toutes les peines du monde à retenir un éclat de rire.

— Je constate que le célèbre charme des Townsend dresse de nouveau sa tête hideuse. Il vaudrait peut-être mieux le mettre en sourdine quand nous serons en public.

— Du moment que vous réprimez vos penchants exhibitionnistes, je pense être capable de refréner mon charme dévastateur.

Il esquissa un sourire narquois, conscient d'avoir marqué un point dans leur joute verbale.

Lauren s'assit sur le canapé avec une grâce étudiée.

— D'accord. Nous allons être coincés ensemble pendant un certain temps. Il nous faut programmer quelques sorties publiques… durant lesquelles nous jouerons les fiancés épris.

Elle simula un haut-le-cœur. Rafe Townsend écarquilla les yeux, puis secoua la tête d'un air consterné.

— Y a-t-il quoi que ce soit de normal chez vous ?

— Si par « normal » vous entendez « ordinaire », je crains que non.

— Avez-vous eu une enfance difficile ? Est-ce qu'on vous enfermait dans un placard ?

— Pas du tout. J'ai eu une enfance très heureuse.

— Curieux, d'être dans le déni à ce point…, murmura-t-il, la mine pensive.

Les joues de Lauren s'échauffèrent. Elle pinça les lèvres. Rester polie serait plus compliqué que prévu.

— Asseyez-vous donc, dit-elle en désignant un fauteuil. Je n'ai pas envie de me démancher le cou pour vous parler.

À sa grande surprise, il prit place à côté d'elle sur le sofa. Elle eut un mouvement de recul involontaire.

— Organisons-nous. Il me faut quelques détails vous concernant, si je veux endosser le rôle du parfait chevalier servant. J'imagine que vous ne montez pas à cheval ?

— Je suis bonne cavalière. J'ai appris à monter dès l'âge de quatre ans.

— Aimez-vous la musique ? L'opéra ? La danse ?

— Oui, non, et oui, beaucoup.

— Avez-vous le vertige ?

Déroutée, elle fronça les sourcils.

— Le vertige ? Je n'en ai aucune idée. Et je vous avoue que je préfère rester dans l'ignorance à ce sujet.

Elle vit le coin de sa bouche frémir, comme s'il se retenait de sourire.

— À mon tour, reprit-elle. Aimez-vous la lecture, monsieur Townsend ? Je ne parle pas des gazettes à scandale et des pronostics de courses, évidemment.

— Je suis un grand lecteur, répondit-il, sans relever son ironie.

— Auriez-vous lu *Ivanhoé*, par hasard ?

— Non. C'est un roman, n'est-ce pas ? J'évite les romans.

— J'aurais dû m'en douter. Êtes-vous investi dans une cause caritative ? Soutenez-vous financièrement un hôpital ou un orphelinat ?

— Je laisse ça aux réformateurs forcenés.

— Allez-vous à la messe le dimanche ?

— Rarement.

— Ça se voit.

Elle se surprit à étudier son beau visage à la mâchoire anguleuse et à la bouche sensuelle. Une sensation étrange naquit au creux de son ventre. Elle changea de position sur le sofa.

— Par souci d'équité, je crois que nous devrions organiser nos sorties à tour de rôle, un jour sur deux, proposa-t-elle.

Il parut interloqué.

— Allons-nous vraiment nous voir tous les jours ?

— Plus vite ce cirque sera terminé, mieux cela sera, non ? Mais d'ici quinze jours, je suppose que nous pourrons diminuer la fréquence de nos rencontres, pour les limiter à une ou deux sorties et un dîner hebdomadaires. Et dans quelques semaines…

— J'ai compris l'idée générale.

— Nous sommes samedi. Demain, j'irai à la messe de 11 heures, à l'église St. Ambrose. Vous pourriez y assister…

— Ou pas. Je serai bien trop occupé à soigner ma gueule de bois, qui durera au moins jusqu'à lundi matin.

Il se leva, comme s'il avait déjà des fourmis dans les jambes. Puis il parut réfléchir un instant.

— Il y a une exposition à l'Upwell Hall, qui a pour thème l'innovation industrielle. J'avais l'intention d'aller me renseigner sur les toutes dernières machines à vapeur. Dans le cadre d'un projet personnel.

Il avait donc des projets personnels ? Première nouvelle. Mais là n'était pas la question.

— Pourquoi pas. C'est un prétexte comme un autre, acquiesça-t-elle.

— Très bien. Dans ce cas, je passerai vous prendre lundi matin à 10 heures.

Il tira sur les pans de sa veste, puis quitta le salon sans autre forme de procès.

Lauren se leva et déboucha dans le hall au moment où Weathersby tendait son chapeau, ses gants et sa canne à Rafe Townsend. L'instant d'après, ce dernier s'éloignait de sa démarche athlétique. Lauren s'obligea à détourner le regard de ses longues cuisses moulées par son pantalon. Les hommes étaient si fiers de leur musculature. Ils se croyaient bien plus forts que les femmes.

Grave erreur.

Barnaby Pinkum avala sa dernière bouchée de steak et ferma les yeux avec un soupir béat. Il avait déjeuné au Ye Olde Cheshire Cheese sur Fleet Street, sans se mêler à la conversation gouailleuse de ses confrères journalistes. Son repas lui avait coûté la quasi-totalité de la pige reçue pour l'article qu'il avait réussi à vendre à deux journaux.

Il termina sa bière, émit un rot sonore. Il était sur le point de commander une deuxième pinte quand il vit entrer l'un des rédacteurs de l'*Examiner*. Il sursauta, chercha du regard une issue facile d'accès. Mais comme d'habitude, il avait choisi une place dans un coin, à l'écart des grandes tablées. Il était piégé.

Un cigare éteint vissé au coin de la bouche, Angus Harrell traversa la salle en se dirigeant droit sur Barnaby. Il s'immobilisa devant sa table, sans cesser de mâchonner son cigare.

— Ah, vous voilà, Pinkum.

Sa voix de stentor ne pouvait manquer d'attirer l'attention. Les autres journalistes, habitués du lieu, lui vendaient régulièrement des articles et savaient qu'il quittait rarement son bureau pour s'aventurer dans leur taverne préférée.

Barnaby retomba contre son dossier. Nul doute que Harrell allait l'incendier pour avoir donné la primeur de l'article au *Morning Post*.

— Désolé, je...

— Oui, je sais, nous nous sommes fait doubler par un de ces salopards du *Post*. Mais nous avons publié un article illustré. L'image, voilà ce qui fait vendre du papier aujourd'hui ! Et nos ventes ont explosé. Les gens sont fascinés par votre petite héroïne. L'actualité est trop morose actuellement avec toutes ces faillites, le chômage, les taxes...

Les lecteurs veulent se distraire, et cette histoire de sauvetage est exactement ce qu'il leur faut.

— Je vois mal comment je pourrais tirer sur le fil. Le père Alcott m'a menacé d'un procès si je continuais de le harceler.

Barnaby calculait déjà ses chances de transformer ce coup de bol en aubaine. Harrell n'avait manifestement pas compris qu'il avait vendu deux fois son histoire. Il venait lui demander d'écrire d'autres articles pour l'*Examiner*. Si Barnaby était assez finaud, il trouverait peut-être matière à en produire encore trois ou quatre.

— Qu'a-t-elle fait d'autre ? Une tête brûlée comme ça, je parie qu'elle n'en est pas à son coup d'essai. Vous allez fouiller un peu son passé. Et si vous ne trouvez rien, pistez-la et sautez sur tout ce qui vous paraît « héroïque », de près ou de loin.

— D'accord. Et le cas échéant… est-ce que j'aurai droit à la une ?

— Rien que ça ? fit Harrell dans un rire. Non, ne rêvez pas, mon vieux. Mais si l'histoire est assez croustillante, je peux vous promettre la première partie de la deuxième page. Avec une illustration. Et peut-être votre signature.

Un article signé de son nom ! Une faveur qu'on accordait rarement aux reporters, même les plus respectés. Un large sourire s'inscrivit sur le visage de Barnaby.

Harrell agita la main.

— Alors, qu'est-ce que vous attendez ? Ouste, allez me chercher cette histoire ! Je la veux pour l'édition de mercredi.

Quand Rafe entra dans son club ce soir-là, il tomba sur un groupe de jeunes gandins en goguette et faillit faire demi-tour sur-le-champ. Peut-être pouvait-il se saouler dans un endroit plus tranquille ?

Puis il aperçut son ami Barclay Howard installé seul à une table dans un coin, devant un verre de cognac. Les épaules voûtées, celui-ci affichait un air maussade. Son visage s'illumina cependant à la vue de Rafe qui approchait.

Il leva son verre.

— À ta santé, preux chevalier !

— Je vois que tu as lu la presse, dit Rafe en faisant signe au serveur de leur apporter deux verres.

— Tout le monde l'a lue. La nouvelle s'est répandue en ville comme une traînée de poudre. Dis-moi, la fille t'a vraiment largué comme une vieille chaussette ?

— Elle a essayé, en tout cas. Mais il n'est pas si facile de se débarrasser de moi. Surtout quand on mélange la famille et les affaires. Nous sommes coincés, je le crains.

Barclay perçut son abattement sous le ton désinvolte.

— Si tu veux que nous allions boire un coup ailleurs...

— Eh, regardez qui est là ! M. Pétochard en personne !

Un des gandins venait de se tourner vers leur table, suivi de quelques comparses aussi éméchés que lui.

— Fitzroy, je te conseille de rentrer cuver chez toi. Je ne suis pas d'humeur, gronda Rafe.

— C'est toi qui devrais aller te cacher, s'esclaffa Fitzroy, qui prit les autres à témoin : Vous avez entendu, les gars ? Ce trouillard voudrait que nous lui cédions la place !

Rafe se leva, ignorant Barclay qui tentait de lui agripper le bras. Il savait très bien comment tout cela allait finir et, d'une certaine façon, il en avait envie. Ils étaient à cinq contre un, estima-t-il, sans remarquer que Barclay s'était levé à son tour en marmonnant un juron.

Il fit un pas vers Fitzroy, qui le repoussa d'un coup à l'épaule. La seconde suivante, Rafe lui envoyait son poing dans la figure…

6

Le lundi matin arriva plus vite que Lauren ne l'aurait voulu. Elle se leva tôt, prit son petit déjeuner dans sa chambre, puis s'attela à la tâche délicate qui consistait à choisir la tenue idéale pour admirer des machines-outils.

Il fallait un juste équilibre entre le frivole et l'ordinaire. Elle devait donner l'impression de vouloir faire honneur à son fiancé. Mais Dieu seul savait ce qui plaisait à M. Je-suis-mieux-que-tout-le-monde.

Elle vida son armoire, étudia chaque toilette dans le reflet de la psyché. Quand tante Amanda fit son apparition, il y avait des robes, des jupes et des chemisiers un peu partout dans la chambre.

— Seigneur, quel capharnaüm !

— Aidez-moi, ma tante. Il me faut une tenue seyante, mais pas sophistiquée. Féminine, sans être aguicheuse. Voyons, j'exclus la dentelle et les volants...

Comme Amanda ne réagissait pas, Lauren finit par se tourner vers elle. Sa tante arborait une expression navrée.

— C'est désolant que tu doives t'infliger cela, ma chérie. Supporter cet homme pendant des semaines, avec le sourire de surcroît… J'ai essayé de raisonner Lawrence, mais…

— C'est ma faute. Je n'aurais pas dû faire un esclandre. Je me moque de ménager la fierté de Rafe Townsend, mais je sais à quel point papa compte sur cette fusion. L'autre soir, lui et M. Townsend semblaient vraiment aux abois. Et au moins, maintenant, je suis libre d'aller et venir.

Saisie d'une inspiration, elle choisit une jaquette à basque en lainage bleu roi qu'elle associa avec une jupe or pâle, gansée d'un ruban du même bleu.

— Qu'en pensez-vous, ma tante ?

— Si tu n'y prends garde, tu vas éblouir Rafe Townsend et il ne voudra plus rompre.

— Ce n'est pas lui que j'ai besoin d'éblouir, mais ceux qui nous regardent, rétorqua Lauren.

Dans le hall d'Alcott House, Rafe s'efforçait d'admirer le dallage en marbre, la balustrade sculptée bien cirée et la console surmontée d'un bouquet de fleurs roses et blanches.

Dans son souvenir, le salon était également fort agréable. Les Alcott n'aimaient pas les dorures tape-à-l'œil ni le faux style Tudor avec ses lambris sombres, en vogue chez les nouveaux riches. Ici, le mobilier simple et élégant donnait aux lieux une atmosphère paisible, et les voilages légers laissaient entrer le soleil par les hautes fenêtres.

Hélas, en cet instant il aurait préféré une lumière plus tamisée. Il avait l'impression qu'un marteau lui défonçait la tempe…

Il aperçut une silhouette dans l'escalier.

Elle avait relevé ses cheveux et portait un chapeau en forme d'hirondelle. Il s'obligea à écarquiller son œil douloureux pour détailler l'ensemble visiblement coupé sur mesure. La couleur de la jaquette rappelait le bleu de ses yeux, et l'or de sa jupe faisait écho aux reflets dorés de sa chevelure châtain. Cette tenue lui donnait beaucoup d'allure.

— J'espère que vos machines ne sont pas pleines de cambouis. C'est ma jupe préférée, dit-elle en descendant les dernières marches avec grâce, ses gants à la main.

— À vous aussi, bien le bonjour.

— Que la journée soit bonne, cela reste à voir, rétorqua-t-elle en s'arrêtant à quelques pas pour enfiler ses gants.

Elle releva la tête et son regard s'agrandit de surprise.

— Votre œil… et votre lèvre ! Que vous est-il arrivé ?

Il ne répondit pas.

— Vous avez un coquard, la pommette enflée et la lèvre fendue, poursuivit-elle en s'approchant pour l'examiner de plus près, avant de conclure en toute logique : Vous vous êtes battu.

— Je suis tombé sur d'anciens camarades du pensionnat.

— Ah. J'imagine que tout le monde avait bu. Avez-vous d'autres blessures ? Aux côtes ? Aux mains ?

Elle baissa les yeux sur ses phalanges écorchées.

— Je vais très bien, merci. Êtes-vous prête ? L'exposition…

— … attendra.

Elle ôta l'unique gant qu'elle avait eu le temps d'enfiler et, avant qu'il puisse deviner son intention, elle lui frôla la pommette. Il tressaillit, mais ne se déroba pas. Curieusement, le contact de ses doigts frais ne le dérangeait pas.

— Il faut faire quelque chose, décréta-t-elle en le saisissant par le bras pour l'entraîner vers le salon.

— J'ai déjà mis un steak sur mon œil. D'ici deux jours, il n'y paraîtra plus, je vous...

— Nous n'avons pas deux jours. Si un journaliste vous voit dans cet état, il écrira sûrement que c'est moi qui vous ai cassé la figure.

Rafe ne put s'empêcher de sourire. Aïe, ça faisait mal...

Elle le guida vers le sofa, lui ordonna de s'asseoir, ce qu'il fit docilement. Puis elle quitta la pièce et il l'entendit s'entretenir avec quelqu'un. Quelques minutes plus tard, elle revint avec un plateau sur lequel étaient posés un linge propre et un bol d'eau chaude dans lequel on avait jeté une poignée de feuilles.

— Qu'est-ce que c'est ? s'inquiéta-t-il.

— Cela va résorber l'œdème.

Elle récupéra les feuilles, les disposa au creux du linge qu'elle replia ensuite.

— Vous allez soigner mon œil avec ça ?

— Non, *vous* allez soigner votre œil. Moi, je prépare juste le cataplasme.

Elle lui posa le linge humide dans la main, lui souleva le coude pour l'inciter à le placer sur son œil. C'était chaud, mais il s'habitua vite et, lorsqu'elle eut glissé un coussin derrière sa nuque, il laissa aller sa tête en arrière, les yeux clos.

Il entendit un bruissement de jupes, puis le silence retomba. Il ouvrit son œil valide, se rendit compte qu'il était seul. À quoi devait-il ce soudain élan de compassion de la part de la jeune femme ?

Il s'était plutôt attendu à ce qu'elle refuse de sortir au bras d'un homme affligé d'un œil au beurre noir.

Il referma les yeux, se détendit.

Un peu plus tard, il s'éveilla dans un petit sursaut. Le cataplasme tomba et les feuilles se répandirent sur le sol.

Lauren Alcott était assise près de lui.

Il se redressa.

— Oh… j'ai dû m'assoupir. Cette chose est tombée…

— Ne vous inquiétez pas, cela ne tache pas. Comment va votre œil ?

Elle s'agenouilla pour ramasser les feuilles. Rafe se tâta la paupière avec précaution. Effectivement, elle semblait avoir dégonflé.

— J'admets que votre remède miracle a l'air de fonctionner.

Toujours à genoux, elle releva la tête. Ses yeux parurent à Rafe plus grands que dans son souvenir. Plus doux, aussi. Une sensation de chaleur se répandit dans son corps, semblable à l'effet que produisait une gorgée de whisky.

Son beau regard noisette semblait tout à coup moins défiant. Lauren se sentit déstabilisée. Elle avait passé le dernier quart d'heure à observer ses meurtrissures. Il s'était battu comme un chiffonnier et, vu l'état de ses mains, il avait lui-même assené quelques coups.

Elle l'avait imaginé en train de se battre…

À présent, elle le regardait comme elle n'avait jamais regardé un homme. Chacun semblait sonder l'âme de l'autre. C'était très intime et… perturbant.

Elle se releva et sentit ses jambes flageoler légèrement tandis qu'elle déposait les feuilles humides sur le plateau. Lorsqu'elle s'essuya les mains sur le linge, elle se rendit compte que Rafe Townsend la fixait toujours.

— Nous devrions y aller, suggéra-t-elle. Ces machines ne vont pas s'admirer toutes seules. On ne voit un tel narcissisme que chez les Townsend, apparemment.

Elle n'avait pu s'empêcher d'ajouter cette pique, peut-être pour dissiper son trouble et le sentiment de vulnérabilité qui en découlait.

Elle eut le temps de le voir se rembrunir avant de se détourner pour se diriger vers le hall. Lorsque Weathersby leur ouvrit la porte quelques instants plus tard, elle s'était ressaisie. Mais une surprise l'attendait : le petit fiacre stationné devant la maison ne pouvait accueillir que deux passagers. Ils allaient faire le trajet presque joue contre joue.

— Où est l'Upwell Hall ? demanda-t-elle.

— Près des chantiers navals.

Lauren réfléchit quelques secondes.

— Je doute qu'il y ait beaucoup de journalistes là-bas. Il faudra aller ensuite dans un endroit plus fréquenté. Je suppose que vous avez fait une réservation pour le déjeuner ?

Rafe retint un grognement. Allait-elle garder cette attitude toute la journée ? Pragmatique. Vaguement hautaine. Eh bien, ça promettait…

Mais dès qu'elle avança dans l'allée, il se surprit à fixer le petit faux cul qui se balançait à chacun de ses pas. Non pas une de ces tournures extravagantes, juste de quoi retenir le regard et réveiller le souvenir de sa croupe gracieuse moulée par sa chemise trempée.

Il la suivit des yeux, hypnotisé, jusqu'à ce qu'elle s'arrête devant la portière du véhicule.

— La prochaine fois, nous prendrons une voiture ouverte et nous baisserons la capote, déclara-t-elle.

Comme il s'installait à côté d'elle sur la banquette, elle prit le livre qu'elle avait coincé sous son bras et le lui fourra dans les mains.

— Qu'est-ce que c'est ?

— Un roman qu'il vous faut absolument lire.

La couverture en cuir était toute douce, et les pages cornées indiquaient que ce livre avait été lu et relu. Il jeta un coup d'œil à la tranche. *Ivanhoé*, de sir Walter Scott.

— Je ne m'intéresse pas aux contes de fées, dit-il en tentant de lui rendre l'ouvrage.

— Il n'y en a pas là-dedans, répliqua-t-elle en repoussant le livre. Et vous y trouverez peut-être matière à réflexion.

De mauvaise grâce, il ouvrit le roman et, sur la troisième page, découvrit une illustration qui représentait un chevalier prêt à charger sur son destrier. Avec un soupir résigné, il posa le livre sur la banquette. Était-elle en train de se moquer de lui ?

Maudite bonne femme.

Barnaby Pinkum attendit qu'ils soient installés dans le fiacre pour sortir de sa cachette. Rapidement, il longea la grille en fer forgé et sauta sur la plateforme à l'arrière du véhicule.

C'était son moyen de transport préféré. Voyager incognito derrière la voiture des riches. Ni le cocher ni ses proies ne se rendirent compte de sa présence.

L'exposition avait lieu dans un vieux hangar à bateaux du quartier des docks, un immense bâtiment en brique dont les nombreuses ouvertures permettaient jadis le passage des charrettes qui apportaient l'outillage et les matériaux divers.

Au moment de quitter le fiacre, Lauren remarqua que Rafe avait abandonné le livre sur la banquette. Avec un soupir agacé, elle le récupéra.

Comme il l'aidait à descendre, elle aperçut un homme vêtu d'une veste à carreaux et d'un chapeau melon poussiéreux qui s'éloignait en les regardant. Son visage lui parut vaguement familier. N'était-il pas avec ces types qui faisaient le guet devant la maison, trois jours plus tôt ?

Mais comment diable un journaliste avait-il pu les dénicher jusqu'ici ?

Par mesure de précaution, elle glissa son bras sous celui de Rafe et lui adressa un grand sourire.

À l'intérieur du hangar, des machines de toutes tailles et formes étaient exposées sur des estrades en bois. Leurs noms étaient inscrits sur des pancartes, et des ouvriers en bleu de travail les actionnaient. Certaines étaient des modèles réduits, d'autres de vrais engins destinés aux usines.

De nombreux curieux – tous de sexe masculin – déambulaient dans les allées et s'arrêtaient devant les stands pour poser des questions aux ingénieurs. L'endroit était beaucoup plus fréquenté que Lauren ne l'avait supposé.

Dans le brouhaha ambiant, on percevait l'odeur du cambouis, du caoutchouc chaud et de la fumée qui sortait des chaudières à charbon. Lauren plissa le nez. Ses yeux la piquaient. Elle n'avait jamais vu un spectacle aussi bruyant et malodorant. La matinée s'annonçait terriblement ennuyeuse.

Au fond du bâtiment, une banderole proclamait fièrement que toutes ces machines concouraient à la gloire militaire et industrielle de l'Angleterre.

Pourquoi diable Rafe Townsend l'avait-il emmenée dans un endroit pareil ?

Elle l'observa à la dérobée. L'œil brillant de curiosité, il s'entretint avec plusieurs exposants, posa des questions, demanda à voir fonctionner les machines. Puis ils atteignirent un stand gigantesque qui prenait tout un pan de mur. La pancarte annonçait : *Hélices à haute performance*.

Présentées comme la dernière innovation en matière de propulsion maritime, ces hélices fonctionnant à la vapeur assuraient la suprématie de la Navy sur toutes les mers du globe. Et tout récemment, l'entreprise qui les produisait avait commencé à en équiper des navires de commerce.

Rafe discuta avec les deux ingénieurs responsables de la fabrication de ces monstres de métal. Dans la foulée, il grimpa sur l'estrade afin de les inspecter de plus près.

Lauren demeura derrière le cordon de sécurité, un peu fâchée que Rafe l'abandonne alors qu'elle était la seule femme présente, et que le but de cette sortie était de redorer sa réputation.

Un jeune homme s'approcha pour lui proposer son aide. Elle lui demanda pour quelles raisons ces machines à vapeur étaient si particulières. Il souleva la corde pour la faire passer de l'autre côté et entreprit de lui montrer les différents composants des hélices, lui expliqua quels procédés de fabrication en avaient fait les machines les plus puissantes sur mer.

Lauren fut surprise par la clarté de ses propos qu'elle n'eut aucune difficulté à comprendre.

Le système de roue à aubes était donc dépassé. Désormais, les machines à vapeur faisaient tourner des hélices.

Le jeune homme répondait à ses questions et lui rendait ses sourires.

Au bout d'un moment, elle tourna la tête et aperçut Rafe qui la considérait, les bras croisés sur la poitrine, la bouche pincée dans une mimique contrariée qui devait être douloureuse, à cause de sa lèvre fendue.

— J'espère que vous en avez assez vu. Personnellement j'ai terminé, déclara-t-il en lui tendant la main.

Lauren cherchait une riposte quand son attention fut attirée par un chapeau melon et un regard chafouin braqué sur eux. Suivant son instinct, elle plaça sa main dans celle de Rafe et lui sourit. Elle descendit de l'estrade et épousseta d'une main sa jaquette et sa jupe.

— Je ne me suis pas tachée. Ces machines sont fascinantes. Je ne m'en serais pas doutée.

Elle risqua un coup d'œil en direction de l'homme au chapeau melon. Celui-ci avait disparu. Elle glissa cependant son bras sous celui de Rafe et lui sourit de nouveau, d'une manière qu'elle espérait convaincante.

— Et maintenant, dites-moi où vous comptez m'emmener déjeuner.

Le fiacre les déposa quelques minutes plus tard devant une petite auberge respectable, mais pas vraiment chic, aux fenêtres décorées de demi-rideaux. Sur l'enseigne figuraient sept étoiles blanches entourées d'un cercle, ainsi que le nom du lieu : *Les Sept Sœurs*.

La pancarte punaisée sur la porte annonçait : *La meilleure croustade au porc de Londres.*

Des cris attirèrent l'attention de Lauren au moment où elle descendait de voiture. Devant la boutique voisine, un type en tablier tenait un gamin par son col de chemise et le secouait en le traitant de « sale petit voleur ».

Frappée par l'expression de terreur peinte sur les traits du garçon, Lauren se figea.

— Rends-la-moi ou j'appelle la police ! aboya le commerçant.

— C'est pas moi, m'sieur ! protesta le gamin qui essayait vainement de se libérer. J'vous jure, j'ai rien fait !

— Tu vas finir à Newgate !

L'homme gifla l'enfant dans un aller-retour magistral. Indignée, Lauren se précipita.

— Arrêtez ! Que se passe-t-il ici ?

— Ça vous regarde pas, grogna le commerçant qui lui tournait le dos.

Il lui jeta un coup d'œil et, avisant sa mise élégante, changea tout de suite de ton.

— Ce chenapan m'a volé, madame. Lui et sa petite bande de pouilleux sont entrés dans ma boutique. Je les ai chassés, alors il a pris une chaînette de montre sur mon comptoir. Une Albert.

— L'avez-vous vu faire de vos propres yeux ?

— C'est un de la bande, en tout cas. Et y en a pas un pour rattraper l'autre.

Lauren baissa les yeux sur le garçon. Son menton tremblait.

— J'ai rien pris, mam'zelle. J'vous jure… c'était pas moi !

Très maigre, il avait de grands yeux bruns et un visage barbouillé. Sa chemise était trop grande pour lui d'au moins deux tailles, et son pantalon tenait grâce à une ficelle nouée. Ses souliers, trop grands eux aussi, étaient troués au bout.

— Retourne tes poches, dit-elle en soutenant son regard.

— Je... J'ai pas de poches, mam'zelle.

Rafe s'était approché. Il faillit dire à Lauren de laisser la justice s'occuper du cas de ce gamin, mais il se retint. Elle était assez têtue pour lui tenir tête et provoquer un esclandre. Déjà, quelques passants s'étaient arrêtés pour observer la scène. Il n'aurait plus manqué qu'un autre article paraisse dans la presse.

— Vous venez, mademoiselle Alcott ? se risqua-t-il à demander.

Lauren s'était penchée pour fouiller sommairement le garçon. Puis, la mine déterminée, elle fit face au commerçant.

— Je n'ai rien trouvé sur lui, monsieur.

— C'est sûrement un de ses camarades. Ces petites fripouilles se déplacent en bande, ils guettent les portes restées ouvertes et entrent à plusieurs pour créer le chaos et en profiter pour voler tout ce qu'ils peuvent.

— En tout cas, rien ne prouve que cet enfant vous a dérobé quoi que ce soit.

— Mademoiselle Alcott, tout cela ne nous concerne pas, plaida encore Rafe.

Elle l'ignora.

— Quelle est la valeur de cette chaînette ? s'enquit-elle.

Mais le commerçant la dévisageait maintenant de ses yeux écarquillés.

— Mademoiselle Alcott ? répéta-t-il. Alcott... comme l'Ange de la Rivière ?

— Eh bien... oui, acquiesça Lauren après avoir jeté un regard surpris à Rafe.

L'homme lâcha le gamin et recula, lissa son tablier du plat de la main.

— Je sais bien que vous avez un grand cœur, mademoiselle, mais moi, j'ai une famille à nourrir.

Deux souverains changèrent de poche. Le commerçant remercia chaudement Lauren de le dédommager de sa perte.

— Vraiment, c'est un honneur de rencontrer celle qui a sauvé ces deux pauvres femmes.

Les joues en feu, Lauren hocha la tête. Puis elle prit la main du gamin et l'entraîna vers l'auberge.

Rafe retint un soupir. Manifestement, l'affaire n'était pas terminée.

7

— Qu'allez-vous faire de ce gamin ? chuchota-t-il furieusement en rejoignant sa prétendue fiancée devant la porte de l'auberge.

— Je vais… Non, *nous* allons le nourrir.

Miséricorde. Non, pas dans son auberge préférée du quartier des docks !

Avant qu'il ait eu le temps de protester, Lauren poussa la porte et entraîna l'enfant à l'intérieur.

Le patron les aperçut et fronça les sourcils :

— Oh, non, non, non, mademoiselle…

Puis il reconnut Rafe et se radoucit.

— Bonjour, monsieur Townsend. Désolé, mais nous ne voulons pas de ce petit crasseux ici.

— Il ne sera pas crasseux longtemps, assura Lauren. Où sont vos toilettes ?

— Mais… euh… les autres clients…

Un des serveurs avait entendu la conversation. Il désigna le couloir, au fond de la salle. Lauren s'éloigna avec l'enfant, laissant Rafe se débrouiller avec le patron.

— Monsieur Townsend, je ne peux pas…

— Trouvez-nous une table en retrait. Il n'y aura pas de problème, je vous le promets. Et vous ne le regretterez pas, ajouta Rafe d'un air entendu.

Il sentit les regards des autres clients le suivre tandis que le patron le conduisait à contrecœur vers le fond de la salle.

Une fois installé, il reporta son attention sur le couloir. Sa migraine reprenait. Maudite bonne femme. Il aurait deux mots à lui dire quand ils ne seraient plus dans un endroit public. Elle avait un don incroyable pour se faire remarquer. Dieu merci, leurs fiançailles seraient bientôt officiellement rompues.

Elle refit son apparition quelques instants plus tard. Le gamin était en bien meilleur état, il fallait l'avouer, le visage rougi à force d'avoir été frotté, les mains à peu près propres. Ses cheveux humides étaient peignés en arrière.

Lauren installa le garçon à la table, puis jeta dans l'assiette de Rafe le roman qu'il avait laissé un peu plus tôt dans la voiture.

— Monsieur Townsend, je vous présente Jims Gardiner. Il vit avec sa mère et ses sœurs dans un endroit appelé Three Pig. Son père est mort, sa mère travaille beaucoup, et ses deux sœurs aussi. Jims, voici M. Townsend. Il est dans l'import-export et… c'est mon fiancé.

— Vous êtes vraiment bien habillé, m'sieur, remarqua Jims, admiratif.

— Et toi, tu es un petit impertinent très sale, répliqua Rafe en plissant le nez d'un air dégoûté.

Lauren lui fit les gros yeux, mais Jims réagit de manière plus prosaïque.

— Ma mère veut pas qu'on gaspille l'eau. Alors je peux pas me laver. Vous allez vraiment me donner à manger ?

Il levait sur Lauren un regard plein d'espoir.

Lauren pria Rafe de passer commande, et bientôt un verre de lait arriva pour faire patienter le gamin. Jims considéra le verre d'un air méfiant, goûta, puis avala goulûment trois ou quatre grandes gorgées, jusqu'à ce que Lauren lui conseille de garder un peu de place pour la suite.

— Vous inquiétez pas, mam'zelle. Je pourrais avaler une baleine. Enfin, c'est ce que dit ma mère. Je sais même pas quel goût ça a, la baleine.

Lauren se mordit la lèvre, et Rafe leva les yeux au ciel.

Un serveur apporta des petits pains tout chauds, une croustade de porc, des pommes de terre gratinées au four et des haricots verts. Jims regarda tout cela, les yeux exorbités. Il se servit un peu de chaque plat, comme s'il craignait que la table soit débarrassée d'un moment à l'autre.

Lauren se pencha vers lui.

— Si tu manges à la table de ce beau monsieur, tu dois surveiller tes manières. Utilise ta fourchette, pas tes doigts. Et reprends ton souffle entre deux bouchées. Cette nourriture ne repartira pas sans toi.

Le garçon se détendit et lui sourit, sans cesser de mâcher avec enthousiasme. Il tenait sa fourchette gauchement et avait du mal avec son couteau. Patiente, Lauren lui montra comment faire.

— À la maison, on a que des cuillères, expliqua-t-il, l'air chagrin.

Rafe se mit lui aussi à manger et observa à la dérobée Lauren qui, la mine soucieuse, picorait dans son assiette. Une expression de tendresse s'inscrivit sur son visage lorsqu'elle repoussa une mèche humide sur le front du gamin.

Elle ne jouait pas les dames patronnesses : elle était sincère.

Au bout d'un moment, elle parut se rappeler sa présence.

— Vous avez encore oublié le livre. On pourrait presque croire que vous n'avez pas envie de le lire.

— Il me semble vous avoir dit que je n'aimais pas les romans.

— C'est quoi, un roman ? s'enquit Jims.

— Un livre qui raconte une histoire. Cela procure beaucoup de plaisir, assura Lauren. En connais-tu une ?

Le garçon réfléchit un moment.

— *Les Trois Petits Cochons.*

Rafe émit un son qui hésitait entre le rire et le ricanement. Lauren le fusilla du regard.

— C'est une bonne histoire. Celle qui est racontée dans le livre de M. Townsend est plus longue et bien plus détaillée. Il faut plusieurs heures pour en venir à bout, mais c'est aussi une très bonne histoire.

— Ça raconte quoi ? demanda Jims, qui avait cessé de manger.

— Cela parle d'un chevalier. Tu sais, ces hommes qui portaient une armure et se battaient à cheval pour le roi. Ils étaient nobles, pleins de bravoure et accomplissaient de grands exploits.

Le garçon semblait perplexe. Lauren prit le livre et l'ouvrit à la première page où figurait une illustration.

— Comme ça, dit-elle.

Jims ouvrit des yeux ébaubis.

— Il a un costume en métal ?

— Il porte des habits normaux sous son armure. Elle le protège des blessures pendant la bataille. N'est-ce pas, monsieur Townsend ?

— Oui, c'est le but, en général.

— Et vous, m'sieur ? Vous êtes un chevalier ?

Rafe faillit s'étouffer avec son café. Il ne put s'empêcher de glisser un regard à Lauren, toussota.

— D'où te vient une idée pareille ?

— Bah... vous vous êtes battu. Vous avez un œil au beurre noir. Est-ce que le roi était là ?

Une étincelle malicieuse s'était allumée dans les yeux de Lauren.

— Non, je ne suis pas chevalier. Les preux chevaliers, ça n'existe plus de nos jours. Et nous avons une reine, pas un roi.

— Ah, oui...

La mine déçue, Jims mordit dans un petit pain.

— J'parie que si vous aviez eu une armure, ils vous auraient pas fichu une dérouillée, commenta-t-il encore.

Lauren dissimula son sourire derrière sa serviette. Rafe baissa un regard irrité sur le livre. Une idée lui vint soudain.

— As-tu des livres chez toi ?

Jims secoua la tête.

— Est-ce que tu sais lire, au moins ?

— Non.

— Connais-tu ton alphabet ?

— Quelques lettres. Le J, le G, le N. À cause de mon nom. Et le A. Parce que ma mère s'appelle Alice.

Rafe poussa le livre dans sa direction.

— Tu sais quoi ? Il est à toi, mon garçon. Et quand tu auras appris à lire, viens me voir et j'aurai le plaisir de t'embaucher dans mon entreprise.

Jims parut tout excité. Son regard passa de Rafe à Lauren.

— Euh... c'est quoi, « embôcher » ?

Lauren se surprit à observer Rafe en se demandant à quoi il pensait. Sans doute aurait-elle droit à un sermon quand ils seraient seuls. Mais elle comptait elle-même lui dire ce qu'elle pensait d'un homme qui se permettait d'offrir le cadeau qu'on venait de lui faire.

Il y eut un brouhaha du côté de la porte, et le patron sortit de derrière son comptoir pour intervenir. Apparemment, des clients voulaient à toute force s'asseoir « près de l'Ange de la Rivière ». Lauren s'aperçut qu'ils la fixaient. Dire qu'elle avait craint que leur escapade dans le quartier des docks ne passe inaperçue…

Comment ces gens connaissaient-ils son identité ? Le commerçant voisin s'était-il empressé de raconter qu'elle lui avait donné deux souverains ? À moins que les habitants de l'East End ne soient particulièrement friands des gazettes à potins ? Ils n'avaient pourtant pas tant d'argent à gaspiller.

Quand Jims regretta que ses sœurs ne soient pas là pour se régaler elles aussi, Lauren demanda au serveur de mettre les restes dans une boîte qu'il pourrait ramener chez lui. Puis elle eut une idée et pria le garçon d'inviter ses sœurs dans cette même auberge le lendemain midi, où Rafe et elle seraient très honorés de faire leur connaissance.

Jims fut enchanté. Le patron de l'auberge fut plutôt embarrassé quand elle réserva une table de cinq convives pour le lendemain. Mais la perspective d'une belle addition l'empêcha de grogner.

Ils déposèrent Jims dans un quartier sordide où les immeubles insalubres étaient séparés par des ruelles minuscules. Le roman et la boîte précieusement serrés contre sa poitrine, le garçon rentra chez lui en courant.

— Et maintenant, où allons-nous ? s'enquit Lauren.

Rafe la fixait, une expression énigmatique sur les traits. Finalement il prit une profonde inspiration, grimaça à cause de l'odeur fétide qui flottait dans l'air.

— Je crois que nous nous sommes assez exposés pour aujourd'hui, répondit-il.

— Si cela ne vous dérange pas, j'aimerais passer quelque part avant de rentrer.

Elle demanda au cocher de les conduire à Piccadilly. Peu après, ils s'arrêtèrent devant une boutique qui s'appelait Hatchards. Rafe connaissait l'endroit. Il décréta qu'il préférait attendre dans la voiture. Mais Lauren glissa son bras sous le sien et lui fit franchir le seuil d'un pas alerte.

Elle s'approcha du comptoir, tandis que Rafe demeurait en retrait avec une mine de martyr.

Une dame coiffée d'un chapeau à plumes était en train d'inspecter le contenu d'une étagère. Elle sursauta en entendant le libraire saluer Lauren en l'appelant par son nom.

— Alcott ? répéta-t-elle. Mademoiselle Alcott ? Ça par exemple !

Elle s'approcha, deux livres pressés contre son ample poitrine.

Lauren l'accueillit avec un enthousiasme modéré.

— Bonjour, madame Buffington.

— Quelle surprise de vous voir ici ! Mais je sais que vous êtes une fervente lectrice, donc ce n'est pas très étonnant, finalement. Comment allez-vous, ma chère ? J'ai lu...

Remarquant la présence de Rafe, elle s'interrompit, puis reprit :

— ... les livres que vous avez recommandés pour l'école de la paroisse. Excellent choix. Les enfants adorent ces aventures qui exaltent les valeurs morales.

— Je suis contente que cela vous ait plu.

Mme Buffington pivota vers Rafe.

— Et qui est ce monsieur ?

— Rafe Townsend. Rafe, puis-je vous présenter Mme Archer Buffington ? Nous siégeons toutes deux au comité scolaire.

Les joues roses, Mme Buffington tendit la main à Rafe, lequel se déclara ravi de faire sa connaissance. La matrone savait manifestement qu'elle avait affaire au fiancé de Lauren et n'essayait même pas de cacher sa curiosité.

— Votre promis est si grand, et si beau ! Je comprends maintenant pourquoi vous n'étiez pas libre pour faire la lecture en classe, ces derniers temps. La date du mariage est-elle fixée ?

— Non, pas encore.

— Vraiment ? Vous savez, il faut profiter de sa jeunesse.

Mme Buffington gloussa, et Lauren crut entendre Rafe ricaner. Puis la matrone alla régler ses achats au comptoir. Lauren passa commande et, en attendant que ses livres soient empaquetés, elle déambula d'une étagère à l'autre.

Lorsqu'elle releva la tête, elle aperçut Rafe qui ouvrait la porte à Mme Buffington. Celle-ci marqua un temps d'arrêt sur le seuil et se tourna vers Lauren.

— J'imagine que nous nous verrons chez lord Drummond ?

Lauren fut prise au dépourvu. Impossible de se rappeler quel événement avait lieu prochainement chez les Drummond.

— Oui, bien sûr, opina-t-elle.

Mme Buffington eut un sourire satisfait et s'en alla sur un signe de la main.

Ils repartirent quelques minutes plus tard avec deux livres enveloppés dans du papier kraft : un grand, épais et rectangulaire ; et un plus petit.

Une fois dans le fiacre, Lauren poussa un soupir de soulagement.

— Mme Buffington est une vraie grenouille de bénitier. Elle est très à cheval sur la bienséance. Dieu merci, elle ne doit pas lire les feuilles à ragots.

— Elle préfère sans doute les répandre elle-même. Croyez-vous qu'elle va raconter partout qu'elle a croisé un gentil couple d'amoureux ?

— Seul le temps nous le dira.

Elle lui tendit le plus petit paquet. Il s'en saisit, le retourna dans ses mains.

— Est-ce que c'est ce que je crois ?

— Ouvrez-le.

Rafe dénoua la ficelle, déplia le papier kraft et laissa échapper un soupir accablé. Un autre exemplaire d'*Ivanhoé*. Elle n'en démordait pas.

— Vous avez fait preuve d'une telle générosité en donnant le vôtre à Jims que je ne pouvais pas vous laisser comme ça, expliqua-t-elle.

Une lueur espiègle dansait dans son regard. Elle avait des yeux magnifiques, immenses, d'un bleu profond illuminé de stries mordorées autour de la pupille. Comment diable n'avait-il pas remarqué plus tôt cette couleur inhabituelle ?

— Vous tenez tant que cela à ce que je le lise ?

— Eh bien, je pense que cela pourrait vous être bénéfique, vous…

— Me rendre plus courageux ? Plus *héroïque* ?

Elle ne se laissa pas intimider par son ton irrité.

— Cela vous aidera peut-être à comprendre ce que je ressens.

— Je sais déjà pourquoi vous ne m'aimez pas. Je ne suis pas l'un de ces héros mythiques prêts à sacrifier leur vie pour défendre la veuve et l'orphelin.

— Ce n'est pas aussi naïf et ridicule que vous le prétendez.

— Avez-vous rencontré d'authentiques héros dans la vraie vie ?

— J'ai lu leurs exploits. Le duc de Wellington. L'amiral Nelson. Guillaume le Conquérant.

— Et vous recherchez un chevalier errant capable de soulever une armée, un guerrier aux valeurs humanistes ?

— Je n'attends pas la perfection, se défendit-elle. Je pense néanmoins qu'un homme admirable doit veiller sur les autres et… oui, s'efforcer de rendre le monde meilleur.

On ne pouvait douter de sa sincérité. Et il fallait reconnaître qu'elle appliquait ces règles à sa propre personne. Il était donc naturel qu'elle veuille un compagnon prêt à s'engager de la même manière.

Cette idée lui donna matière à réflexion. Chez un homme mature, un tel idéalisme aurait frisé le ridicule. Mais pour une jeune femme candide… était-ce si absurde ?

Il baissa les yeux sur le livre.

Pensait-elle vraiment que la prose de Walter Scott allait comme par magie le métamorphoser ? Il n'en lirait pas une page. Il n'allait pas se laisser polluer l'esprit avec ces fadaises romantiques.

— Si vous préférez, nous irons pique-niquer près de la rivière et je vous ferai la lecture, proposa-t-elle.

Il posa le livre sur la banquette, croisa les bras sur sa poitrine.

— Pour que je vous retrouve dans l'eau une fois de plus ? Jamais de la vie !

Barnaby Pinkum vit Townsend raccompagner Mlle Alcott jusqu'à la porte d'entrée, puis remonter dans le fiacre qui repartit aussitôt.

Il n'y eut pas de chaste baiser sur la joue, pas de main doucement pressée, comme c'était l'usage chez les gens de la haute. Dans ces conditions, il était difficile de déterminer si le mariage était maintenu ou pas. Néanmoins, Barnaby avait récolté suffisamment d'informations pour écrire son prochain article.

La fille Alcott était une philanthrope qui faisait le bien partout où elle passait. Cette fois, elle avait volé au secours d'un petit orphelin injustement accusé de vol, lui avait offert un repas pantagruélique, puis l'avait ramené chez lui.

Le titre de son prochain article s'imposait : *L'ANGE DES FAUBOURGS.*

Barnaby se frotta le ventre. Son estomac criait famine. Ce fichu garnement avait mieux mangé que lui, aujourd'hui ! Mais la pige qu'il toucherait bientôt lui permettrait de faire ripaille pendant au moins une semaine.

8

Le lendemain, Lauren avait prévu de commencer la journée par une promenade sur Rotten Row à 10 heures. Ensuite, elle projetait d'emmener Rafe à l'école de la paroisse, à l'heure de la lecture, avant de retrouver Jims et ses sœurs à l'auberge pour déjeuner.

Ce programme avait deux buts : se montrer et énerver Rafe Townsend.

Si possible.

La veille, il était resté sur son quant-à-soi, sauf face aux machines à vapeur. Et en le voyant courir sous la pluie battante et gravir les marches du perron dans sa tenue d'équitation qui mettait en valeur ses larges épaules, Lauren ne put s'empêcher de se remémorer les propos osés de tante Amanda sur les qualités d'un bon époux.

Jusqu'où devrait-elle aller pour que Rafe Townsend abandonne ses airs distants et lui témoigne un semblant d'affection ?

Quelques secondes plus tard, il entra dans le hall, pestant contre la pluie. Weathersby voulut lui sécher les bottes, mais il refusa son aide et s'en chargea lui-même.

Lorsque Lauren apparut, il se redressa et rendit le chiffon au majordome.

— Vous avez choisi votre jour pour une promenade au parc. Il tombe des cordes.

— J'ai vu. Il va falloir changer nos plans, dit Lauren avec une moue de regret.

— Pourquoi ne pas faire un tour au Crystal Palace ? Les jardins sont agréables, il y a toujours foule, et les petites boutiques proposent des rafraîchissements.

Lauren réfléchit un instant, puis acquiesça.

Weathersby appela un fiacre, car le buggy des Alcott n'avait pas de capote. Une fois de plus, Rafe se retrouva assis tout contre Lauren. Elle était vêtue d'un ensemble vert paon orné de galons dorés et portait encore ce coquet chapeau en forme d'hirondelle avec des plumes dorées. On ne pouvait nier qu'elle savait s'habiller pour faire impression. Et *se déshabiller* aussi, d'ailleurs.

Il détourna les yeux vers la fenêtre.

— J'ai ouvert votre maudit bouquin hier soir, dit-il sans la regarder – il n'en avait pas besoin, son image était gravée dans son esprit. J'ai réussi à lire six pages avant de m'endormir. Ce livre est complètement soporifique.

— Le premier chapitre place le contexte. Sir Walter Scott est un peu historien. L'histoire commence réellement au chapitre 2.

— J'aurais aimé le savoir, marmonna-t-il. L'auteur pérore sans fin, jette sur le papier tout le vocabulaire qu'il connaît…

— Commencez au chapitre 2. C'est ce que je fais, en général.

— Vraiment ? Vous sautez des chapitres de votre précieux barde ?

— Je préfère entrer tout de suite dans le vif du sujet.

— Moi aussi.

Il tourna la tête, étudia son visage. Teint parfait, petit nez impertinent, et ces iris si particuliers… Une bouffée de désir l'envahit.

— Cela nous fait au moins un point commun, remarqua-t-elle.

Elle le fixait également. Puis elle en prit conscience et détourna la tête avec hauteur. Pourquoi était-elle si critique envers lui ? Il n'avait pas l'habitude. Et Dieu sait qu'il n'y avait rien de critiquable dans ces grands yeux bleus striés d'or… comme un lever de soleil sur la mer…

Il reporta son attention sur la fenêtre.

Ils échangèrent peu de mots durant le trajet, hormis quelques commentaires sur l'architecture des immeubles et des monuments devant lesquels ils passaient. Rafe fut surpris d'apprendre qu'elle aimait particulièrement le style georgien, qui était aussi son préféré – il détestait la résidence de ses parents, une monstruosité néogothique surchargée de tentures de velours, de bibelots et de toutes les curiosités à la mode. Elle l'étonna également en lui disant qu'elle trouvait sa mère charmante et très accueillante. Il y songeait encore quand ils atteignirent l'esplanade du Crystal Palace, alors que dehors la pluie s'était muée en léger crachin.

Au moment d'aider la jeune femme à descendre, il retint sa main dans la sienne un instant. Et lorsqu'elle posa les doigts sur son bras, il éprouva une étrange bouffée de… satisfaction ? Plaisir ?

Il se raidit. Il se refusait à penser à elle de cette façon. Certes, il la trouvait attirante, depuis le premier jour. Mais il n'oubliait pas qu'elle était têtue, impulsive et imprévisible. Il ne pouvait pas se permettre de la désirer.

Si elle se braquait déjà sur de simples détails, qu'en serait-il quand elle verrait sa fortune personnelle dépensée en navires et entrepôts, plutôt que de servir à engraisser les orphelins de Londres ?

Il acheta deux entrées et ils pénétrèrent sous la haute verrière, marquant une pause pour englober du regard les végétaux, fontaines et statues qui s'offraient à leurs yeux.

Des allées terrassées de planches circulaient entre les palmiers et arbustes en provenance de tout le Commonwealth. Non loin se dressait un chêne anglais dont le faîte atteignait presque le plafond en fer forgé.

— C'est magnifique, dit Lauren, les yeux levés. Une vraie prouesse, aussi bien sur le plan technique qu'artistique.

Il l'attira à l'écart de la foule, près d'un grand bassin à nénuphars flanqué de sculptures en pierre. Ici il faisait chaud et humide. Rafe remarqua que Lauren avait les joues légèrement empourprées.

— Je suis souvent venue, petite. À l'époque, je ne mesurais pas à quel point l'endroit était fabuleux. Je m'intéressais moins à l'exposition qu'aux statues de dinosaures et aux glaces.

Elle souriait, et il ne put s'empêcher de sourire aussi. C'était leur premier échange vraiment cordial.

— Vous n'avez pas trop chaud ? Je peux aller vous chercher un verre d'eau glacée ou un granité au citron.

Sans lui laisser le temps de répondre, il la prit par la main et l'entraîna entre les promeneurs endimanchés. Ils se dirigèrent vers la partie nord, et Rafe s'arrêta devant un petit café qui avait installé ses tables en fer forgé blanc parmi la végétation.

— Nous serons mieux ici.

À peine avait-il prononcé ces mots qu'une voix de stentor s'éleva dans son dos.

— Non, je ne rêve pas… C'est Townsend ! Ça fait un bail que je ne t'ai vu, mon garçon !

Rafe pivota et se retrouva face à un vieil homme aux cheveux frisés grisonnants qui l'attrapa dans une accolade musclée, puis lui claqua le dos avant de lui exprimer dans un langage plus que familier le plaisir qu'il avait de le revoir.

— Comment allez-vous, capitaine ? Vous aussi, vous m'avez manqué.

Dans la foulée, Rafe l'invita à se joindre à eux.

— Et qui donc est cette beauté ? s'enquit le vieil homme qui trottina sur sa jambe de bois pour aller planter un baiser enthousiaste sur la main de Lauren.

Lauren eut un mouvement de recul face à cette attaque frontale, mais trop tard. L'inconnu avait déjà saisi sa main dans une poigne vigoureuse. Il se redressa, l'enveloppa d'un regard égrillard. Il sentait l'alcool à plein nez.

— Capitaine, je vous présente Mlle Lauren Alcott, des Alcott de la compagnie East Anglia Trading. Mademoiselle Alcott, voici le capitaine Harlow Stringer, le héros de Bonasera Bay.

Lauren articula une banalité et réussit à dégager sa main. Tandis que Rafe l'installait sur une chaise, le capitaine Stringer se laissa tomber sur l'autre. Rafe dut aller en chercher une pour lui-même à la table voisine.

Ces deux-là semblaient bien se connaître.

Stringer portait un uniforme délavé aux soutaches ternies et arborait deux rangées de médailles sur la poitrine. Il restait quelques miettes de son petit déjeuner dans sa barbe.

— Quelle coïncidence de se croiser ici, remarqua Rafe en s'asseyant à côté de Lauren.

— Bah ! Je suis tout le temps fourré ici. Il y a toujours plein de jolies pépées à reluquer. Où as-tu trouvé celle-là ?

— Dans les ambitions de mon père. C'est ma fiancée.

Le capitaine écarquilla les yeux.

— Sacré bon Dieu, ton père te chouchoute !

— Oui, de temps en temps.

— Toujours à couteaux tirés avec le vieux ?

Le capitaine Stringer secoua la tête et une miette lui tomba sur le genou.

— Votre promis est une sacrée tête de mule, mademoiselle. Il n'aime pas trop les ordres. Mais je n'ai jamais eu meilleur aspirant à bord, précisa-t-il en posant sa grosse patte sur le bras de Rafe.

Lauren dissimula sa surprise. Un aspirant était un jeune officier en formation. Rafe Townsend avait donc été dans la Navy ?

— Je me suis engagé dans la marine contre l'avis de mon père, expliqua Rafe qui avait perçu sa perplexité.

— Les aspirants... Que de la gueule et pas de tripes ! grogna Stringer. J'en pensais pis que pendre, jusqu'à ce que je fasse la connaissance de celui-là. Un vrai marin ! Il a une boussole dans la tête.

— Vous me flattez, capitaine. Et moi qui croyais que tous vos souvenirs se résumaient à Bonasera Bay.

— Aaah, Bonny Bay... Si vous voulez des détails, il va falloir me rincer le gosier.

Riant, Rafe sortit une flasque en argent de sa poche.

Un serveur s'approcha pour prendre leur commande. Harlow Stringer but une gorgée au goulot de la flasque et soupira.

— À cause de ces maudites ligues de tempérance, on ne peut pas boire un coup dans ces cafés chics. Mais heureusement, il y a les amis ! dit-il avec un clin d'œil à Rafe.

Là-dessus, il se lança dans son récit préféré.

— J'ai commandé une frégate de la garde côtière dans le Sussex. Une mission difficile et dangereuse. Les contrebandiers ne sont pas des tendres. Ils préfèrent se battre plutôt que jeter par-dessus bord une cargaison précieuse. Mais après la guerre de Crimée, je m'ennuyais un peu, alors j'ai demandé cette affectation.

Stringer désigna la première rangée de quatre médailles accrochées sur sa veste.

— Quand on a connu l'action et le feu de la bataille, on a ça dans le sang. C'est dur de se ranger des familles. Mais la bataille de Bonasera… En 1855, j'étais en mer Noire pour abattre les fortifications de Sébastopol. Eh bien, c'était une franche partie de rigolade, comparé à Bonnie Bay ! Trois navires contrebandiers s'étaient donné rendez-vous, mais on l'a appris plus tard. De gros bateaux, des marchandises plein la cale, pilotés par de vieux loups de mer prêts à en découdre.

Rafe regarda Lauren. Elle aurait pu jurer qu'il lui avait fait un clin d'œil. Quelque chose lui disait que cette rencontre n'était pas fortuite. Il l'avait emmenée ici pour tomber sur ce vieux marin et lui faire raconter son histoire.

Elle reporta son attention sur les médailles qui cliquetaient sur le poitrail du capitaine. Cette croix gravée d'un lion et d'une couronne… Si ce n'était pas la Victoria Cross ! Stringer avait dû accomplir un exploit mémorable s'il avait été distingué de la sorte.

— … la nouvelle lune, moment préféré des contrebandiers… Bonnie Bay est coincée entre de hautes falaises… noir comme dans un four. Et là, le premier bateau arrive. Voiles affalées. Prêt à accoster. Au moment où on allait faire cracher les fusils, voilà qu'un second bateau débarque au bout de la baie. Changement de plan. Il fallait capturer le premier sans tirer pour ne pas effrayer les autres.

Le capitaine but une gorgée au goulot de la flasque.

— J'avais dix-neuf matelots, tous bons nageurs. On est partis des rochers à dix-huit, le couteau entre les dents. Les contrebandiers se croyaient en sécurité, ils surveillaient la mer. Ils devaient déjà penser à leur ration de rhum. On a attendu qu'ils jettent l'ancre, et on est montés à bord en escaladant la chaîne. On a zigouillé les guetteurs un par un, sans faire de bruit. Puis on a attaqué les quartiers de l'équipage. Là, il y a eu du barouf. Le capitaine et ses hommes ont déboulé, mais on leur a mis une pile. On a ligoté les survivants, récupéré leurs armes, et on attendait le deuxième bateau de pied ferme… quand un troisième est apparu !

Stringer reprit brièvement son souffle.

— Une lumière a clignoté sur le poste de vigie du deuxième bateau. Un signal. On n'avait pas pensé à ça. Comme on ne répondait pas, ces salopards ont sorti les fusils et ça a été la pétarade. Je ne sais plus combien de salves on a tirées. Ils ont pointé leurs canons sur nous, mais on les a attaqués par le travers avant qu'ils aient le temps de les bourrer. On a visé la ligne de flottaison, un vieux truc de la Navy, et on les a criblés de boulets. Le navire a pris feu et l'équipage s'est jeté à l'eau.

Nouvelle rasade de cognac.

— Pendant ce temps, le troisième bateau nous avait foncé dessus. Je sais pas pourquoi ces crevures n'avaient pas déguerpi, sans doute parce qu'ils lorgnaient sur la cargaison des autres... Bref, ils ont lancé l'abordage, et bientôt le sang a ruisselé sur le pont. On n'a même pas eu le temps de recharger les fusils, on s'est battus au couteau ou au corps à corps. Je savais plus où j'étais, je tailladais, je tranchais, je piétinais les cadavres... Puis mes gars ont réussi à tirer dans leur réserve de poudre. Boum, dans le mille ! L'explosion a pulvérisé la moitié du pont et le grand mât. Les bras et les jambes ont volé dans tous les sens et ça braillait comme des putois. Leur rafiot s'est couché sur tribord et a commencé à sombrer. Un spectacle que j'oublierai jamais. Ceux qui tenaient encore debout ont sauté par-dessus bord. C'est à ce moment-là que la garde montée est arrivée. La lueur de l'incendie les avait alertés. Il ne leur restait plus qu'à cueillir ceux qui avaient réussi à gagner la plage.

Stringer se tut enfin, haletant.

Les images défilaient dans l'esprit de Lauren : le navire éventré englouti par les flots noirs, les corps mutilés...

— Comment vous en êtes-vous sorti vivant ? demanda-t-elle, la gorge nouée.

— Aucune idée. Je me suis réveillé plusieurs jours après. Avant de me couper la patte, le chirurgien m'avait donné du laudanum. Une dose de cheval.

Le capitaine parut s'abîmer dans ses souvenirs et ses airs bravaches disparurent.

— Dix de mes gars ont survécu. Certains étaient salement blessés. Mais pas un n'a lâché son poste. J'en rêve encore toutes les nuits.

— Ce fut la plus grosse saisie de contrebande jamais réalisée par la garde côtière, expliqua Rafe. Du rhum, du cognac, de la poudre à fusil, du bois d'acajou, de la fonte… Il a fallu récupérer des caisses coincées dans les épaves. Les gardes-côtes ont dû empêcher les habitants du coin de venir tout piller. Le butin a été réclamé par la Couronne, et le capitaine Stringer a été décoré pour son courage extraordinaire. Vous imaginez, Lauren ? Une petite frégate et son équipage de dix-neuf marins, contre trois navires de contrebande… Cet exploit est resté dans les annales.

Lauren avait encore la tête pleine d'images sanglantes. Un silence empreint de gravité retomba.

— Rafe, ça alors ! s'exclama une voix non loin.

Rafe et Lauren se tournèrent pour voir arriver à grandes enjambées un jeune type plein d'allure à la mise soignée.

Rafe se leva.

— Barclay ?

Grand, les épaules larges et les traits bien ciselés, le dénommé Barclay était très séduisant, en dépit de sa lèvre tuméfiée et du coquard qui lui fermait à demi l'œil gauche. C'était visiblement un homme du monde.

Lauren se leva à son tour. Le capitaine Stringer voulut en faire autant et faillit renverser la table.

Barclay tendit la main à Lauren.

— Vous devez être l'Ange des Faubourgs ? Voyons, Rafe, ne reste pas les bras ballants ! Présente-moi.

Rafe s'exécuta de mauvaise grâce.

— Mademoiselle Alcott, permettez-moi de vous présenter Barclay Howard, le petit-fils du comte de Northrup, et de temps à autre mon logeur. Barclay, voici Mlle Alcott, ma fiancée.

— Il ne faut pas croire un mot de ce qu'il dit, mademoiselle Alcott. Jamais je ne lui ai fait payer le moindre loyer. Je lui demande juste de remplir le bar quand nous venons à manquer de cognac. Rafe, vieux veinard, ta fiancée est magnifique. Mademoiselle, si par chance vos fiançailles capotaient, je me ferais un plaisir de vous consoler. Ce type-là doit vous donner une piètre impression de la gent masculine anglaise.

— J'ai la plus haute estime pour la gent masculine anglaise, monsieur Howard. Toutefois, je me demande si vous n'avez pas été vous aussi impliqué dans une bagarre. Vous portez les mêmes stigmates que M. Townsend.

— Effectivement, nous avons eu affaire à la même bande de malotrus. Les vrais amis s'unissent quand le discrédit est jeté sur l'un d'eux.

Rafe jeta un regard courroucé à Barclay. Lauren comprit avec un pincement au cœur que les articles parus dans la presse avaient sans doute été à l'origine de l'altercation. Rafe avait payé de son sang les paroles inconsidérées de la jeune femme. Pas étonnant qu'il se montre froid et distant envers elle.

L'instant d'après, Barclay brandit le journal qu'il avait coincé sous son bras et en tapota l'abdomen de Rafe.

— Prépare-toi, mon vieux. Page 2.

Rafe déplia le journal et l'ouvrit. Son teint ne tarda pas à blêmir. Lauren s'approcha et tendit le cou. Le titre en gras lui sauta aux yeux : *L'ANGE DES FAUBOURGS*.

C'était donc pour cela que Barclay venait de l'appeler ainsi !

Le vieux Stringer avait vidé la flasque d'une dernière lampée. Tandis que Lauren s'efforçait de lire l'article par-dessus l'épaule de Rafe, il aperçut une connaissance un peu plus loin et, sans doute désireux de raconter une fois de plus l'aventure qui avait fait sa gloire, il s'éloigna d'une démarche chancelante.

Rafe referma le journal d'un geste sec.

— Il est temps de partir, je pense.

— Qu'y a-t-il d'écrit là-dedans ? demanda Lauren. Je n'ai pu lire que quelques lignes...

— Les mêmes bêtises que d'habitude. Vous êtes un ange de bonté et je suis un butor sans cœur.

Barclay secoua la tête.

— Comment peuvent-ils publier des trucs pareils ? Ça me dépasse. Même si je comprends qu'ils aient donné le rôle de l'ange à Mlle Alcott.

— S'ils savaient ! ricana Rafe. Mais dis donc, Barr, que viens-tu faire ici, à part répandre des ragots de bas étage ?

— C'est un hasard calculé. J'ai entendu une certaine dame faire allusion à une sortie au Crystal Palace, et j'ai pensé qu'il serait agréable de s'y promener. Mais apparemment... elle a changé d'avis, ajouta Barclay en jetant un regard dépité autour de lui. Tant pis. Il ne faut jamais rater une occasion de se balader parmi les palmiers et les poissons rouges géants.

Son expression malicieuse fit sourire Lauren. Barclay Howard était sympathique. Rafe avait bon goût en matière d'amitié.

Peu après, tous trois déambulèrent dans le palais, d'une attraction à l'autre. Ils firent une pause, le temps d'acheter des glaces au citron, puis grimpèrent sur la terrasse à ciel ouvert pour profiter des rayons du soleil qui perçaient les nuages.

— Connaissez-vous le capitaine Stringer, monsieur Howard ? s'enquit Lauren.

— Seulement par ouï-dire. Contrairement à Rafe, je n'ai pas le pied marin.

— C'est un personnage. Son histoire est-elle véridique ? demanda-t-elle à Rafe.

— Parfaitement. Et vous avez eu la version courte. Stringer est une légende dans la marine. Un vrai héros.

Elle se sentit rougir sous son regard perçant. Il devait se demander si elle avait compris la raison de cette rencontre prétendument impromptue.

— Il boit avant midi, il est débraillé, et ses manières laissent à désirer, objecta-t-elle, avant de comprendre que ce jugement pouvait paraître un peu sévère.

Rafe eut un rire bas qui vibra dans sa poitrine.

— Vous préférez les héros sobres, tirés à quatre épingles et galants ? Ils n'existent que dans les livres. Dans le monde réel, Stringer est ce qu'il y a de plus approchant.

Les soupçons de Lauren se trouvèrent confirmés. Il l'avait amenée ici pour lui faire rencontrer un héros pur jus. Il la prenait vraiment pour une écolière sentimentale.

Elle reporta son attention sur Barclay, repéra la petite chaîne en argent qui sortait de son gousset.

— Quelle heure est-il ? Nous avons rendez-vous à 13 heures.

— Eh bien… midi passé de quelques minutes.

— Alors il faut demander à un portier de nous appeler un fiacre.

— Voyons, mademoiselle Alcott, votre fiancé voyage peut-être en voiture publique, mais personnellement je préfère me déplacer dans mon cabriolet. Je vous propose d'en disposer.

— Tu ne sais même pas où elle veut aller, rétorqua Rafe d'un ton sec.

— Ce n'est pas grave. J'emmènerais cet ange de beauté jusqu'aux confins de l'univers si elle me le demandait.

Rafe le fusilla du regard. Barclay se contenta d'en rire. Il offrit son bras à Lauren qui l'accepta avec un large sourire, puis il l'entraîna vers le grand escalier en fer forgé, laissant Rafe fulminer dans leur sillage.

Rafe regarda Barclay installer Lauren dans son superbe cabriolet, puis s'approcha de son ami et marmonna entre ses dents :

— Lèche-bottes !

— Ne me dis pas que tu refuserais de lécher ses jolies bottines si tu en avais l'occasion, répliqua Barclay avec un sourire espiègle.

Ils s'assirent à leur tour, l'un à droite de Lauren, l'autre à gauche, sur la banquette qui n'était pas si grande. Aucun ne voulut céder la place à l'autre, preuve de l'esprit de compétition qui régnait entre eux.

— Que disiez-vous ? demanda Lauren.

— Nous parlions chaussures. Les bottes sont très en vogue en ce moment, répondit Barclay en se penchant vers elle, un peu trop au goût de Rafe.

La jeune femme rassembla ses jupes d'une main et se leva pour s'asseoir sur la banquette d'en face.

Rafe réprima un sourire.

9

— Mais... pas ici, quand même ?

Le regard consterné que posait Barclay sur l'auberge des Sept Sœurs arracha un rire à Rafe et un sourire à Lauren.

— Ils font une excellente croustade au porc, assura-t-elle, alors que le cabriolet s'immobilisait devant la façade. Êtes-vous sûr de ne pas vouloir vous joindre à nous ?

— Sauve-toi, mon vieux, intervint Rafe sans se donner le mal de baisser la voix. L'endroit est infesté d'orphelins.

— Des orphelins ? répéta Barclay en fronçant les sourcils.

— Nous avons invité un ami et ses sœurs à déjeuner, expliqua Lauren.

— *Elle* les a invités, rectifia Rafe avec une grimace. N'oublie pas que c'est un ange de bonté.

— Et tu te fais complice de ça ? Alors je viens, décréta Barclay. Te voir jouer les dames patronnesses, je ne louperais ça pour rien au monde !

La rue étroite était plus fréquentée que la veille, et une grosse charrette se retrouva bloquée derrière la voiture de Barclay. Le cocher leva le poing en vitupérant contre ces « aristos » qui se croyaient tout permis. Mais le problème venait en partie de petits groupes d'hommes qui dédaignaient le trottoir et préféraient marcher sur la chaussée en direction des quais.

Alors que Rafe et Barclay se disputaient l'honneur d'aider Lauren à descendre de voiture, la porte de l'auberge s'ouvrit. Tante Amanda apparut sur le seuil, suivie du tavernier qui semblait dans tous ses états.

Lauren sauta vivement à terre.

— Tante Amanda ? Mais que faites-vous ici ?

— Tu as oublié ceci, ma chérie, dit sa tante qui portait un paquet emballé dans du papier kraft. Alors j'ai décidé de te l'apporter et d'en profiter pour voir ce que tu faisais. Je constate que tu es bien entourée.

— Mes livres ! Merci beaucoup. Jims et ses sœurs sont-ils arrivés ?

Amanda eut une mimique déconcertante et entraîna Lauren à l'intérieur de l'établissement. Cette dernière pénétra dans la grande salle et resta bouche bée.

Il n'y avait plus une table ni une chaise libre. L'auberge était envahie d'enfants en guenilles. Et, à première vue, Jims Gardiner n'était pas là.

— Doux Jésus ! Est-ce que c'est une école ou la soupe populaire ? souffla une voix dans le dos de Lauren, sans qu'elle puisse déterminer si c'était celle de Rafe ou de Barclay.

Effarée, elle regardait les gamins qui réclamaient joyeusement à manger et des histoires.

Deux filles plus âgées se levèrent et les réduisirent au silence. Puis elles s'avancèrent vers Lauren et esquissèrent une révérence maladroite.

— Mam'zelle Alcott... Nous sommes Polly et Althie, les sœurs de Jims. Jims a vu des ouvriers qui allaient aux docks avec des bâtons. Il est parti voir là-bas.

— Que se passe-t-il ? demanda Rafe.

Sa grosse voix intimida les deux fillettes, qui reculèrent.

— Les bateaux ne déchargent pas leur cargaison et les dockers n'ont plus de travail, répondit enfin l'une d'elles. Ils ont dit qu'ils allaient faire payer les douanes.

Rafe pivota vers Barclay.

— Zut. Je ne pensais pas que cela prendrait de telles proportions.

— De quoi parlez-vous ? s'enquit Lauren.

— Les dockers ne perçoivent pas de salaire s'ils ne déchargent pas les bateaux. Et les cargaisons restent à bord depuis l'augmentation des taxes. Certaines compagnies refusent de payer ou n'en ont tout simplement pas les moyens. Reste ici, je vais aller jeter un coup d'œil, ajouta Rafe à l'intention de Barclay.

Il s'éloigna avant que Lauren ait le temps de réagir. Agacée, elle se tourna vers Barclay.

— Mais que va-t-il faire là-bas ? En quoi cela le concerne-t-il ?

— Un de ses bateaux est amarré dans le port.

Lauren se remémora la conversation entre son père et Horace Townsend. Eux aussi avaient semblé dire que quelque chose ne tournait pas rond.

Une inquiétude qu'elle ne s'expliquait pas grandit en elle.

— S'il vous plaît, ma tante, pouvez-vous veiller à ce que ces enfants soient nourris, et auriez-vous la bonté de leur raconter ensuite quelques histoires afin de les distraire ?

— Volontiers, ma chérie, mais que… ?

Lauren posa le paquet dans les bras de sa tante.

— Ensuite, vous leur distribuerez ces livres. Un pour chaque famille.

— Comment ? Mais… attends !

Sans écouter les protestations de sa tante, Lauren attrapa Barclay par le bras.

— Venez avec moi !

— Avec grand plaisir, ma chère. Mais où donc ?

— Au port.

Ils sortirent et prirent la direction des quais. Ils n'étaient pas les seuls. La foule de dockers enflait. Furieux, ils vitupéraient contre l'injustice dont ils s'estimaient victimes.

— Le gouvernement protège les riches et se moque bien des honnêtes travailleurs ! lança un colosse qui brandissait un bâton. Avec toutes ces taxes, on n'a plus de boulot, et les prix augmentent. On ne peut plus nourrir nos enfants !

Par deux fois, Barclay dut tirer Lauren sous une porte cochère et lui faire rempart de son corps pour éviter qu'elle soit bousculée par un groupe particulièrement agité.

— Nous devrions retourner à l'auberge, mademoiselle Alcott. Ce n'est pas un endroit pour une dame.

— Je ne suis pas en cristal, monsieur Howard. Vous pouvez retourner là-bas si le cœur vous en dit. Mais si vous restez avec moi, mieux vaut retirer votre haut-de-forme… avant qu'un de ces types vous casse la figure.

Barclay jeta un regard autour d'eux, puis ôta son chapeau.

— Mais si les choses dégénèrent…

— Je me cacherai derrière vous, le coupa-t-elle avec un grand sourire.

Résigné, il glissa son chapeau sous son bras.

Rafe longeait les façades des immeubles pour dépasser la foule de dockers qui avançait vers la capitainerie. Il s'y était souvent rendu afin de rencontrer les capitaines de la flotte Townsend ou de régler des frais douaniers. Le directeur du port, un homme raisonnable, était pris en sandwich entre les exigences du gouvernement et la nécessité de faire tourner le commerce.

Par la faute des politiciens cupides et de leurs amis banquiers, la crise financière de 1873 avait fait plonger l'économie. Sept ans plus tard, les entreprises et leurs employés avaient toujours du mal à joindre les deux bouts. Les taxes censées protéger la production britannique n'avaient pas tardé à déclencher une riposte similaire de la part des pays européens. En conséquence, les échanges commerciaux en avaient souffert partout, provoquant inflation, baisse de la consommation et chômage.

Désœuvrés, les dockers avaient tout le temps d'exprimer leur colère qui, en cet instant, avait pour cible le directeur du port, lequel personnifiait à leurs yeux la politique désastreuse du gouvernement.

Les rudes gaillards s'étaient massés dans la cour pavée de la capitainerie, au bout du quai. Des voix s'élevaient çà et là pour réclamer le déchargement des cargaisons. Le ton montait, et l'atmosphère se chargeait en électricité.

Des policiers arrivèrent en agitant leurs matraques afin de dégager l'entrée du bâtiment. Mais ils intervenaient trop tard pour calmer les esprits échauffés. Leur attitude agressive ne fit qu'empirer la situation. Un affrontement s'annonçait, que ne pouvaient que perdre les dockers, désespérés et à bout.

Rafe ôta son chapeau et sa veste, détacha ses manchettes et retroussa ses manches de chemise. Très jeune, il avait appris – en observant son père, souvent hautain et pompeux face aux employés – que pour parler à des gens simples, il fallait soi-même rester simple.

Il repéra le long du mur une charrette chargée de barriques qui ferait une estrade parfaite. Après s'être frayé un chemin dans la cohue, il se jucha dessus.

Pendant ce temps, les dockers continuaient d'affluer dans la cour. Les nouveaux arrivants poussaient les premiers, qui seraient bientôt nez à nez avec les policiers postés devant l'entrée du bâtiment.

— Vous tous… honnêtes travailleurs… écoutez-moi ! s'écria Rafe.

Des regards méfiants se tournèrent dans sa direction.

— J'entends votre colère. Je sais que vous défendez votre moyen de subsistance et que vous vous inquiétez pour vos familles. Mais sachez que vous et moi avons les mêmes intérêts !

— Qui vous êtes, vous ? cria un homme.

— Je m'appelle Townsend. Un de mes bateaux est ancré dans le port… et attend que quelqu'un du gouvernement comprenne que les taxes font plus de mal que de bien au commerce !

Les dockers manifestèrent leur approbation par quelques grognements.

— Je sais ce que vous pensez, enchaîna Rafe. Je suis un homme d'affaires, je n'ai pas le dos cassé en fin de journée, je n'ai pas les mains calleuses. Vous vous dites que je ne connais rien à votre travail. Mais moi, je vous dis : il s'agit de votre gagne-pain et du mien ! Chaque shilling qui part en taxes sort de ma poche et de la vôtre. Cela m'oblige à réduire les coûts et à licencier des employés. Certains parmi vous travaillent pour Townsend Imports. Vous savez que nous payons un bon salaire et quand l'activité baisse, nous essayons de limiter les dégâts pour tout le monde. Nous avons les reins solides, mais pas plus que vous, nous n'avons le pouvoir de supprimer les taxes.

Il y eut d'autres grognements et quelques murmures, sans que Rafe puisse déterminer s'il remportait l'adhésion de la foule ou pas.

— Cela fait neuf jours que mon bateau est ancré dans le port, dans l'attente d'une réaction gouvernementale. Moi aussi, j'enrage. Mais je sais que saccager la capitainerie ne fera que durcir la position de nos dirigeants.

Plusieurs types hochèrent la tête. Dans la cour, le brouhaha s'était calmé.

— Il faut leur faire comprendre que leurs décisions sont nuisibles, mais avec calme, dans des termes qu'ils jugeront recevables.

— Pas besoin de parlote ! On va leur faire piger comme ça ! s'exclama un docker en montrant son bâton.

— Ferme-la et laisse-le parler, rétorqua un de ses camarades.

— Ferme-la toi-même, andouille !

Et le premier coup partit.

Bientôt, une dizaine de débardeurs s'empoignèrent dans la cour. Ceux qui tentaient de ramener le calme se heurtèrent à ceux qui voulaient se jeter dans la mêlée. On se battait avec les poings, mais dès qu'un combattant particulièrement excité fut violemment repoussé par un policier, les gourdins et barres de fer furent brandis.

Cette fois, la fureur de la foule ne serait plus contenue par de simples paroles.

Rafe sauta à bas de la charrette et tenta de se faufiler vers l'entrée de la capitainerie. Mais il n'était pas le seul à vouloir s'y rendre Une vingtaine de dockers armés de casse-têtes artisanaux étaient en train de forcer le passage.

Agrippée au bras de Barclay, Lauren assistait avec impuissance à ce déchaînement de violence.

Quelques instants plus tôt, Rafe avait harangué la foule en s'efforçant de raisonner les dockers. Juché sur la charrette, tête nue et en bras de chemise, il lui avait paru immense. Son discours vibrant de sincérité l'avait stupéfiée. Elle ne s'attendait pas à cela de sa part. Son aplomb et sa détermination l'avaient fascinée.

Soudain, elle repéra dans la cohue une petite bouille familière. N'était-ce pas… Jims Gardiner ?

Elle l'appela et fit un pas dans sa direction. Barclay la retint et la ramena contre le mur, mais ils avaient attiré l'attention d'une poignée de dockers qui reconnurent en eux ces « aristos » qu'ils détestaient tant.

Barclay dut se baisser vivement pour éviter un coup de poing. Il se redressa et riposta aussitôt.

Tandis qu'il se défendait avec vigueur, Lauren tentait en vain de localiser Jims. Était-il coincé quelque part ? Il était tout petit et maigrichon, il allait se faire piétiner...

Alors qu'elle se mettait sur la pointe des pieds pour scruter la foule, elle aperçut Rafe, bloqué entre le cordon de policiers et les émeutiers.

— Vous ne pouvez pas entrer, la porte est verrouillée ! cria-t-il aux dockers. Retirez-vous et revenez avec des armateurs et des directeurs d'entrepôts. Il faut nous unir. Nous avons tous le même but !

Un bras musclé se leva. Atteint en pleine tête par un gourdin, Rafe s'écroula.

Lauren poussa un cri perçant et s'élança. Frénétique, elle joua des coudes, se glissa entre les corps en sueur... jusqu'au moment où elle le vit, étalé par terre, l'air hébété. Il essayait de se redresser sans y parvenir.

— Rafe !

Elle le rejoignit, glissa un bras sous le sien.

— Debout, vite ! haleta-t-elle.

Il pesait si lourd ! Tandis qu'elle ahanait, Jims se matérialisa soudain au côté de Rafe et le soutint à son tour de ses petits bras. Unissant leurs efforts, ils réussirent à le relever.

Lauren jeta un regard autour d'eux.

— Derrière la capitainerie, sur le quai ! cria-t-elle à Jims.

Ils entraînèrent Rafe loin du tohu-bohu. Ce dernier tenait mal sur ses jambes et, dès qu'ils eurent atteint le quai, il retomba à genoux. Au moins était-il à l'abri du tumulte. Lauren le laissa s'adosser au bâtiment. Il ferma les yeux, et sa tête partit en arrière.

— Jims, il nous faut de l'aide. Peux-tu rester ici avec lui ?

— Bien sûr, mam'zelle.

Lauren revint sur ses pas. Barclay était son seul espoir, et elle l'avait abandonné à l'autre bout de la cour. Elle chercha du regard un endroit où grimper, aperçut la charrette et se faufila de ce côté. Puis, soulevant ses jupes, elle monta sur la plateforme.

Les policiers en uniforme noir étaient maintenant dispersés parmi la foule grouillante, mais ils semblaient plus décidés à fracasser des crânes qu'à rétablir l'ordre. Lauren eut beau regarder de tous côtés, elle ne vit pas Barclay.

— Barclay ! *Barclay !* appela-t-elle.

Barnaby Pinkum était perché sur le toit d'un entrepôt, face à la capitainerie. Il avait suivi l'Ange et Townsend jusqu'à l'auberge dans laquelle ils avaient déjeuné la veille, puis les avait de nouveau pistés jusqu'aux docks.

Quand Townsend était monté dans la charrette pour tenter d'apaiser la foule, Barnaby avait sorti son stylo et son calepin pour noter ses paroles. Ainsi, Townsend pactisait avec le petit peuple ? C'était inhabituel. Puis Barnaby avait compris ses motivations : un bateau attendait dans le port parce que Townsend Imports refusait de payer les taxes. L'héritier chéri de la compagnie faisait cause commune avec les travailleurs qui suaient sang et eau pour lui garantir une vie agréable. Et il y mettait une conviction qui paraissait sincère.

Il y avait là matière à publier un article, un vrai, car l'*Examiner* avait récemment dénoncé l'augmentation des taxes et exigé que le gouvernement l'annule. C'était quand même mieux que dégoiser sur les amours chaotiques d'une riche bienfaitrice.

Par la suite, Townsend avait été frappé, jeté à terre. Barnaby avait alors repéré le petit chapeau à plumes dorées qui avançait dans la foule. L'Ange bravait la colère des dockers pour voler au secours de son fiancé. Ils avaient disparu de son champ de vision un moment, puis Barnaby avait vu la jeune femme grimper à son tour sur la charrette.

Elle criait, mais dans ce vacarme il ne pouvait comprendre ce qu'elle disait.

Il remarqua alors plusieurs types qui s'approchaient de la charrette. Ils firent descendre Mlle Alcott et l'entraînèrent du côté du quai.

Alarmé, Barnaby descendit de son perchoir par le moyen qui lui avait permis d'y monter : la gouttière.

Dans la cour, on se battait encore, mais des renforts de police étaient arrivés entre-temps pour mater la rébellion. Au son strident des coups de sifflet, les émeutiers comprirent que la bataille était perdue, et ceux qui le pouvaient s'égaillèrent dans les rues adjacentes.

Barnaby se dirigea vers l'endroit où Lauren Alcott avait disparu. Dans la charrette, il trouva la veste de Townsend et son élégant haut-de-forme, qu'il ramassa promptement. Nulle trace de Mlle Alcott.

Où diable étaient-ils passés ? Avaient-ils réussi à entrer dans la capitainerie ?

Il pivota. La cour était jonchée d'hommes. Certains étaient inertes, d'autres gémissaient de douleur. Townsend n'était pas parmi eux.

Barnaby se cacha derrière une barrique, tandis que les policiers achevaient de vider la cour en jetant les prisonniers dans le fourgon.

Lorsque le calme fut revenu, Barnaby abandonna la charrette pour aller fureter du côté du quai, où étaient amarrées les petites embarcations qui servaient aux douaniers pour inspecter les navires marchands.

L'endroit était désert. Barnaby s'adossa au mur pour se donner le temps de la réflexion, et c'est alors qu'il remarqua quelque chose un peu plus loin sur le quai, non loin de l'échelle qui descendait vers l'eau noirâtre.

Un chapeau de dame… piqué de trois plumes dorées.

Barnaby s'empressa d'aller le récupérer. Le chapeau avait été à moitié écrasé. Une des plumes était cassée.

Il leva les yeux vers les bateaux ancrés dans le port.

Où était donc le petit Ange des Faubourgs ?

10

Lauren se tortillait pour tenter de se libérer des cordes qui l'entravaient. Allongée au fond d'une chaloupe, elle avait l'épaule droite dans une flaque d'eau froide. Rafe et Jims gisaient un peu plus loin, tous deux inconscients.

Leurs ravisseurs étaient au nombre de quatre. Au début, elle avait cru qu'ils voulaient simplement l'aider à descendre de la charrette. Elle leur avait dit que Rafe avait besoin d'aide, et ils s'étaient précipités avec elle vers le quai.

Mais à son arrivée sur place, elle avait trouvé Rafe pieds et poings liés, et Jims aux prises avec un débardeur qui le malmenait brutalement. Quand elle s'était mise à crier, on l'avait ceinturée, ligotée, puis jetée dans la chaloupe. Un des types lui avait ordonné de « la fermer » ; sinon, il la jetterait à l'eau.

À présent, le corps saucissonné des épaules aux genoux, elle se rendait bien compte qu'elle ne pouvait rien contre ces crapules.

Pourquoi les avait-on enlevés ? Où les emmenait-on ? Tout cela n'avait aucun sens. Y avait-il un rapport avec le discours que Rafe avait tenu aux dockers ? Ou ces individus n'avaient-ils rien à voir avec les émeutiers ?

Elle se démena, cherchant désespérément un moyen de se libérer. Ses pensées la ramenaient toujours à la même conclusion : même si elle parvenait à s'échapper, Rafe et Jims demeureraient aux mains des ravisseurs. Elle ne pouvait pas les abandonner. Il fallait attendre que Rafe reprenne conscience, et trouver le moyen de les mettre tous en sûreté.

Quelques instants plus tard, on les transporta à bord d'un navire marchand et ils furent jetés sans ménagement sur le pont. Rafe semblait encore étourdi et jetait des regards hagards autour de lui, comme s'il peinait à comprendre ce qui se passait. Le pauvre Jims, affalé sur le pont, avait l'air tout petit et fragile.

— Alors c'est vous, Rafe Townsend ? fit une voix proche.

Rafe cligna des yeux et leva la tête vers l'homme en uniforme qui se tenait devant lui.

— Oui, c'est moi, confirma-t-il d'une voix rauque. Et vous, qui êtes-vous ?

— Juster Morgan, capitaine par intérim du *Clairon*.

— Le *Clairon* ? Notre *Clairon* ? Mais... où est le capitaine Pettigrew ? J'exige de le voir immédiatement.

Il y eut un moment de silence. Lauren roula sur le flanc pour mieux voir la scène. Ils étaient entourés de matelots à la mine patibulaire.

— Pettigrew est mort.

Rafe mit un moment à enregistrer l'information.

— Mort ? Vous... vous vous êtes mutinés ?

— Bien sûr que non. Cette histoire de taxes qui bloquait le bateau a rendu le capitaine Pettigrew fou furieux. Son cœur a flanché. J'étais le second, il m'incombait donc d'assurer le commandement du navire et de faire régner l'ordre à bord. Malgré cela, certains matelots ont quitté le navire.

Rafe secoua la tête.

— Mon Dieu... Pettigrew est mort ?

— Oui, m'sieur, opina gravement un petit homme sec aux cheveux grisonnants. Il était ici, debout sur le pont, face à la capitainerie. Il agitait le poing et il braillait à pleins poumons. Je peux vous dire qu'il leur a passé une sacrée avoinée ! Puis il a plaqué sa main sur sa poitrine et il est tombé raide mort.

— Il n'avait pas de famille, aussi l'avons-nous mis en fond de cale en attendant de pouvoir lui rendre les derniers honneurs en mer.

— On l'a bien emballé. C'était quelqu'un de bien, notre capitaine, renchérit un grand type dégingandé qui portait le maillot des marins.

— Et puis-je savoir pourquoi vous m'avez enlevé et amené ici ? Avez-vous perdu l'esprit ? s'exclama Rafe.

Il se redressa péniblement. Le grand type vint l'aider à s'asseoir. Comme Rafe jetait un regard autour de lui, il comprit que Lauren était là également.

— Et vous avez aussi enlevé ma fiancée et un enfant sans défense !

— Sans défense... c'est vite dit ! grogna un matelot costaud en se frottant le bras. La petite fripouille m'a mordu.

— Pardon d'en être venus à cette extrémité, intervint Morgan, mais les autorités seront peut-être plus pressées de régler la situation, maintenant. Votre père est coriace en affaires, mais cette fois il va devoir plier. S'il veut vous récupérer, vous et votre fiancée, il va falloir payer les taxes, décharger la cargaison et rémunérer l'équipage.

— Sinon, vous resterez à fond de cale, menaça le matelot costaud en pointant son pouce vers le pont.

— Pendant combien de temps ? Croyez-vous que mon père et les autorités portuaires vont accepter de vous payer une rançon ?

Le regard de Juster Morgan étincela. Il se tourna vers son équipage.

— Emmenez-les.

Dès qu'on ôta ses liens à Lauren, Jims se précipita pour se jeter dans ses bras. On fit passer les trois prisonniers par l'écoutille, puis ils longèrent une coursive obscure qui sentait le moisi. L'odeur empira à mesure qu'ils descendaient dans le ventre du navire. Enfin, on les enferma dans un réduit fermé par une grille en fer, encombré de matériel de navigation, cordes, voiles de secours, pièces de charpenterie...

Le type grisonnant, que les autres appelaient Fosse, semblait embarrassé du traitement qu'on infligeait à Lauren. Il s'obstinait à lui donner du « mademoiselle » et promit de plaider sa cause auprès du capitaine Morgan. Il ne se montra pas aussi obligeant envers Rafe.

Après avoir tiré un trousseau de clés de sa poche, il ferma la grille, puis s'en alla.

— Attendez ! cria Lauren en s'agrippant aux barreaux. M. Townsend a été blessé, il a besoin de soins. Il me faut de l'eau chaude et des serviettes. Et aussi des onguents, si vous en avez.

Fosse s'était arrêté pour lui jeter un regard renfrogné.

— Je vous en prie, reprit-elle plus doucement. Il est de votre côté. Il est venu aux docks pour tenter de raisonner le directeur du port. Vous ne pouvez pas le laisser souffrir comme ça.

Fosse parut sur le point de parler, mais il se détourna et s'éloigna vers l'escalier.

La petite lanterne accrochée à l'extérieur de leur cellule fournissait un faible éclairage. Frissonnante, Lauren se frotta les poignets avant d'inspecter le visage tuméfié de Jims. Il avait un hématome sur la pommette et la lèvre fendue.

— Est-ce que ça va, Jims ?

— Oui. Le grand type a une frappe de mule. J'ai fait tout ce que j'ai pu pour les empêcher, mam'zelle.

— Je le sais bien, Jims. C'était très courageux de ta part. Mais ils étaient trop nombreux.

Elle passa la main dans ses cheveux d'un geste affectueux, avant de se tourner vers Rafe qui s'était laissé tomber sur un gros rouleau de cordage.

— Comment vous sentez-vous ?

Il avait les yeux fermés, et elle n'était pas sûre qu'il l'entendait. Elle vint s'agenouiller près de lui, repoussa ses cheveux pour examiner sa tempe blessée.

Il ouvrit un œil, grimaça de douleur.

— J'ai un horrible mal de crâne, et j'ai peur... de ne pas pouvoir...

Il n'acheva pas sa phrase, laissa retomber sa tête. Lauren lui prit les mains et se rendit compte qu'elles étaient glacées.

Ils se blottirent sous une voile, mais le tissu lourd et raide ne les protégeait pas vraiment du froid. Lauren demanda à Jims de se tourner, puis souleva sa jupe et enleva son jupon en mousseline, dont elle enveloppa Rafe tant bien que mal. Dieu merci, il n'avait pas les pieds mouillés. Néanmoins, il ne tarda pas à grelotter et elle comprit qu'elle ne pouvait pas le laisser comme ça. Ils avaient besoin de couvertures.

Elle appela à de multiples reprises, mais personne ne daigna se déranger pour lui répondre.

— Quand j'ai froid, le soir, maman vient se mettre dans le lit avec moi, remarqua Jims qui se frictionnait les épaules.

Le gamin l'aida à étendre Rafe sur la voile, puis elle s'allongea également et se pressa contre lui pour lui communiquer sa chaleur corporelle, lui frotta les bras, le dos. Lorsqu'elle releva la tête, elle aperçut Jims recroquevillé non loin, l'air misérable.

Elle se redressa, enleva sa jaquette et la lui tendit.

— Tiens, enfile ça.

Il secoua la tête, mais elle insista et il finit par obéir.

— Merci, mam'zelle.

Au bout d'un moment, Rafe se réchauffa et elle eut elle-même moins froid. Rattrapée par la fatigue, elle ferma les yeux et se laissa aller, jusqu'au moment où elle entendit un remue-ménage et des grognements étouffés.

Rouvrant les yeux, elle aperçut Jims qui se démenait pour tenter de se glisser entre deux barreaux de la grille.

— Jims ! Mais qu'est-ce que tu fais ? Nous sommes sur un bateau, nous ne pouvons pas nous échapper.

Sans répondre, le garçon se tortilla de plus belle et réussit enfin à dégager son corps mince. Lauren se redressa, alarmée.

— Où vas-tu ? Sais-tu nager, au moins ?

Il posa un doigt sur ses lèvres pour lui demander de se taire. L'instant d'après, il disparaissait entre les caisses et barriques entreposées dans la cale.

L'angoisse de Lauren décupla. Que se passerait-il si les membres de l'équipage attrapaient le gamin ?

— Sois prudent, chuchota-t-elle comme une prière. Que le ciel veille sur toi.

Épuisée, elle retomba contre Rafe.

Un peu plus tard, elle s'éveilla et découvrit que dans son sommeil, elle avait calé la tête contre son épaule et glissé un bras sur sa poitrine.

Allongé sur le dos, il la regardait.

— Je ne m'attendais pas à cela, murmura-t-il.

Sa voix était encore éraillée. Si seulement on leur avait donné un peu d'eau...

— Vous grelottiez. Je n'ai pas trouvé d'autre moyen pour vous garder au chaud.

Il baissa les yeux sur le jupon entortillé autour de son torse.

— Je constate qu'une fois de plus, vous n'avez pas pu vous empêcher de vous déshabiller.

— J'ai juste enlevé mon jupon. C'était pour la bonne cause.

— Me sauver, c'est une « bonne cause » ?

— Dans les circonstances actuelles, oui.

Elle chercha son regard, et une sensation étrange naquit au creux de son ventre. Il n'était sans doute pas raisonnable de poursuivre cette conversation dans une telle proximité, mais cette sensation était trop intéressante pour qu'elle renonce à l'explorer.

— J'ai appelé et appelé encore pour qu'on nous donne des couvertures et un peu d'eau, mais personne n'est venu et... vous aviez si froid que... il a bien fallu que je fasse quelque chose.

— C'était charitable de votre part. Je vous revaudrai peut-être ça un jour.

— Vous l'avez déjà fait. Moi aussi, j'avais froid. Nous nous sommes mutuellement réchauffés.

Il baissa les yeux sur son bras qui reposait toujours en travers de sa poitrine.

— Cela ne vous a pas gênée, cette promiscuité ?

— Le... le froid m'a empêchée d'y penser.

Vu de si près, son sourire avait une qualité hypnotique. Le regard de Lauren tomba sur la bouche de Rafe, et elle se demanda soudain si...

Apparemment, il se demandait la même chose.

Il inclina la tête et ses lèvres frôlèrent les siennes. Cela ressemblait à une invitation et, au bout de plusieurs secondes, quelque chose se détendit en elle. Elle réagit avec la même douceur empreinte de curiosité. Rapidement, des ondes bien différentes de la simple chaleur commencèrent à s'échanger entre eux... Et quand il interrompit leur baiser, elle eut le sentiment étrange que cette connexion persistait.

Elle rouvrit les yeux. L'expression parfaitement neutre de Rafe la choqua. Avait-elle fait quelque chose de mal ? Elle était plutôt novice dans l'art du baiser.

Il toussota, s'écarta de quelques centimètres. Lauren sentit ses joues s'échauffer et retira vivement son bras.

— Il faut faire quelque chose, dit-il. Mon père n'accédera jamais à leurs exigences.

Lauren mit un certain temps à surmonter sa déception face à ce changement d'humeur.

— Il ne va pas payer les taxes ? Même si ces gens nous tiennent à leur merci ?

— Il n'y a plus d'équipage. Ces types sont des mutins, ils nous ont enlevés. Quelle que soit la précarité de leur situation, ce sont des criminels. Mon père va leur envoyer la maréchaussée, il ne leur donnera pas un penny.

Consternée, Lauren comprit que cette situation risquait de durer un moment... à moins que les autorités n'interviennent. Mais les policiers prendraient-ils le risque de monter à bord par la force pour sauver deux personnes, même si elles appartenaient à des familles influentes ?

Elle s'assit, presque soulagée que son angoisse la distraie de ce baiser et de la réaction de Rafe... ou plutôt, de son absence de réaction. Manifestement, il ne l'avait pas trouvée à la hauteur.

— Parlez-leur, dit-elle. Comme vous avez parlé aux dockers dans la cour de la capitainerie.

— Ça n'a pas marché. Pourquoi aurais-je plus de succès maintenant ?

— Je ne sais pas. Vous pourriez leur dire que... que vous comprenez leurs griefs... que s'ils nous libèrent, nous paierons les taxes et les salaires sans porter plainte contre eux.

Il s'assit à son tour, soupira.

— Dès que mon père recevra leur message, il verrouillera les comptes de la compagnie. Il ne supporte pas qu'on veuille lui forcer la main, surtout quand il s'agit de personnes qu'il considère comme des subalternes. Et vous, au fait ? Vous n'auriez pas mille livres qui traîneraient dans votre poche ?

— Mille livres ?

— Je ne connais pas la valeur exacte de la cargaison pour établir le montant des taxes. Les capitaines ont une certaine liberté : quand il y a de la place à bord, ils peuvent charger des marchandises supplémentaires. La somme à débourser est peut-être plus proche de deux mille.

— Deux mille livres..., répéta Lauren.

À dire vrai, elle ne savait pas de combien elle disposait. Assez pour s'acheter des toilettes, des chapeaux et s'offrir des séjours à la mer, mais elle veillait toujours à ne pas trop dépenser.

L'héritage de sa mère était géré par un cabinet d'avocats. Lauren avait interrogé son père à ce propos quand elle avait atteint dix-huit ans. Lawrence lui avait expliqué que son grand-père avait sécurisé une somme pour sa mère et que l'argent était désormais à son nom. Pouvait-elle piocher dedans ?

Mais comment prévenir les avocats alors qu'elle était retenue prisonnière sur un bateau, au milieu du port ?

Elle se rembrunit.

— Nous sommes fauchés, je le crains. Mon argent est bloqué à la Banque d'Angleterre. Je n'imagine pas mes avocats accordant quelques milliers de livres à un équipage de mutins.

Un bruit de pas attira leur attention. Fosse était de retour, une pile de couvertures dans les bras. Le type dégingandé – qui s'appelait Gus – l'accompagnait. Il apportait un coffret en bois dans lequel s'entrechoquaient des flacons en verre.

Fosse ouvrit la grille et leur ordonna de reculer vers le fond du réduit. Puis les deux marins déposèrent les couvertures et le coffret sur une pile de voiles.

Fosse fit signe à Lauren.

— Vous allez venir avec moi, mademoiselle. Le capitaine veut bien que je vous enferme dans la cabine du second.

Lauren jeta un regard à Rafe.

— Non, pas lui, reprit Fosse. Vous seule. Lui, il reste ici.

Soudain, il fronça les sourcils.

— Mais... où est passé le gamin ?

Rafe écarquilla les yeux. Il n'avait pas réalisé que Jims avait pris la poudre d'escampette.

— Je n'en sais rien, répondit Lauren. Je me suis occupée de M. Townsend et je me suis endormie. À mon réveil, Jims avait disparu.

— Comment il a pu s'échapper ? grogna le dénommé Gus.

— Par les couilles de Barbe Noire... Morgan va pas être content, grommela Fosse. Le gosse est forcément pas loin. On finira bien par le retrouver.

Il agita la main vers la porte.

— Venez, mademoiselle. On n'a pas toute la journée.

Farouche, Lauren secoua la tête.

— Je n'irai nulle part. Je suis la fiancée de M. Townsend, et il n'est pas question que nous soyons séparés, d'autant qu'il est blessé. Il doit venir avec moi.

Les deux marins échangèrent un regard circonspect.

— Le propriétaire du *Clairon* sera furieux s'il apprend que vous avez maltraité son fils, insista-t-elle. Nous croupissons ici depuis des heures sans eau ni nourriture !

Rafe se leva, chancela légèrement. Il avait du sang coagulé dans les cheveux. Lauren lança un regard suppliant à Fosse, qui baissa les yeux et se mit à se dandiner d'un pied sur l'autre.

— Bon, d'accord, maugréa-t-il. Venez tous les deux. Mais je vous conseille de vous tenir tranquilles.

Il sortit le vieux pistolet glissé dans sa ceinture et releva le chien. Gus récupéra le coffret en bois, puis ils remontèrent les volées de marches.

On les conduisit dans une petite cabine qui sentait le renfermé.

Il y avait là une couchette étroite, une étagère murale, une cuvette poussiéreuse. Les draps semblaient ne pas avoir été changés depuis plusieurs traversées.

Lauren alla tout de suite ouvrir le hublot pour aérer la cabine, mais découvrit que les remugles du port n'apportaient pas vraiment d'amélioration.

— Eh ! Qu'est-ce que vous faites ? se récria Fosse.

Il se précipita pour refermer le hublot, agita son pistolet d'un air qui se voulait menaçant. À la clarté du jour, Lauren se rendit compte que l'arme était rongée par la rouille.

Nullement intimidée, elle se redressa de toute sa taille et adopta le ton sentencieux de tante Amanda :

— Cette cabine empeste. Nous avons besoin d'air, d'eau fraîche et de draps propres. Et apportez aussi un balai, des chiffons propres, du vinaigre et de l'eau.

Elle se tourna vers Gus :

— Vous, posez cette pharmacie sur le meuble de toilette. Et trouvez-nous deux chaises qui tiennent debout.

Rafe regardait Lauren prendre la situation en main avec une autorité impérieuse. Il ne s'était pas attendu à cela de la part d'une héritière au cœur tendre. Sous une apparence juvénile et délicate, elle avait la poigne d'une duchesse.

Quelques minutes plus tard, Gus et un mousse appelé « P'tit Bob » vinrent leur apporter un balai, des linges propres, un seau d'eau, du vinaigre, deux chaises, une aiguière en porcelaine, une serviette propre, et même un plumeau à poussière.

Sous les ordres de Lauren, les matelots entreprirent de nettoyer la cabine. Ils battirent le matelas, récurèrent le sol. À la grande surprise de Rafe, Lauren s'empara du plumeau et se mit elle-même à épousseter les étagères. Puis elle retroussa ses jupes et grimpa sur la couchette pour dépoussiérer la cloison en lambris et décrocher la lanterne qui avait elle aussi besoin d'un bon nettoyage.

Après s'être penché par le hublot afin de s'assurer que toute fuite était impossible, Fosse les autorisa de mauvaise grâce à le laisser ouvert pour assainir l'atmosphère.

Tout en s'activant, Lauren questionna les marins sur leur dernière traversée, la nature de la cargaison, et la désertion de certains membres de l'équipage à la suite du décès du capitaine Pettigrew. P'tit Bob, qui n'avait pas dix ans, paraissait fasciné par la jeune femme et lui répondait avec une débauche de détails inutiles. Quand elle lui demanda si on avait retrouvé Jims, il s'empourpra, jeta un regard à Gus, puis prétendit ne pas savoir.

Lauren le remercia en souriant et le pria de la tenir au courant. Il acquiesça d'un hochement de tête.

Rafe se surprit à admirer la posture altière de la jeune femme, la grâce de ses mouvements, la chaleur de ses sourires qui faisaient rougir les oreilles de P'tit Bob et du grand Gus. Comme eux, il était captivé par son visage expressif et y guettait les marques de son contentement. Cela aurait dû l'inquiéter, mais à dire vrai il n'avait jamais rencontré – ni même imaginé – une femme de cette trempe. Elle ne cessait de le surprendre, et il était carrément épaté par le sang-froid dont elle faisait preuve alors qu'elle était séquestrée. La plupart des dames auraient cédé à l'hystérie. Mais pas Lauren Alcott, l'Ange de la Rivière et des Faubourgs. Elle avait enlevé son jupon pour le tenir au chaud, puis elle avait exigé – et obtenu – qu'ils soient traités de manière un peu plus respectueuse.

Après avoir drapé une couverture propre sur le matelas, elle lui intima de s'allonger dessus. Il se sentait si faible qu'il ne songea pas à discuter. Elle ouvrit alors la pharmacie et y trouva une décoction qui, affirma-t-elle, soulagerait sa migraine.

Même en la diluant dans le thé que Gus avait apporté, le breuvage était infect. Lauren insista pourtant pour qu'il le boive jusqu'à la dernière goutte. Enfin, un bol de soupe et une chope de bière calmèrent son estomac nauséeux.

Le remède ne tarda pas à faire effet et il sombra dans la somnolence, puis dans un profond sommeil.

À son réveil, il trouva la cabine plongée dans la pénombre. Lauren avait mis son jupon à sécher sur le dossier d'une chaise, près du hublot. Assise sur l'autre chaise, elle dormait, la tête et les bras posés sur la couchette. Son dos se soulevait régulièrement au rythme de sa respiration tranquille.

Alors qu'il la contemplait, elle dut sentir qu'il s'était réveillé et, au bout d'un moment, elle ouvrit les yeux, se redressa et, avec une grimace, s'étira, une main posée au creux des reins.

— Comment vous sentez-vous ? demanda-t-elle.

— Mieux. Ma tête me fait moins souffrir.

— Tant mieux. Ne vous rendormez pas, nous avons à faire.

— Qu'avez-vous en tête ?

— Vous allez m'aider à organiser notre fuite.

Avec un grognement, il tourna la tête vers la porte verrouillée et soupira.

— Je ne me sens pas encore d'attaque pour reprendre un coup sur le crâne. Mais vous pourriez tenter de les subjuguer avec vos sourires enjôleurs ?

Elle plissa les paupières.

— Je doute que le capitaine Morgan se laisse amadouer par quoi que ce soit d'autre que de l'argent.

— Vous sous-estimez votre pouvoir de persuasion. Tout à l'heure, P'tit Bob et Gus étaient sous le charme.

— J'essayais juste de me montrer aimable pour qu'ils le soient en retour. Mais ça ne marche pas avec tout le monde.

Son regard appuyé lui fit comprendre qu'il était visé.

— De quoi parlez-vous ? demanda-t-il, alors qu'il avait déjà sa petite idée. Quand avez-vous été aimable avec moi ?

— Par exemple, quand j'ai sacrifié mon jupon pour vous tenir chaud. Vous ne m'avez même pas remerciée.

Vu le ton sarcastique et sa mine pincée, il la soupçonnait d'avoir une tout autre raison de lui en vouloir.

— Vraiment ? C'est très indélicat de ma part. Mais je pensais avoir tout dit dans ce baiser. Quoique, je n'étais sans doute pas au sommet de mon art. Je ferai mieux la prochaine fois.

— La… prochaine fois ? balbutia-t-elle.

— Oui. Nous sommes fiancés, n'est-ce pas ?

Les pommettes de la jeune femme s'empourprèrent.

— Je crois que ce coup sur la tête vous a embrouillé l'esprit.

Rafe eut un sourire malicieux.

— Autant profiter de notre captivité pour nous entraîner un peu, non ?

11

— Vous êtes sans conteste l'homme le plus arrogant et le plus mal élevé que j'aie eu le malheur de...

— D'embrasser ? Et à qui me comparez-vous donc, mademoiselle Alcott ? Combien d'hommes avez-vous embrassés ?

Il paraissait très content d'avoir piqué sa fierté. Mais pourquoi lui rappelait-il ce baiser, auquel il n'avait manifestement pris aucun plaisir ?

— Cela ne vous regarde pas, rétorqua-t-elle.

— Cela me regardera peut-être si nous sommes contraints de rester ensemble.

— Si on nous oblige à nous marier, voulez-vous dire ? Eh bien, le cas échéant, vous devrez remettre en question vos compétences. Prendre du plaisir ne signifie pas qu'on soit capable d'en donner.

Il lui jeta un regard ahuri.

À cet instant, une cloche se mit à tinter quelque part, de plus en plus fort.

— Qu'est-ce que c'est ?

Lauren bondit sur ses pieds, se précipita vers le hublot pour scruter le port plongé dans la nuit. Elle entendit du bruit dans son dos et comprit que Rafe s'était levé pour la rejoindre.

Il glissa la tête par le hublot, puis lui montra un petit bateau à vapeur qui filait entre les silhouettes sombres des navires à l'ancre, en direction d'un panache de fumée qui s'élevait à l'autre bout des docks.

— Ce sont les marins-pompiers, murmura-t-il.

Lauren tendit le cou pour mieux voir.

— Un bateau est en feu ?

— Pas obligatoirement. Ce peut être un incendie dans un entrepôt.

— Arrive-t-il souvent qu'un feu se déclare à bord d'un navire ? Je n'y avais jamais pensé auparavant.

— De temps en temps. Mais les docks sont pleins de vieux hangars délabrés où le risque d'incendie est grand. Ces hangars pullulent le long du fleuve, et les pompiers ont un mal de chien à y avoir accès.

Lauren s'efforçait de réfléchir, mais elle était une fois de plus troublée par sa proximité physique, la chaleur qui émanait du corps de Rafe, la dureté de son bras pressé contre le sien. Il avait les cheveux ébouriffés, et un début de barbe ombrait ses joues. Il sentait le musc, un soupçon de santal, et quelque chose de plus corsé qu'elle trouvait délicieux, sans parvenir à le nommer.

Sans doute perçut-il le poids de son regard, car il tourna lentement la tête vers elle.

Face à ses yeux sombres, elle fut saisie d'une envie impérieuse qui exigeait d'être satisfaite sur-le-champ. Sans réfléchir, elle l'attrapa par les pointes de son col et planta sa bouche sur la sienne.

Cette fois, il ne s'agissait plus d'explorer ou de tester. Elle avait faim du plaisir qu'un vrai baiser peut procurer. Dès que ses lèvres se collèrent aux siennes, elle ressentit des picotements dans les membres, le visage, la gorge… Comme si tout son être appelait le contact avec ce grand corps robuste.

Elle s'abandonna à ce baiser plus charnel et délicieux qu'elle ne l'avait imaginé. Sentant sa langue glisser sur ses lèvres, elle ouvrit la bouche et les picotements s'intensifièrent. Certaines parties de son corps fondaient, d'autres durcissaient sous l'effet de l'impatience. Elle se pressa contre lui, l'enlaça…

Puis la bouche de Rafe s'égara sur ses joues, dans son cou, et de nouvelles sensations s'éveillèrent. Lauren retint son souffle. Chaque baiser déposé sur sa peau avait le même pouvoir grisant.

Elle osa promener les mains dans son dos, puis les fit remonter sur sa nuque, dans ses cheveux, enchantée par les textures qu'elle découvrait.

Elle entendit à peine le grincement de la clé dans la serrure, et faillit tomber quand il la relâcha brutalement.

— Voilà le dîner.

La voix de Fosse et l'éclat de la lanterne la replongèrent dans la réalité. Désorientée, elle cligna des yeux avec l'impression qu'on venait de l'éveiller en plein rêve. Elle dut s'adosser à la cloison, tandis que P'tit Bob venait déposer deux bols de ragoût sur le meuble de toilette.

Rafe jeta un coup d'œil à la nourriture.

— Avez-vous des nouvelles ? Mon père a-t-il été prévenu ? demanda-t-il.

Fosse le considéra en plissant les paupières, puis reporta son attention sur Lauren, qui réprima l'envie de cacher derrière sa main ses lèvres rougies par les baisers.

— Le capitaine Morgan a envoyé un message à terre. Pas de réponse pour le moment, répondit-il enfin.

— Et Jims ? s'enquit Lauren.

— Le petit loustic est introuvable.

Sur ces mots, les deux matelots s'en allèrent, non sans verrouiller la porte, laissant flotter dans l'air l'arôme du ragoût et une tension palpable.

Encore toute faible, Lauren demeura le dos contre le mur. Rafe prit un bol et le lui tendit.

— Vous devez avoir faim.

Elle se redressa, se força à le regarder dans les yeux.

— En effet. Et ce ragoût a l'air comestible.

— Townsend Imports engage les meilleurs coqs sur ses bateaux, expliqua-t-il. Cela permet de fidéliser l'équipage.

— C'est assez malin.

— Nous sommes des professionnels, mademoiselle Alcott.

— Appelez-moi Lauren. C'est idiot d'observer les convenances alors que nous sommes prisonniers sur ce bateau.

— Lauren, alors. Sachez que les Townsend s'appliquent à bien faire les choses dans tout ce qu'ils entreprennent.

Elle eut le sentiment qu'il ne parlait pas seulement de commerce.

Qu'il aille au diable.

Emportant le bol, elle alla s'asseoir sur la chaise, tandis que Rafe s'installait sur la couchette.

Le ragoût de bœuf se révéla étonnamment bon. Il était accompagné d'une tranche de pain à la mie dense que Lauren grignota après l'avoir trempée dans la sauce, en prenant le temps de goûter les saveurs et d'apaiser ses pensées chaotiques.

— J'ai réfléchi à la situation, annonça-t-elle entre deux cuillerées.

Rafe la considéra d'un air perplexe. Était-il en train de se demander si elle avait eu un coup de folie ? Si elle avait l'habitude de se jeter à la tête des hommes ? Elle n'avait pas envie qu'il s'appesantisse sur la question.

— Si votre père refuse de payer, nous ne pouvons compter que sur nous-mêmes, reprit-elle. Alors il va falloir agir vite, avant que les choses dégénèrent.

Rafe baissa les yeux sur son bol. Il devait se ressaisir. Il reprit une cuillerée de ragoût, mâcha méthodiquement.

Quelques secondes plus tôt, elle l'avait embrasé comme du petit bois, et maintenant elle parlait de projet d'évasion. Comment faisait-elle pour passer, d'un claquement de doigts, de la passion au pragmatisme ?

Il s'efforça de mettre de l'ordre dans ses pensées, se rendit compte qu'il n'avait plus mal à la tête.

— Je ne sais pas si vous l'avez remarqué, mais quand les dockers ont tenté d'envahir la capitainerie, il y avait des marins qui les acclamaient du pont de leurs bateaux. Certains attendent depuis bien plus longtemps que le *Clairon*. Si la police ou les gardes-côtes se lancent à l'abordage, cela pourrait déclencher une bataille générale pour le contrôle du port.

Lauren hocha la tête.

— À l'heure qu'il est, votre père a sûrement reçu le message du capitaine Morgan. Serait-il possible de le joindre pour lui demander de ne pas envoyer la police à bord ? Ou du moins, d'attendre que nous ayons trouvé le moyen de nous échapper ?

— Comment voulez-vous faire ? En soudoyant le mousse ?

Elle posa son bol à demi plein, se redressa, les yeux brillants.

— Rafe Townsend, vous êtes un génie !

— Vraiment ? fit-il, surpris et vaguement flatté. Savez-vous que c'est le premier compliment que vous me faites ?

— Vous n'êtes pas non plus très prodigue de louanges.

Elle se tourna vers l'étagère qu'elle avait épousseté un peu plus tôt, examina la tranche des livres avant d'attraper un mince volume.

— Ah, voilà. C'est exactement ce qui plairait à un jeune garçon qui a grandi en mer.

— De quoi s'agit-il ?

— *Contes et légendes de la mer.* Des récits qui évoquent des capitaines héroïques et des marins vaillants, des tempêtes, des pays lointains...

Rafe eut un rire incrédule.

— Vous croyez que vous allez le mettre dans votre poche en lui faisant la lecture ?

— Tous les enfants adorent les histoires d'aventures. Je parie que vous-même n'y seriez pas insensible, puisque vous aimez naviguer.

— Moi ? Certainement pas !

— Mais vous avez fait partie de la Navy...

— Justement, c'est terminé. Bon, admettons que nous parvenions à envoyer un message à mon père ou au vôtre... Et ensuite ? Comment espérez-vous sortir de cette impasse sans déclencher le chaos ?

— Nous trouverons bien un moyen, assura-t-elle avec confiance.

— Parce que, à nous deux, nous faisons des étincelles ?

Elle rougit, puis il crut la voir réprimer un sourire.

— Cela reste à démontrer, mais j'ai de bonnes raisons de l'espérer, répliqua-t-elle.

Le calme revint sur le bateau lorsque, les marins ayant effectué leurs dernières corvées, le repas du soir fut servi. Quelque part, quelqu'un se mit à jouer de l'harmonica. Quand P'tit Bob vint leur apporter quelques fruits, Lauren l'invita à rester et lui proposa de lui lire une histoire.

Le gamin parut surpris. Mais, les yeux brillants de curiosité, il se jucha sur une chaise. Il avait déjà entendu des histoires de marins, leur apprit-il, le soir à la veillée, quand l'équipage se réunissait pour fumer la pipe. Lauren avait toutefois choisi un conte particulier, qui parlait de pirates partis enfouir leur butin sur une île des Caraïbes. Il y avait un trésor, des trahisons, des retournements de situation : bref, de quoi enflammer l'imagination d'un enfant.

Avec un parfait sens de l'à-propos, Lauren lui demanda s'il lui arrivait de quitter le navire. P'tit Bob répondit que régulièrement, une chaloupe d'approvisionnement partait à l'aube pour éviter les patrouilles douanières, et que parfois les marins l'emmenaient.

La mine attristée, elle lui confia qu'elle craignait que sa famille soit morte d'inquiétude depuis sa disparition.

P'tit Bob était tout ouïe.

— Ma mère me manque, à moi aussi, avoua-t-il.

À cet instant, la porte s'ouvrit. Le capitaine Morgan entra dans la cabine. Il ordonna au petit mousse de déguerpir en lui envoyant une taloche sur le crâne. Puis il darda un regard soupçonneux sur Lauren et lui confisqua le livre.

— N'imaginez pas que vous allez endormir la vigilance de mon équipage en racontant des sornettes. Vous n'irez nulle part tant que les taxes et nos salaires n'auront pas été payés, décréta-t-il.

Là-dessus, il vida l'étagère de ses livres et les emporta en jetant :

— Vous n'avez pas besoin de ça. Vous n'êtes pas en vacances, ici !

La porte claqua, et ils l'entendirent appeler Gus pour surveiller la coursive.

Lauren soupira.

— Notre plan tombe à l'eau.

— Le misérable ! gronda Rafe. À cause de lui, je ne connaîtrai jamais la fin de cette histoire !

Lauren ne put s'empêcher d'éclater de rire.

La porte de la cuisine d'Alcott House était ouverte. Le soir était tombé et Barnaby Pinkum attendait, caché derrière les poubelles, qu'un domestique sorte pour jeter les déchets de la journée.

Cela prit un moment, puis enfin un type qu'il connaissait sous le nom de Rupert arriva avec une grande bassine pleine de restes.

Barnaby jaillit de derrière sa cachette, lui causant une belle frayeur.

— Eh ! Qu'est-ce que vous faites là ?

— Tu t'appelles Rupert, n'est-ce pas ? Dis donc, c'est du poulet rôti, ça ? Je te donne six pence si tu me le donnes.

Rupert jeta un regard furtif en direction de la cuisine plongée dans la pénombre. L'instant d'après, la carcasse de poulet à peine entamée changeait de main. Barnaby l'enveloppa dans du papier journal.

Il avait autre chose à demander.

— Je te donne la même somme si tu réponds à une question.

— Je ne dirai jamais du mal des Alcott, rétorqua le domestique d'un ton ferme.

— Il ne s'agit pas de cela. Je veux juste savoir si Mlle Alcott est rentrée avec son fiancé ?

— Non, elle n'est pas là. Elle est sortie avec M. Townsend ce matin, et depuis on ne les a pas revus. Comme il n'y avait toujours personne à l'heure du dîner, Mme Perrix et M. Alcott ont commencé à se faire un sang d'encre. Et le vieux Townsend a débarqué. Il avait l'air furieux. Ils se sont tous trois enfermés dans le salon. Mme Perrix est ressortie en larmes, et elle est tout de suite montée dans sa chambre. M. Alcott est resté discuter un peu plus longtemps avec Townsend.

Barnaby donna quelques pièces au domestique, puis s'en alla dans le parc, de l'autre côté de la rue, pour savourer tranquillement son dîner et réfléchir.

Un peu plus tard, sautant d'un strapontin à l'autre à l'arrière des fiacres, il visita plusieurs tavernes fréquentées par les marins et les dockers.

Dans le quartier, on parlait beaucoup de l'échauffourée qui avait eu lieu à la capitainerie, mais aucune nouvelle ne transpira au sujet de l'Ange.

Barnaby finit par se retrancher sur le toit de l'entrepôt d'où il avait suivi les incidents un peu plus tôt.

Après s'être essuyé les mains sur sa chemise, il sortit de sa besace le chapeau en forme d'hirondelle. Pendant un moment il resta immobile, le couvre-chef à la main, à regarder les lumières du port.

Elle était là, quelque part. Probablement avec Townsend.

Il alluma une petite lanterne, sortit son calepin et entreprit de rédiger l'article que publierait l'*Examiner* le lendemain matin.

L'Ange des Faubourgs avait disparu. Parfait. Les lecteurs adoraient les mystères. Mlle Alcott et son fiancé étaient intervenus pour calmer les émeutiers. Townsend avait pris la parole et on l'avait assommé pour sa peine. L'Ange avait volé à son secours, et maintenant elle s'était volatilisée.

L'avait-on enlevée pendant la bagarre générale ?

Barnaby travailla une bonne heure, puis se relut. Enfin, il se frotta les mains avec jubilation.

Il y avait là une petite bombe.

12

— La loi de sauvetage ? répéta Rafe en se demandant s'il n'était pas victime d'hallucinations auditives. Comment diable avez-vous entendu parler de cela ?

— Je lis, figurez-vous.

Il s'était allongé sur le plancher de la cabine, après avoir assuré à Lauren qu'elle pouvait prendre la couchette et qu'il serait très bien par terre.

Ils avaient des couvertures propres et des oreillers en plume qui provenaient de la cabine de l'ancien capitaine. Curieusement, Rafe avait l'impression que la présence de la jeune femme *emplissait* l'obscurité.

— Je me demandais ce qui se passerait si un incendie se déclarait à bord d'un bateau et si la cargaison était jetée par-dessus bord.

— La loi dit que le navire doit être en danger manifeste de sombrer pour que le droit de sauvetage s'applique. Et pourquoi un bateau ancré dans un port sombrerait-il ?

— Je posais juste la question. Le *Clairon* a une coque en acier, n'est-ce pas ?

— En effet. La roue à aubes est actionnée par une chaudière à charbon. Une fois en mer, il navigue à la voile grâce à ses trois mâts. C'est un navire hybride, en fait, qui marche à voile et à vapeur. Aujourd'hui on installe des hélices : c'est plus efficace, et cela laisse plus de place pour la cargaison. C'est la raison pour laquelle j'ai été me renseigner à Upwell Hall. Je souhaite équiper peu à peu toute notre flotte d'hélices modernes. Il faut rester compétitifs. La compagnie qui aura les bateaux les plus rapides aura accès au marché la première et fixera les prix.

— Toute la flotte… Cela coûtera beaucoup d'argent.

— Certes, mais c'est nécessaire si nous voulons survivre au niveau international. Si Townsend Imports ne réussit pas cette transition, il y aura des centaines d'employés au chômage sur trois continents.

Lauren hocha la tête, et le silence retomba un certain temps.

— Vous dormez ? chuchota-t-elle au bout d'un moment.

— Je crains que non.

Il était bien normal que le sommeil le fuie. Pour commencer, il passait la nuit enfermé dans une cabine avec *elle*. Tout à l'heure, elle l'avait embrassé avec ardeur, en cherchant à déclencher une réaction chez lui. Et il avait bel et bien réagi. Depuis, il était en feu. Ce baiser lui avait procuré un plaisir alarmant, et pourtant il se sentait aux antipodes de l'inquiétude. C'était la première fois qu'il éprouvait de telles sensations en embrassant une femme.

— Combien de temps reste-t-il avant l'aube, à votre avis ? demanda-t-elle encore.

— Je ne sais pas trop. Deux heures, peut-être ?

— Il doit être environ 4 heures du matin, alors.

Il entendait presque les rouages de son cerveau cliqueter.

Un peu plus tard, elle se redressa et commença à ôter les épingles de ses cheveux. Elle se figea en entendant le bruit de la clé qui tournait dans la serrure. Elle se leva, et Rafe l'imita vivement.

Le battant pivota et une petite silhouette se glissa à l'intérieur. Dès que la porte se referma, Rafe se jeta sur l'intrus.

— Hééé...

Il plaqua sa main sur la bouche du garçon qui se débattait et le tira vers le hublot où la luminosité était un peu plus forte.

— Jims ? s'exclama Lauren.

Au son de sa voix, le gamin se calma. Elle s'agenouilla face à lui, le prit par les épaules.

— Où étais-tu passé ? J'étais morte d'inquiétude.

Elle le prit dans ses bras et il enfouit son visage contre son épaule, poussa un soupir de soulagement.

— Je vous cherchais partout, vous et le monsieur. J'ai cru que vous étiez partis !

Lauren s'écarta pour l'examiner. Il semblait en bonne forme.

— Nous ne t'aurions pas abandonné. Est-ce que tu vas bien ?

— Oui, répondit-il avec une assurance qui n'était pas vraiment convaincante. Je me suis faufilé partout sur le bateau, j'ai observé et j'ai laissé traîner mes oreilles. Les matelots, ils sont pas trop d'accord pour avoir des prisonniers. Ils discutent entre eux, et j'ai compris qu'ils n'aiment pas beaucoup le nouveau capitaine.

— Ah. Ce sont des gens raisonnables, alors, dit Rafe.

— Comment es-tu entré ? La porte était verrouillée.

— L'autre garçon... Il m'a surpris en train de chiper de la nourriture dans la cambuse. Et il m'a emmené ici pour que je vous rejoigne.

— Tu as mangé, alors ? Tant mieux. Eh bien, quelle aventure !

— J'ai vu plein de caisses et de barriques dans la cale. Les barriques étaient scellées, mais j'ai réussi à ouvrir une ou deux caisses. Ils ont des rouleaux de tissus, et aussi des coffres à tiroirs qui sentent très bon.

— Des épices ? s'enquit Lauren en levant les yeux sur Rafe.

— Probablement.

— J'ai reconnu l'odeur du thé, ajouta Jims. Quelqu'un en a donné à maman, un jour. J'aime pas trop ça, mais maman et les filles ont trouvé ça très bon.

Lauren réfléchit un instant, puis pinça gentiment le menton du garçon.

— Jims Gardiner, tu as été aussi courageux qu'un chevalier en armure. Maintenant, il faut te reposer. Je te raconterais bien une histoire pour t'endormir, mais hélas nous n'avons plus de livres.

De toute façon, Jims tombait de sommeil. Lauren le fit grimper sur la couchette et plaça la couverture sur lui. Puis elle lui caressa doucement les cheveux, et il ne tarda pas à s'endormir.

Lorsque sa respiration devint régulière, elle se releva sans bruit et vint rejoindre Rafe qui était assis par terre, le dos calé contre la couchette.

— L'équipage ne porte pas le capitaine Morgan dans son cœur, remarqua-t-elle à mi-voix. Peut-être ont-ils besoin d'un autre chef ?

— Je sens un parfum de sédition dans vos paroles.

— Je suis prisonnière. J'ai bien le droit de me rebeller.

Il eut un petit rire. Elle s'était rapprochée et son épaule touchait la sienne. Il savoura ce plaisant contact.

— Je parie que les marins vous écouteraient si vous leur parliez comme vous avez parlé aux dockers, insista-t-elle.

Il soupira. Son esprit n'était donc jamais au repos ?

— Vous avez entendu mon petit discours ?

— Du début à la fin. Je pense que vous étiez à deux doigts de les retourner.

— Vous n'êtes décidément pas avare d'éloges, aujourd'hui.

Le silence retomba. Bientôt, la jeune femme ferma les yeux. Sa tête reposa sur l'épaule de Rafe. Il glissa un bras sous elle pour la soutenir et, un peu plus tard, il cala sa joue contre sa tête. Le sourire aux lèvres, il huma son parfum et ferma les paupières.

Il s'éveilla un peu plus tard avec un torticolis, s'étira en essayant de ne pas faire de mouvements brusques, mais Lauren remua et finit par se redresser.

— Je ne voulais pas vous déranger.

— C'est aussi bien. Il fera bientôt jour, dit-elle en se frottant le visage, avant d'annoncer : J'ai un plan pour nous échapper et résoudre le problème des taxes douanières. J'ai besoin de votre aide.

— Un plan ? Inclut-il un carnage ? Un plongeon dans le fleuve ?

— Non.

— Alors je suis tout ouïe.

— Nous avons perdu P'tit Bob, mais Jims est de retour. Et apparemment, il est très doué pour se déplacer sans se faire remarquer. Il pourrait regagner la terre en se glissant dans la chaloupe qui part aux provisions à l'aube. Mais il nous faudra la coopération de dockers sur les quais... avec des gaffes et de gros muscles.

Elle se leva et, la main dans les cheveux, se dirigea vers la porte. Il la rejoignit et vit qu'elle était en train d'insérer une épingle dans la serrure.

— Où diable avez-vous appris à faire ça ?

— Il arrive qu'une clé s'égare, ou bien qu'il faille ouvrir un placard alors que la gouvernante n'est pas disponible. Mme Beeton insiste pour que cette astuce ne soit pas employée avec de mauvaises intentions.

— Qui est cette Mme Beeton ? Et comment peut-elle imaginer qu'on veuille forcer une serrure sans mauvaises intentions ?

— Mme Beeton est une experte en gestion domestique. J'ai été coincée des jours à la maison avec son manuel pour seule lecture, et il s'avère que certains conseils sont finalement très utiles.

Il y eut un déclic. Lauren tourna la poignée, et la porte s'ouvrit. Elle adressa un grand sourire à Rafe... qui ne put faire autrement que le lui rendre.

Puis il réalisa qu'il n'avait aucune idée de ce qu'ils allaient faire.

— Apportez la lanterne, dit-elle. Il va falloir en trouver une autre, ainsi que des allumettes.

Toutes ces questions concernant la cargaison et la loi de sauvetage... des lanternes... des dockers avec des gaffes...

Il la saisit par le bras.

— Je crois qu'il est temps que vous me donniez quelques détails sur votre plan ! chuchota-t-il, fébrile.

— Bien. Nous allons mettre le feu au bateau.

Elle était folle. L'enlèvement et la réclusion lui avaient fait perdre l'esprit.

— Il n'en est pas question !

— Pas à *tout* le bateau. Juste la partie où sont situées les cabines. Et peut-être un bout de la cale. Nous commencerons par les matelas. Ils dégageront une grosse fumée, ce qui évitera dans un premier temps que nous soyons repérés. Un jour, nous avons eu un début d'incendie à la maison et la fumée a envahi deux étages. Il a fallu une éternité pour tout aérer.

Elle était d'un calme olympien, alors qu'elle parlait d'incendier le bateau. Et quelle était cette histoire de dockers avec des gaffes ?

— Mais qu'avez-vous en tête ?

Ils réussirent à subtiliser des lanternes et des allumettes dans la cambuse. Puis, alors que les premières lueurs de l'aurore rosissaient l'horizon, ils déplacèrent le matelas dans la coursive.

— C'est la chose la plus folle que j'aie jamais faite, admit Lauren.

— Pardon, mais je commence à en douter.

Rafe déposa une pile de couvertures sur le matelas. Ils allèrent également chercher un matelas et des oreillers dans la cabine du capitaine, puis prélevèrent de vieux journaux et de la paille dans les caisses pour servir d'allume-feu.

Ils ne disposaient que d'une heure pour expédier Jims à terre et convaincre Fosse et Gus de jeter la cargaison par-dessus bord. Dans un premier temps, ces derniers furent effarés de voir que les prisonniers avaient trouvé le moyen de s'échapper. Mais grâce à ses talents de tribun, Rafe sut les persuader que s'ils les aidaient, ils seraient ensuite dégagés de toute responsabilité concernant leur enlèvement.

Pendant que le capitaine Morgan, insomniaque, arpentait le pont et vitupérait contre le quart de nuit, Fosse et Gus rassemblèrent plusieurs membres d'équipage à qui Rafe exposa leur plan.

Les marins l'écoutèrent avec méfiance, en jetant des regards torves à Gus et Fosse.

— Aucun paiement ne sera versé, affirma Rafe. Je connais mon père, il est têtu comme une mule. Il est plus probable qu'il lance Scotland Yard et la police portuaire à vos trousses. Ils attaqueront le bateau et vous serez déclarés complices d'enlèvement et de séquestration. Ce sont de graves crimes, qui vous vaudront des années de travaux forcés.

Les marins marmonnèrent entre eux, partagés entre défiance et désespoir.

— Il y a une alternative, reprit Rafe avec conviction. Un moyen de sauver vos peaux, ainsi que la cargaison du *Clairon*. Si un incendie se déclare à bord, qui pourrait nous reprocher de jeter la cargaison à l'eau ?

— Bon sang, où est Lawrence ? rugit Horace Townsend qui venait de faire irruption dans le hall d'Alcott House, sous les yeux du majordome médusé.

Lawrence sortit précipitamment de la salle à manger, sa serviette encore coincée dans son col.

— Le *Clairon* est en feu ! Le bateau sur lequel Rafe et votre fille sont détenus ! Allez ouste, attrapez votre chapeau !

Une minute plus tard, Lawrence, débarrassé de sa serviette, saisissait son haut-de-forme des mains de Weathersby et grimpait dans la voiture de Horace.

Tandis qu'ils fonçaient dans les rues brumeuses en direction du port, ce dernier expliqua qu'un messager de la police portuaire était venu frapper à sa porte un quart d'heure plus tôt pour lui annoncer la nouvelle.

Horace avait aussitôt réclamé sa voiture. Il ne savait pas comment l'incendie avait démarré, ni quelle était l'étendue des dégâts.

Tout en ajustant son nœud de cravate, Lawrence remarqua que Horace n'avait pas pris le temps de se raser et qu'il portait ses habits de la veille. Il semblait fou d'inquiétude. Pour leurs enfants, ou pour la cargaison ?

— C'est vous qui avez refusé d'aller voir les autorités hier soir, parce que ces salopards risquaient de s'en prendre aux enfants si les forces de l'ordre intervenaient, avez-vous dit. Mais il n'est plus temps de tergiverser. J'ai alerté Scotland Yard.

— Mais… quelle vieille mule vous faites ! tempêta Lawrence, furieux que Horace ait trahi leur accord. On ne peut pas penser uniquement à l'argent ! Je veux retrouver ma fille saine et sauve. J'aurais donné tout ce que je possède pour la récupérer, et s'il fallait payer ces scélérats, j'aurais vendu jusqu'à mon dernier caleçon. Pouvez-vous en dire autant ?

L'accusation porta. Penaud, Horace tourna la tête vers la fenêtre. Quelques secondes plus tard, il se mit à taper du pied nerveusement.

Le reste du trajet s'effectua en silence.

À leur arrivée au port, une grande agitation régnait devant le bureau des douanes. Il y avait là des policiers en uniforme et des habitants des environs qui, curieux, commençaient à affluer pour voir d'où provenait la fumée qui se mêlait au brouillard.

Horace renvoya le cocher. Ils poursuivirent à pied jusqu'aux quais. Dans le port, on distinguait la lueur de l'incendie au milieu des volutes grisâtres. On entendait le crépitement des flammes et, à intervalles réguliers, de gros « plouf » mystérieux.

— Où sont ces fichus marins-pompiers ? éructa Lawrence.

Quelques instants plus tard, ils aperçurent des chaloupes, à bord desquelles des dockers munis de longues gaffes guidaient vers les quais des barriques flottant sur l'eau. Horace joua des coudes dans la foule pour s'approcher du ponton. Sur l'escalier en pierre qui descendait vers l'eau, d'autres dockers attrapaient les barriques pour les charger dans des charrettes.

— Eh… ce sont mes barriques ! cria Horace.

Un type se tourna vers lui. Son visage était vaguement familier, mais Horace ne se souvenait pas de son nom.

— Oui, m'sieur, fit l'homme, goguenard. On nous a dit que vous aimeriez les récupérer.

— Mais… qui vous a dit ça ?

— Un gamin est arrivé à l'entrepôt et nous a dit que les employés de la compagnie Townsend devaient se rendre sur les quais.

— Quel gamin ?

Les dockers étaient en train de hisser sur le quai un filet qui contenait plusieurs caisses. Sur l'escalier, des caisses plus petites et des tonnelets passaient de main en main. Horace dut reculer pour laisser passer les débardeurs qui les acheminaient vers les charrettes. Quelques-uns le reconnurent et le saluèrent d'un hochement de tête.

Lawrence et Horace échangèrent un regard atterré.

— Oh, Seigneur… Ils ont jeté la cargaison par-dessus bord !

Tous deux reportèrent leur attention sur la silhouette du *Clairon* qui se dessinait maintenant à travers la brume et la fumée.

— Ma Lauren ! Que… que lui est-il arrivé ? bégaya Lawrence d'une voix étranglée.

Debout sur le pont, à l'écart de l'écoutille principale, Lauren tenait P'tit Bob serré contre elle. Ses yeux larmoyaient et elle se retenait de tousser.

Elle avait perdu le compte des barriques et caisses jetées par-dessus bord. Elle s'était arrêtée à trente barriques et vingt-quatre caisses. La plupart des marins avaient noué un foulard sur le bas de leur visage et ressemblaient ainsi aux bandits pour qui son père les prenait certainement.

P'tit Bob se mit à tousser. Lauren se déplaça pour s'éloigner au maximum de la fumée qui s'échappait par l'écoutille.

Au milieu du pont, un autre panache de fumée s'élevait d'une écoutille secondaire. Ils avaient nourri le feu avec tout le bois et les voiles qu'ils avaient pu trouver.

Tournée vers le quai, elle fut heureuse de voir une poignée de chaloupes qui avaient entrepris de récupérer la cargaison. On entendait des cris, des coups de sifflet et de claquements de sabot. Les dockers avaient donc pensé à amener des charrettes. Leur plan semblait se dérouler selon leurs vœux.

Le plus ennuyeux était pour l'instant le capitaine Morgan qui, un peu plus loin, pestait sur « le crétin qui avait renversé une lanterne et flanqué le feu au bateau ».

— Qu'est-ce que vous fichez ? brailla-t-il à son équipage. Sonnez l'alarme !

Voyant que les marins continuaient de faire rouler les barriques sur le pont, il se précipita, en bouscula quelques-uns, frappa les autres pour tenter de se faire obéir.

— Arrêtez ça tout de suite. C'est un ordre !

Avec un juron, il attrapa un espar sur le grand mât et se rua sur Fosse.

Rafe s'interposa pour faire diversion :

— Ils essaient de sauver la cargaison, capitaine.

À sa vue, Morgan écarquilla les yeux.

— Eh… mais qu'est-ce que vous faites là, vous ?

Morgan saisit le matelot le plus proche par la chemise et le poussa en direction de Rafe.

— Enferme-le dans la cale !

Rafe désigna d'un geste la fumée qui sortait de l'écoutille en tourbillonnant.

— Vous voulez ajouter le meurtre à la liste de vos crimes ?

Le visage écarlate, les yeux exorbités, Morgan serra les poings.

— Qu'avez-vous fait à mon bateau, misérable ?

— Ne soyez pas ridicule…

Lauren poussa un cri en voyant Morgan décocher un coup de poing qui atteignit Rafe à l'épaule et le propulsa en arrière.

Furieux, ce dernier riposta avec vigueur, et bientôt les marins cessèrent leurs allées et venues pour regarder leur capitaine se battre avec le fils du patron.

Priant pour que Rafe prenne le dessus, Lauren demanda à P'tit Bob de ne pas bouger et se précipita vers les marins.

— Continuez de jeter les barriques par-dessus bord ! Nous n'avons pas beaucoup de temps avant que la police portuaire arrive et nous en empêche.

Ses cris les rappelèrent à la réalité de leur situation, et ils se remirent à soulever caisses et barriques avec une énergie renouvelée. Lauren se tourna vers l'écoutille pour vérifier si la fumée était encore assez dense pour dissimuler l'opération… et elle ne vit pas Morgan, qui était projeté en arrière par un coup de poing.

Un marin cria pour l'alerter, trop tard. Avant qu'elle ait compris ce qui lui arrivait, le capitaine la heurta et elle fut catapultée par-dessus le bastingage.

Son hurlement fut coupé net lorsqu'elle creva l'eau.

Elle n'avait pas eu le temps de prendre sa respiration. Plongée dans le fleuve noir et glacé, empêtrée dans ses jupes, elle battit des bras, désorientée.

Lorsqu'elle remonta à la surface, elle prit une grande inspiration et comprit qu'elle devait se débarrasser au plus vite de ses jupes alourdies qui menaçaient de l'entraîner au fond. Mais les lacets de son jupon étaient gorgés d'eau, et ses doigts engourdis ne trouvaient pas les agrafes. Désespérée, elle donna des coups de pied pour se maintenir la tête hors de l'eau.

La situation était critique. Elle n'arriverait jamais à atteindre le quai avec tous ces tonneaux qui flottaient un peu partout, ballottés par les flots. Et elle commençait à s'éloigner de la silhouette du *Clairon*.

Le temps parut ralentir quand Rafe vit Lauren passer par-dessus bord.

La peur décupla sa fureur. Il frappa Morgan à coups redoublés, jusqu'à ce que celui-ci s'écroule sur le pont, inconscient.

Haletant, le visage en sang, Rafe se précipita vers le bastingage et scruta avec angoisse la surface de l'eau.

— Lauren !... Lauren !

Pas de réponse. Il crut que son cœur s'arrêtait de battre. Puis la tête de la jeune femme surgit des flots. Toussant et crachant, elle se démenait pour ne pas être engloutie. Elle appela à l'aide, d'une voix très faible.

Fosse, Gus et deux autres matelots le rejoignirent. Rafe leur affirma qu'il nageait comme un poisson – et tâcha de s'en convaincre par la même occasion. Mais l'angoisse lui nouait la gorge.

— Il me faut une échelle ! cria-t-il.

Les hommes se regardèrent d'un air impuissant.

— Le capitaine les a fait jeter à l'eau quand une partie de l'équipage a déserté, expliqua Fosse.

Rafe jeta un regard fébrile autour de lui et aperçut le gros filet dont se servaient les marins pour décharger les caisses sur les quais.

— Le filet ! Attachez-le bien et jetez-le par-dessus bord.

Les matelots obéirent et s'arc-boutèrent sur les cordes, tandis que Rafe s'agrippait au filet pour descendre au niveau de l'eau.

— Lauren... nagez vers moi !

Elle continuait de patauger, sans paraître l'entendre.

— Lauren, approchez ! Je sais que vous en êtes capable. Je vous ai vue nager, vous êtes une championne !

S'était-elle cogné la tête ? Elle battait des bras désespérément. Il comprit tout à coup qu'elle essayait de se déplacer. Il s'obligea à descendre encore un peu le long du filet. L'eau lui monta jusqu'aux chevilles, puis jusqu'aux genoux. Il l'appela de nouveau, tendit le bras au maximum tout en se cramponnant au filet, priant pour que les matelots sur le pont ne lâchent pas la corde.

Lauren l'aperçut enfin, et son comportement changea. Elle se calma, s'efforça de nager, mais ses mouvements étaient rapides, saccadés, comme si chaque centimètre lui demandait un effort surhumain.

Rafe eut l'impression qu'une éternité passait jusqu'à ce qu'elle soit enfin à portée de main. Envahi d'un immense soulagement, il réussit à la saisir par le bras. Il lui fallut toute sa force pour la hisser hors de l'eau, mais il parvint enfin à passer un bras autour de sa taille pour la ramener contre lui.

Grelottante, elle s'agrippa à lui et enfouit le visage contre sa chemise.

— Merci. Merci, merci ! haleta-t-elle.

— Vous êtes sauvée, dit-il en posant sa main libre sur sa tête pendant qu'elle reprenait son souffle.

Il cria aux matelots de les remonter. Avec l'aide de Fosse et de Gus, il fit passer Lauren par-dessus le bastingage, avant de sauter lui-même sur le pont. Jamais il n'avait été aussi heureux de se retrouver à bord d'un bateau – même si celui-ci était en feu.

Après avoir demandé à P'tit Bob de lui apporter une couverture, il en enveloppa Lauren qui s'était assise sur le pont.

Elle releva la tête et le regarda avec un sourire tremblant.

— Je… je n'arrivais pas à enlever ma jupe, bredouilla-t-elle.

Il eut un rire heureux.

— C'est bien la première fois !

13

Sur les quais, les curieux entendirent un cri, suivi d'un bruit d'éclaboussures. Quelqu'un était tombé à l'eau. Une femme, apparemment.

Affolé, Lawrence alla réclamer une chaloupe aux autorités du port. Horace monta à bord avec lui, et ils avaient effectué la moitié du trajet jusqu'au *Clairon* quand les marins-pompiers arrivèrent sur un bateau-pompe et hélèrent le commandant du navire. On entendit des éclats de voix dans la nuit, mais avec le bruit des vagues contre la coque et le vacarme des pompes, il était impossible de comprendre quoi que ce soit.

Lawrence était terrifié. Il était convaincu que c'était Lauren qui avait crié et qu'elle était en danger.

— Dieu sait ce qu'ils font subir à ma petite fille ! se lamenta-t-il.

— Quoi que cela soit, ce n'est sans doute pas le quart de ce qu'*elle* leur fait subir, marmonna Horace.

Lorsque le bateau-pompe se déplaça pour se positionner à la poupe du *Clairon*, ils purent approcher leur chaloupe et interpellèrent les marins, exigeant de parler au capitaine et de voir Rafe Townsend et Lauren Alcott.

Une minute plus tard, Rafe et Lauren apparurent au bastingage. Cette vision les soulagea autant qu'elle les choqua. Rafe avait du sang sur le visage et Lauren, échevelée, était trempée comme une soupe.

Rafe agita la main.

— Vous êtes là ! Tant mieux. Vous allez nous ramener à terre. Ici, la situation est sous contrôle.

— Sous contrôle ? répéta Horace dans un grondement indigné, avant de prendre Lawrence à témoin : Mais mon bateau est en feu !

Lawrence ne l'écoutait pas. Il n'avait d'yeux que pour sa fille.

— Tu vas bien, ma chérie ?

— Oui, ça va, papa, répondit-elle d'une voix chevrotante. J'ai juste froid. Je... je suis tombée à l'eau. Que s'est-il passé sur les quais ? Est-ce que la cargaison a pu être récupérée ?

— Oui, confirma Lawrence. Allons, vous autres, dépêchez-vous ! Vous voyez bien qu'elle meurt de froid.

Rafe demanda l'aide de deux marins pour sortir la plateforme de débarquement. Il s'installa dessus avec Lauren, et la plateforme les descendit lentement vers la chaloupe. Lawrence faillit faire chavirer l'embarcation dans sa hâte à serrer sa fille dans ses bras.

— Ma petite fille ! Que t'ont-ils fait ? Je te promets que ces vauriens finiront au bagne !

— C'est ma faute, papa. Je n'ai pas fait attention, j'ai été bousculée et je suis tombée à l'eau. Il me faut juste un bon bain chaud et des vêtements propres.

Elle réagissait avec courage, mais elle était toute pâle et claquait des dents.

Lawrence reporta sa colère sur Rafe :

— Comment se fait-il que chaque fois que vous quittez la maison avec ma fille, elle rentre trempée de la tête aux pieds !

Horace, de son côté, accueillit son fils d'un simple hochement de tête, avant d'ordonner aux rameurs de les ramener à terre.

— Il va falloir tout me raconter, mon garçon. Étais-tu, oui ou non, détenu de force ?

— Vous saurez tout en temps voulu, père. La cargaison a-t-elle été mise en sécurité ?

— Dieu seul le sait, soupira Horace en se frottant le visage. Mais j'ai cru reconnaître quelques-uns de nos employés parmi la foule. Où est ce salopard de Pettigrew ? Jamais je ne l'aurais cru capable d'un tel forfait. Je le croyais digne de confiance.

— Le capitaine Pettigrew est mort, expliqua Rafe, qui regardait Lauren blottie contre son père. On ne vous l'a pas dit ? Non, bien sûr. C'est le capitaine par intérim, Juster Morgan, qui est responsable de tout ça.

— Pettigrew est mort ? s'exclama Horace, stupéfait. Mais… comment avez-vous réussi à vous libérer ? Et pourquoi ce maudit bateau a-t-il pris feu ?

Barnaby Pinkum s'était faufilé parmi la foule sur les quais, les yeux fixés sur le navire en feu qui formait un spectacle irréel au milieu du port. Il s'appelait le *Clairon*, et l'équipage venait de balancer la cargaison par-dessus bord pour la préserver des flammes.

Les caisses et les barriques avaient été récupérées par des dockers dégourdis, qui les avaient mises à l'abri dans un lieu inconnu. Aucun n'avait voulu révéler leur destination.

Barnaby avait repéré Horace Townsend et s'était furtivement approché de lui pour l'entendre questionner les dockers et affirmer que cette cargaison lui appartenait.

Non loin, Lawrence Alcott se tordait les mains, très inquiet pour sa fille.

Dès lors, Barnaby avait décidé de ne plus lâcher les deux hommes. Quand on avait entendu une femme crier, son pouls s'était accéléré et son instinct de reporter s'était réveillé.

Était-ce son Ange ? Était-elle en danger ? Et que diable faisait-elle sur un bateau en feu ?

Alcott avait réclamé une chaloupe pour affronter le brouillard et la fumée qui noyaient le port. Bientôt, le vrombissement du bateau-pompe avait couvert tous les autres bruits. S'agissait-il d'une mission de sauvetage ?

Patient, Barnaby avait attendu la suite des événements, convaincu que ce chapitre était le meilleur de la saga de l'Ange. Il tenait un scoop.

Lauren était trempée, ébouriffée et glacée jusqu'aux os, mais cet inconfort n'entamait pas sa satisfaction. Son plan – leur plan – avait marché ! Elle avait bien failli se noyer, mais elle n'eut pas le temps d'y réfléchir car les officiers de police qui venaient de monter à bord de la chaloupe exigeaient des explications.

Elle leur raconta comment ils avaient été pris dans l'émeute et que, Rafe étant blessé, elle avait décidé de rester auprès de lui.

Quand Horace demanda plus de détails, elle ferma les yeux et, l'air exténuée, se blottit plus étroitement contre son père. Rafe se passa la main sur le visage, se déclara aussi épuisé qu'affamé, et réclama un peu de répit.

Mais lorsqu'ils atteignirent le port et que Lauren vit toute cette foule qui les attendait, elle comprit que l'épreuve n'était pas terminée.

Alors que son père l'aidait à débarquer sur les marches de l'escalier en pierre, les curieux se rapprochèrent. Parmi eux, Lauren remarqua un type à chapeau melon qui tenait un calepin dans les mains. Ce chapeau et sa silhouette chétive lui parurent familiers.

Pendant qu'ils attendaient la voiture, les questions fusèrent de toute part. Deux hommes de Scotland Yard vinrent les interroger. On les avait prévenus qu'un homme et une femme étaient retenus contre leur gré à bord du *Clairon*, et ils voulaient quelques éclaircissements.

Lauren ne se laissa pas prendre au dépourvu. Elle avait déjà décidé quelle version des faits elle livrerait.

Rafe s'était adressé aux émeutiers avec une verve hors du commun. Hélas, il avait été proprement assommé. Mais plusieurs membres d'équipage du *Clairon* qui se trouvaient parmi la foule l'avaient reconnu et étaient venus à sa rescousse. Ils l'avaient transporté à bord du bateau pour le mettre à l'abri.

Naturellement, Lauren les avait suivis afin de soigner son fiancé. Ils n'avaient pas eu le temps de faire prévenir leurs familles respectives, et ils en étaient désolés.

— Le capitaine Pettigrew nous a accueillis à bord, poursuivit-elle, tout en surveillant du coin de l'œil le type au chapeau melon qui ne perdait pas une miette de son discours et griffonnait frénétiquement dans son calepin. Il était furieux contre ces nouvelles taxes qui mettent les marins dans une situation intolérable, et il était très agité. À l'aube, alors qu'il était descendu dans la cale pour inspecter la cargaison, il a eu une crise cardiaque et a lâché sa lanterne en tombant. Voilà comment l'incendie s'est déclaré.

— Nous avons tout juste eu le temps de quitter la cabine, renchérit Rafe.

— Et les marchandises qui flottent dans le port ? demanda l'un des deux policiers.

— Le second, Juster Morgan, a craint d'être tenu pour responsable si la cargaison partait en fumée. Il a ordonné de balancer les caisses par-dessus bord, et les dockers du port les ont récupérées comme ils pouvaient.

Le père de Lauren serra sa fille dans ses bras d'un geste protecteur.

— Maintenant, messieurs, si vous n'y voyez pas d'objection, je vais ramener ma fille à la maison. Pour toute autre question, vous savez où me trouver.

Ils entraînèrent Lauren vers la voiture. Une voix s'éleva dans leur dos :

— Pourquoi Mlle Alcott est-elle trempée ? Est-elle tombée du bateau ? A-t-elle sauté ?

Lauren jeta un coup d'œil par-dessus son épaule et reconnut l'homme au chapeau melon. Elle comprit alors qu'il s'agissait du journaliste qui avait écrit toutes ces histoires sur elle.

— Qu'y a-t-il ? demanda Rafe qui s'était arrêté pour suivre la direction de son regard.

— Cet individu... Je crois que c'est celui qui a publié des articles à mon sujet.

Rafe scruta la foule, mais l'homme avait déjà disparu. Lauren poussa un soupir silencieux. Puis, resserrant la couverture sur ses épaules, elle monta en voiture.

À présent, ce journaliste fouineur avait une autre histoire à se mettre sous la dent. Et Dieu sait ce qu'il allait encore raconter.

Dans la voiture, Rafe regarda Lauren s'endormir, la tête posée sur l'épaule de son père. De nouveau, il sentit cette émotion étrange gonfler dans sa poitrine. Cette femme était décidément une énigme.

Elle était têtue comme une mule, impulsive et volontaire, et la seconde suivante douce comme une colombe. Qui était-elle vraiment ? Que désirait-elle ? Hormis nourrir et alphabétiser tous les petits pouilleux de Londres...

Il contempla son visage, le croissant sombre de ses cils qui se détachait sur sa peau claire. Elle était épuisée, échevelée ; pourtant il ne l'avait jamais trouvée plus jolie.

La voix de Horace interrompit ses rêveries.

— Qu'est-ce que c'est que toute cette histoire ? Pettigrew est mort, et cet idiot de Morgan a paniqué et jeté toute la cargaison à l'eau ?

— Oui, répondit Rafe à son père, Pettigrew est bien mort d'une crise cardiaque. Juster Morgan a pris le commandement du navire et décidé de nous séquestrer pour obtenir le versement de leurs salaires. Quand l'incendie s'est déclaré, j'ai réussi à convaincre l'équipage de sauver la cargaison. Apparemment, nous en avons récupéré au moins un quart, peut-être plus, au nez et à la barbe des douaniers.

— Profiter de la situation pour sauver une partie des marchandises… c'était une idée de génie ! Mais il y a gros à parier que les douaniers seront devant la porte de l'entrepôt demain aux premières heures. Il faudra leur fournir quelques explications, mon garçon.

Tante Amanda versa un torrent de larmes quand Lauren franchit le seuil de la maison, trempée et grelottante.

Rafe avait tenu à la porter dans ses bras, en dépit des protestations de Lawrence et Horace qui assuraient qu'elle était capable de tenir sur ses jambes. Il l'emporta à l'étage, la déposa sur son lit, puis la considéra un long moment, sans qu'elle puisse deviner ce qu'il pensait.

Tante Amanda alla allumer le chauffe-eau dans le cabinet de toilette, et ils se retrouvèrent seuls dans la chambre. Rafe se pencha pour lui prendre la main et la presser doucement. Un frisson la parcourut.

— Nous avons réussi, murmura-t-il d'une voix enrouée.

— Oui, dit-elle en souriant. En doutiez-vous ?

— J'avoue que j'avais quelques hésitations.

— Pas moi. Je savais que vous sauriez convaincre l'équipage.

— Je leur ai juste fait comprendre que nous avions les mêmes intérêts.

— Parfois, les gens ont besoin d'une parole avisée pour pouvoir démêler le faux du vrai.

Leurs regards se croisèrent et le cœur de Lauren manqua un battement. Rafe lâcha sa main et se redressa. Comme il quittait la chambre, elle le suivit des yeux, ne put s'empêcher d'admirer ses larges épaules.

Il l'ignorait peut-être, mais il risquait grandement de devenir quelqu'un de formidable.

Alors que Lauren se délassait dans son bain, tante Amanda s'agitait, vérifiait la température de l'eau, lui apportait du savon, de l'huile de rose et des serviettes propres.

Lauren aurait préféré avoir un moment de quiétude, néanmoins elle comprenait que sa disparition ait bouleversé sa tante, qui ne voulait plus la lâcher des yeux et avait besoin de lui dire à quel point elle s'était tracassée.

— Quelle angoisse ! gémit Amanda en se tamponnant les yeux. Ton père tournait comme un lion en cage, il a failli user les tapis jusqu'à la corde. J'ai été tellement soulagée quand je vous ai vus entrer dans le hall, toi et le fils Townsend...

Sa voix se fêla. Elle s'essuya de nouveau les yeux et dut se moucher.

S'étant un peu remise de ses émotions, elle réclama des détails. Lauren lui raconta leurs mésaventures et tante Amanda l'écouta, les yeux écarquillés, poussant une exclamation catastrophée de temps à autre.

Lauren décida de ne pas lui cacher qu'elle et Rafe avaient été retenus captifs avant d'obtenir finalement la coopération de l'équipage. Toutefois, elle se garda de préciser dans quelles circonstances le feu s'était déclenché.

À la fin de son récit, elle attrapa une serviette et sortit de la baignoire. Après avoir enfilé une épaisse chemise de nuit, elle se mit au lit et demanda à sa tante ce qui s'était passé à l'auberge des Sept Sœurs après son départ.

Amanda lui assura que les enfants avaient été captivés par les histoires qu'elle leur avait lues, et qu'ils avaient sauté de joie en se voyant offrir des livres pour la première fois de leur vie.

— J'ai pris grand plaisir à leur faire la lecture, et j'envisage de participer aux ateliers de la paroisse, ajouta-t-elle en souriant.

Puis son sourire s'effaça.

— D'ailleurs, à propos de lecture...

Elle alla chercher un journal et se mit à lire à voix haute un article paru dans l'*Examiner* du matin.

On y relatait comment Rafe avait vaillamment tenté de raisonner les dockers en colère et comment Lauren, au mépris de sa propre sécurité, était intervenue à son tour. Une illustration la montrait debout dans une charrette, exhortant les émeutiers au calme pendant que ceux-ci s'empoignaient autour d'elle.

L'auteur précisait qu'elle avait ensuite disparu dans un mouvement de foule et que personne n'avait eu de ses nouvelles depuis. Il concluait en priant le ciel que l'Ange revienne bientôt illuminer les rues de Londres de son ineffable bonté.

Tante Amanda ôta ses lunettes pour dévisager Lauren.

— Ce journaliste était au courant de ta disparition, manifestement. Comment est-ce possible ?

— Il devait être présent, car il a retranscrit presque mot pour mot le discours de Rafe. Et... il était là sur les quais, ce matin.

Lauren se redressa brusquement en écarquillant les yeux.

— Il nous a suivis. Il nous espionne !

Après un silence, elle retomba sur l'oreiller.

— Est-ce que tu m'as vraiment tout dit ? s'enquit Amanda à mi-voix.

— Oui, bien sûr, dit Lauren avec une pointe de culpabilité. Pourquoi me posez-vous cette question, ma tante ?

— Parce que... tu es restée enfermée avec Rafe Townsend toute une nuit... sans chaperon. Je ne suis pas prude, mais...

Lauren se sentit rougir. Elle se renfonça sous les couvertures.

— Ils nous ont d'abord jetés dans une cellule glaciale, à fond de cale, puis j'ai protesté et ils ont bien voulu nous donner une cabine et me permettre de soigner Rafe. Il a beaucoup dormi. À son réveil, nous avons parlé. Et il m'a *écoutée*. Oui, je sais, ma tante, c'est incroyable. Il y a peut-être un semblant d'humanité chez cet homme, finalement.

Elle leva les yeux sur le ciel de lit, mais en réalité elle revoyait le visage de Rafe alors qu'elle lui exposait son plan, croyait de nouveau entendre son rire si charmant...

— Il était sûr que son père refuserait de payer les marins sous la contrainte, alors nous avons cherché d'autres moyens de nous procurer de l'argent. Au fait, ma tante... que savez-vous à propos de l'héritage de maman ?

Amanda parut surprise par la question. Puis elle tapota la main de Lauren.

— Tu sais que je n'entends rien à ces choses, ma chérie. Quand il est question d'argent, je m'en remets entièrement à ton père. C'est lui que tu dois interroger. Maintenant, repose-toi un peu. Je dois voir la cuisinière et… Oh, j'ai oublié de te dire. Lady Drummond est passée hier, juste avant que je te rejoigne à la taverne des Sept Sœurs. Elle n'est pas restée longtemps, mais elle a réitéré son invitation pour toi et ton fiancé au dîner qu'elle organise ce samedi. Elle n'a pas mentionné la parution de ces articles dans la presse. De toute façon, elle est trop bien élevée pour le faire. Crois-tu que tu seras assez en forme pour assister à cette réception ?

— C'est dans trois jours. J'imagine que d'ici là je serai remise, mais je ne peux pas parler pour Rafe.

Amanda ouvrit la porte et s'immobilisa, la main sur la poignée.

— Un grand gaillard comme lui, il sera sur pied en un rien de temps, dit-elle avec un sourire qui se voulait rassurant. J'enverrai un message à lady Anne pour lui dire que nous comptons venir. Et ne t'inquiète pas, ma chérie. Je suis sûre que les Drummond ne lisent pas les gazettes à scandale.

Les Drummond, peut-être pas. Mais les autres invités ?

Restée seule, Lauren se dit que si lady Anne tenait tant à leur présence, c'était sûrement pour attirer un maximum de curieux à sa soirée et en garantir ainsi le succès.

Une fois de plus, Lauren serait le point de mire de toute l'assemblée.

Quand Amanda entra dans le bureau, elle trouva son frère endormi dans le fauteuil.

Lawrence avait vécu des moments de grande angoisse en apprenant que Lauren avait été enlevée, et à présent qu'elle était de retour à la maison saine et sauve, il subissait le contrecoup de l'émotion.

Elle toussota par deux fois, puis l'appela doucement.

Il s'éveilla dans un petit sursaut, parut un instant désorienté, avant de focaliser son attention sur elle.

— Pardon de te déranger, Lawrence, mais il faut que je te dise quelque chose. Lauren vient de me questionner sur l'héritage de sa mère. Apparemment, cette histoire d'enlèvement l'a fait réfléchir aux moyens de disposer de cette somme.

Lawrence se redressa vivement en se frottant les yeux.

— Que lui as-tu dit ?

— Qu'elle devait s'adresser à toi, répondit Amanda en se détournant avec un petit sourire. Tout le monde sait que je ne comprends rien aux affaires d'argent.

14

Les fleurs – un énorme bouquet rose et blanc – arrivèrent le lendemain matin, juste avant Caroline Townsend. Une domestique entra dans la chambre de Lauren avec un vase et annonça que tante Amanda réclamait sa présence pour saluer sa future belle-mère.

Par chance, Lauren avait eu le temps de prendre son petit déjeuner, de s'habiller et de nouer ses cheveux en chignon. Elle marqua une pause devant la porte du salon, prit une profonde inspiration, puis pénétra dans la pièce où sa tante et Caroline Townsend bavardaient amicalement.

— Ah, vous voici, ma chère ! dit Caroline en tapotant le divan pour l'inviter à s'asseoir près d'elle. Je m'inquiétais pour vous. Pardonnez ma visite impromptue, mais j'ai voulu m'assurer que vous étiez remise après cette horrible épreuve. J'ai demandé des détails à Rafe, mais… vous connaissez les hommes.

— Merci de vous soucier de moi, madame. Les fleurs sont très jolies. Et je me sens mieux aujourd'hui, assura Lauren. Je dois également m'enquérir de la santé de Rafe. Il a reçu un mauvais coup sur la tête.

— Rafe a toujours eu une forte constitution. Il a bien dormi – assez longtemps, je crois – mais son père l'a tiré du lit. Ils se sont rendus à l'entrepôt pour une histoire de cargaison. J'ai tenté de le dissuader pour qu'il reste se reposer et oublie les affaires pendant une journée au moins, mais il n'a rien voulu entendre. Il est parfois un peu têtu, vous savez.

— Oui, j'ai remarqué, acquiesça Lauren avec un petit sourire. Mais parfois, ce qu'on appelle de l'entêtement est seulement de la détermination.

Les traits de Caroline s'adoucirent.

— Vous êtes gentille, étant donné le récent différend qui vous a opposés.

— Je crois que nos conflits viennent du fait que nous nous ressemblons beaucoup, finalement.

Le sourire de Caroline s'élargit.

— Rafe tient de son père. J'ai toujours pensé qu'il avait besoin d'une personne de caractère pour tempérer ses avis péremptoires et sa nature autoritaire. Et je crois que vous avez précisément les qualités requises, ma chère.

Une fois la mère de Rafe partie, Lauren demeura un moment dans le salon pour réfléchir tranquillement. Caroline était adorable. Horace était un cauchemar ambulant. Pas étonnant que Rafe soit si difficile à cerner. Il était intelligent, avait des idées bien arrêtées et n'hésitait pas à frapper un bon coup sur la table à l'occasion. Il était dynamique et avait des principes, alors qu'elle l'avait pris au début pour un « fils de », égoïste et gâté.

À bord du bateau, elle avait aimé discuter avec lui. Sans parler de leurs baisers. Ce rapprochement surprenant n'avait-il eu lieu que parce qu'ils étaient prisonniers, dans l'angoisse ? Maintenant que tout était redevenu normal, Rafe se souviendrait-il de cette complicité, de leurs étreintes, de la chaleur de leurs corps pressés l'un contre l'autre ?

Au lieu de s'appesantir sur la question, elle se rendit dans le bureau de son père. Elle avait des questions à lui poser.

Assis à son bureau, Lawrence était en train de rassembler une liasse de documents dans une pochette en cuir. À son entrée, il lui sourit.

— Papa, je voudrais vous demander quelque chose.

— Comment te sens-tu, ma petite ? Tu n'as pas de fièvre ? Pas mal au ventre ? L'eau du port est tellement sale…

— Non, je vais bien, merci. Je suis juste encore un peu fatiguée.

Rassuré, Lawrence reporta son attention sur ses papiers.

— J'aimerais en savoir plus sur l'héritage que m'a laissé maman.

— Oui. Eh bien ? fit-il sans relever la tête.

— Quelles sont les conditions juridiques attachées au testament ? Vous les avez vaguement évoquées il y a quelque temps, mais quand nous étions sur le bateau, je me suis rendu compte que j'ignorais tout à ce propos. Avez-vous des documents dont je pourrais prendre connaissance ?

Son père referma la pochette d'un geste sec.

— Je n'en sais rien. Je veux dire… je ne pense pas en avoir un exemplaire ici. Mais les avocats doivent en avoir une copie. Il faudra poser la question à Willingham & Boswell, mais c'est la Banque d'Angleterre qui s'occupe de gérer les fonds, comme tu le sais. Pour le moment… je n'ai pas vraiment le temps, j'ai une réunion importante, ajouta-t-il avec un soupir.

Il consulta sa montre, se leva dans un petit sursaut. Au passage, il déposa un baiser sur le front de Lauren, comme il le faisait quand elle était petite.

— Repose-toi bien, surtout.

Perplexe, Lauren le regarda s'éloigner. Il ne se rappelait pas les termes du testament ? Lawrence était un homme d'affaires avisé, un magnat du commerce. Comment avait-il pu se désintéresser de l'argent de son épouse ?

Certes, ces derniers jours avaient été difficiles pour lui, et il était en outre préoccupé par la fusion des deux compagnies. Elle le savait bien. Cependant... lorsqu'elle quitta le bureau pour suivre son père, un sentiment de malaise l'habitait.

Elle regarda Lawrence prendre son chapeau et ses gants, puis s'en aller rejoindre ce monde dont elle ne savait quasi rien.

Pour la première fois, elle prenait la mesure des fardeaux que portait Lawrence en tant que père, en tant qu'homme et en tant que dirigeant d'une grande société. Il lui sembla que le cocon dans lequel elle avait toujours vécu volait en éclats. Lawrence regardait avec une certaine condescendance l'investissement de sa fille dans les bonnes causes, l'éducation des enfants pauvres, la condition des travailleurs... Mais lui était aux prises avec le gouvernement, les institutions, les législations de différents pays. Pas étonnant que les indignations vertueuses de Lauren lui apparaissent comme des vétilles.

Puis elle songea à Jims et à sa famille. Elle lui devait une fière chandelle. Elle pensa à son adorable frimousse, à sa curiosité naturelle, à l'optimisme avec lequel il affrontait la brutale réalité. Comment balayer d'un revers de main ses espoirs et son bien-être ?

Pourquoi les puissants qui menaient le monde ne se souciaient-ils pas des vraies personnes ? S'occuper de choses sérieuses n'empêchait pas de se montrer bienveillant et charitable.

Un léger vertige la saisit. D'un pas las, elle gravit l'escalier en se demandant si finalement elle n'avait pas avalé un peu d'eau saumâtre. Mais elle sentait qu'il y avait plus que de la fatigue et du stress… Un changement profond, presque vital, venait de s'opérer en elle, sans qu'elle sache si elle devait s'en réjouir ou s'en inquiéter.

La cuisinière prépara à dîner pour deux ce soir-là, car Lawrence avait annoncé qu'il travaillerait tard et qu'il mangerait un morceau à son club. En se dirigeant vers la petite salle à manger familiale, Lauren aperçut Amanda qui se tenait sur le seuil du salon, l'air interdite.

— Qu'y a-t-il, ma tante ?

— Viens voir, dit celle-ci en l'entraînant vers la fenêtre. Il y a des gens devant la maison. Certains s'arrêtent juste un instant, d'autres restent devant la grille. Plusieurs ont déposé des fleurs, ou même des bougies.

— Des bougies ? Mais pour quoi faire ?

Lauren se pencha au-dessus de la banquette placée devant la croisée. Dans la rue, une dame était plantée devant le portail, tête baissée.

— Je crois… que c'est à cause de toi, dit Amanda d'une voix étranglée.

— Moi ?

— Tu es devenue l'Ange de Londres. Et tous les journaux ont repris la nouvelle de ta disparition.

— Voyons, c'est ridicule !

Amanda alla chercher une pile de journaux posée sur son fauteuil préféré. Elle en tendit un à Lauren, qui s'en empara et s'assit sur la banquette. Le journal était ouvert à la page de la rubrique mondaine, et un article avait été encerclé au crayon. Il annonçait que Mlle Alcott avait mystérieusement disparu durant l'émeute des docks et que personne ne savait ce qu'elle était devenue, pas même sa famille. *Faut-il s'attendre à un tragique dénouement ?* concluait l'auteur dans un élan mélodramatique.

— Enfin... j'ai été absente à peine deux jours et à en croire ce journaliste, on dirait que je suis morte ! s'exclama Lauren.

Elle se figea soudain, tourna son regard vers la fenêtre. Ces gens avaient lu la presse et ils étaient venus... lui rendre un dernier hommage ?

— C'est intolérable ! Je ne peux pas laisser croire une telle chose.

Elle se leva, jeta le journal sur la banquette.

— Que vas-tu faire ? demanda Amanda.

— Je vais dire à ces gens que je suis rentrée et que je suis en pleine forme, les renvoyer chez eux et leur conseiller de ne pas croire les bêtises qu'on publie dans ces maudites gazettes !

— Attends, dit Amanda en lui posant la main sur l'épaule. Ils n'imaginent peut-être pas que tu n'as rien à voir avec ces articles. Laisse-moi aller me renseigner et voir ce que je peux faire pour les disperser. Et quoi qu'il arrive... ne te montre pas.

Lauren descendit au rez-de-chaussée prévenir Weathersby que le dîner serait légèrement retardé. Ce faisant, elle remarqua que plusieurs bonnes s'étaient regroupées devant la fenêtre pour voir ce qui se passait dans la rue. Elle ne prit pas le temps de les gronder, car elle gravissait déjà l'escalier quatre à quatre pour faire de même.

De la fenêtre du salon, elle repéra sa tante à son châle rouge. Amanda était passée par la porte de service et avait remonté la ruelle. Elle s'approchait du portail devant lequel s'était créé un petit attroupement.

Dans le square, de l'autre côté de l'avenue, d'autres curieux discutaient en désignant la maison.

Lauren se tapit sur la banquette pour espionner la scène.

Elle sourit en voyant Amanda passer d'un groupe à l'autre en usant de son charme légendaire. Quelques mots, une main posée sur un bras, un sourire, et chacun fut renvoyé chez soi. Bientôt, il ne resta plus que la dame solitaire que Lauren avait aperçue un peu plus tôt.

Amanda s'adressa à cette dernière, et leur échange dura un moment. Lauren retint son souffle en se demandant si la dame allait accepter de partir. Mais quelques secondes plus tard, Amanda la prit par le bras et l'entraîna vers la ruelle.

Que diable se passait-il ?

Lauren redescendit au rez-de-chaussée et tomba nez à nez avec les deux femmes.

— Lauren, voici Mme Trimble. Je ne sais pas si tu te souviens d'elle ? Elle dit qu'elles te doivent la vie, elle et sa fille, car tu les as sauvées de la noyade.

— Oh… madame Trimble. Bien sûr que je me souviens de vous ! Mais que faites-vous ici ?

— Quand j'ai appris que vous aviez… J'ai eu si peur ! J'ai cru… Oh, pardonnez-moi, je ne suis sans doute qu'une vieille folle, bredouilla Mme Trimble, qui tordait son mouchoir entre ses mains. Mais j'ai pensé… j'ai préféré…

Elle s'interrompit, jeta un regard à tante Amanda, comme pour l'appeler à la rescousse.

Lauren décida de prendre les choses en main et la fit entrer dans le salon où les veilleuses à gaz dispensaient une lumière tamisée propice à la conversation.

Elle fit asseoir Mme Trimble sur la banquette, lui pressa gentiment la main, qu'elle trouva froide. Elle sonna, commanda du xérès.

Mme Trimble se détendit enfin.

— Maintenant, expliquez-moi ce qui vous bouleverse au point de vous faire sortir seule le soir.

— Je m'inquiétais pour vous. Et pour votre famille. Vous savez que je suis veuve. Mon cher époux est mort dans un accident il y a trois mois. Depuis, j'ai beaucoup de mal à dormir et je passe mes nuits à arpenter ma chambre.

— Je comprends votre peine, acquiesça Lauren avec sympathie.

— Il y a quatre jours, j'ai reçu la visite du supérieur de mon Gilbert. Il m'a laissé entendre qu'il se passait des choses bizarres dans l'entreprise. Et de fait, avant l'accident, Gilbert était préoccupé... anxieux.

Mme Trimble se tamponna les yeux avec son mouchoir humide.

Sur ces entrefaites, Weathersby arriva avec le xérès. Il remplit trois petits verres et offrit le premier à la veuve Trimble. Elle but une gorgée, esquissa un sourire triste.

Lauren attendit que le majordome se retire, puis incita son invitée à poursuivre.

— Gilbert disait des choses étranges, ces derniers temps. Par exemple, que s'il lui arrivait malheur, nous serions à l'abri du besoin. J'ai pensé qu'il était juste fatigué, qu'il manquait de sommeil. On l'appelait parfois la nuit pour faire entrer des marchandises dans l'entrepôt.

— Quelles fonctions occupait-il ?

— Il gérait l'entrepôt de la Consolidated Shipping. Leurs bureaux sont sur les quais. Gilbert était très méticuleux, il conservait scrupuleusement toutes les archives. Mais Merrell Hampstead, son supérieur, m'a appris que certaines marchandises apparaissaient là où elles n'étaient pas attendues, et que d'autres se volatilisaient avant d'avoir été vendues. Les comptes en étaient tout chamboulés et Gilbert s'arrachait les cheveux.

Lauren échangea un regard avec sa tante.

— M. Hampstead m'a dit que la compagnie était censée nous verser la pension de retraite de Gilbert, ainsi qu'un capital décès. Une bonne somme… dont nous n'avons jamais vu la couleur. Merrell m'a apporté des papiers qui indiquent que Gilbert avait effectivement pris des dispositions pour nous protéger, mais la société n'a jamais voulu me recevoir pour en discuter. Je ne pense pas que les nouveaux dirigeants soient honnêtes.

Mme Trimble exhala un soupir tremblé.

— Pire encore, reprit-elle, Merrell semblait avoir peur pour lui. On lui a confié de nombreuses tâches qui incombaient à Gilbert, et l'agent du patron lui a demandé d'être beaucoup moins « regardant » que Gilbert quant à la gestion des flux de marchandises. En ajoutant qu'il ne faudrait pas qu'il ait un « accident », lui aussi.

Lauren se pencha vivement vers Mme Trimble.

— Qui sont les nouveaux propriétaires de la société ? Connaissez-vous leurs noms ?

— Tout ce que je sais, c'est qu'il s'agit de plusieurs associés qui ont racheté l'entreprise. Gilbert lui-même ignorait leur identité. Il n'avait de relations qu'avec leur intermédiaire, un certain M. Murdoch. Obadiah Murdoch.

Mme Trimble fut secouée d'un petit frisson, comme si prononcer ce nom lui laissait un goût amer dans la bouche. Elle vida d'un trait le reste de xérès, avant de reposer son verre sur le plateau d'une main tremblante.

— En quoi puis-je vous aider ? s'enquit Lauren en s'efforçant de capter son regard fuyant. Si vous voulez, je peux vous communiquer les coordonnées d'avocats intègres qui vous aideront à récupérer l'argent qu'on vous doit.

Les épaules de Mme Trimble se voûtèrent.

— C'est très gentil à vous, mademoiselle, mais... je n'ai pas les moyens de payer un avocat.

— Il y a sûrement moyen de s'arranger. Je peux intervenir pour qu'ils acceptent de vous représenter.

— Vous êtes bien bonne, mais ce n'est pas pour cela que je suis venue. Je m'inquiétais pour vous et pour ce jeune homme, M. Townsend. Je sais que vous vous êtes disputés l'autre jour, près de la rivière. Est-il toujours votre fiancé ? Ce n'était pas clair, dans les journaux.

— Oui, nous sommes fiancés, affirma Lauren, surprise que Mme Trimble demande des éclaircissements à ce sujet.

— Selon M. Hampstead, les dockers récemment engagés par Murdoch lèvent sacrément le coude. Et quand ils boivent, ils deviennent bavards. Il les a entendus se moquer des Townsend, dire qu'ils se croient très malins, mais qu'ils feront moins les fiers quand leurs entrepôts seront réduits en cendres.

Lauren se raidit.

— Vous voulez dire... qu'ils menaçaient d'y mettre le feu ?

Mme Trimble fit la grimace.

— Voilà pourquoi j'ai voulu vous contacter. Il vaudrait mieux que votre fiancé se méfie.

Lauren prit les deux mains de la brave femme dans les siennes.

— Je vous remercie infiniment, madame Trimble. Vous avez très bien fait de me prévenir. Si une menace pèse sur les entrepôts Townsend, il faut immédiatement prendre des mesures pour assurer leur sécurité. À présent, rentrez chez vous, reposez-vous et contactez nos avocats le plus tôt possible. Je vais leur écrire un mot dès ce soir pour les avertir que vous êtes une amie et qu'ils doivent tout mettre en œuvre pour vous aider.

Les yeux embués, Mme Trimble oublia les formalités pour serrer Lauren contre son cœur.

— Soyez bénie, cher Ange !

Lauren se rendit aussitôt dans le bureau de son père pour chercher une feuille et un stylo. Elle nota le nom des avocats et remit le papier à Mme Trimble. Puis elle demanda à Weathersby d'appeler un fiacre afin de ramener cette dernière chez elle.

Une fois Mme Trimble partie, elle retourna dans le bureau et rédigea deux lettres, la première destinée au cabinet Willingham & Boswell, l'autre à Rafe, pour le mettre au courant et lui dire qu'elle avait besoin de lui parler de toute urgence.

Sur le point de demander à Weathersby de dépêcher un coursier, elle marqua une pause. Quelle serait la réaction de Rafe à la lecture de ce mot ? Hausserait-il les épaules en se disant qu'elle avait l'imagination trop fertile ?

Sans doute valait-il mieux qu'elle se déplace en personne pour le convaincre de prendre la menace au sérieux.

15

Perché sur la galerie de l'entrepôt, Rafe regardait les immenses rayonnages pleins de marchandises en provenance du monde entier. Cet entrepôt était le plus grand et le plus récent, le poumon de leur compagnie.

Devant la porte, des officiers en uniforme et casquette montaient la garde pour s'assurer qu'aucun bien ne sortait du hangar.

Horace avait vu juste quand il avait prédit que les douaniers viendraient rapidement toquer à leur porte. Des inspecteurs étaient arrivés en force au matin. Ils avaient réclamé les livres de comptes et passé en revue tous les containers afin de vérifier s'ils portaient les marques d'un séjour dans l'eau.

Ceux qui montraient la moindre trace d'humidité avaient été entreposés au centre du hangar pour être examinés de manière plus approfondie. Selon l'inspecteur en chef des douanes, l'inventaire serait ensuite comparé au manifeste d'expédition que le capitaine du *Clairon* avait fourni dix jours plus tôt.

Horace avait tempêté et brandit la menace d'une action en justice. L'inspecteur avait riposté en menaçant de l'inculper de trafic de biens de contrebande et d'évasion fiscale.

À présent, leurs marchandises étaient bloquées par les douanes.

Un brouhaha de voix du côté de l'entrée principale attira l'attention de Rafe. Il descendit l'escalier, s'approcha… et se figea en apercevant sa mère, accompagnée de Lauren Alcott.

Chacune portait un panier en osier recouvert d'un linge. Elles étaient en train de parlementer avec les officiers pour qu'on les laisse passer.

— Que faites-vous ici ? demanda-t-il.

Caroline se glissa entre deux douaniers pour se porter à sa rencontre.

— Bonsoir, mon chéri. Comme vous êtes bloqués ici, nous sommes venues vous apporter de quoi vous restaurer.

— Vous n'avez pas voulu prendre un peu de repos, alors nous pouvons au moins veiller à ce que vous soyez correctement nourri, renchérit Lauren, qui avait suivi Caroline sous l'œil courroucé des douaniers.

Rafe se tourna vers ces derniers.

— Franchement, messieurs, vous ne pensez tout de même pas que ces dames vont subtiliser des marchandises et repartir en les cachant dans leurs paniers ?

Il offrit son bras à sa mère.

— Papa va être ravi, déclara-t-il.

Lauren leur emboîta le pas. Ils gravirent l'escalier métallique qui vibra sous leurs pieds, puis pénétrèrent dans le bureau.

Il y avait là une grande table de réunion en bois ciré, un secrétaire, un meuble de rangement et quelques bibelots exotiques. La décoration, volontairement sobre, reflétait le sérieux de la compagnie.

Horace somnolait dans un fauteuil, les pieds posés sur une ottomane. Il s'éveilla lorsque Caroline lui frôla le bras, cligna des yeux et se frotta le visage.

— Je vous ai apporté de quoi vous sustenter, mon ami. Vous avez tendance à vous négliger quand vos affaires vous réclament. La cuisinière vous a préparé vos mets préférés : poulet grillé, pommes de terre au romarin, sandwichs au concombre et tarte aux fraises.

Horace se rendit soudain compte de la présence de Lauren. Il se redressa.

— Que fait Mlle Alcott ici ?

— Lauren est ma complice, dit Caroline avec un petit clin d'œil. Ou c'est moi qui suis la sienne, je ne sais pas au juste.

— Votre mère était sur le point de vous apporter ces victuailles quand je suis arrivée chez vous. Elle m'a invitée à l'accompagner, expliqua Lauren à Rafe.

Les deux femmes étalèrent la nourriture sur la table, puis l'on déboucha une bouteille de vin.

Lauren s'approcha de Rafe.

— Il faut que je vous parle, chuchota-t-elle.

— Vous êtes bien mystérieuse.

Il prit le temps de se servir en viande et en vin, puis sortit du bureau en emportant son assiette et son verre. Lauren le suivit. Il s'assit dans l'escalier, se poussa pour lui faire de la place. Lauren garda le silence tandis qu'il savourait son poulet rôti.

— Alors, que vouliez-vous me dire ? demanda-t-il au bout d'un moment.

— Ce soir, j'ai reçu la visite de Mme Gilbert Trimble.

Rafe fouilla sa mémoire, en vain, haussa les épaules.

— Elle et sa fille Meredith sont les femmes qui faisaient du bateau sur la rivière, l'autre jour.

Rafe cessa de mâcher, s'obligea à déglutir.

— Elle est donc venue remercier sa bienfaitrice ?

— Elle est surtout venue me prévenir qu'il se passe des choses bizarres à la Consolidated Shipping, l'entreprise où travaillait son défunt mari.

— Consolidated Shipping ?

Ce nom lui était familier. Le monde de l'import-export n'était pas si grand, et à Londres tout le monde connaissait ses concurrents, grands ou petits. La Consolidated Shipping était une entreprise de taille modeste, qui avait été revendue à deux reprises ces derniers mois et commençait à se faire connaître pour sa stratégie agressive de prix tirés vers le bas.

— Vous connaissez cette compagnie ? demanda Lauren.

— De réputation. Je sais qu'elle a récemment changé de main, mais j'ignore qui l'a rachetée.

— Il s'agit d'un groupe d'investisseurs. Selon Mme Trimble, son mari Gilbert avait relevé des irrégularités dans les flux de marchandises. Il gérait l'entrepôt, et il a trouvé la mort dans un accident.

— Quel genre d'irrégularités ?

— Des caisses qui se matérialisent ou qui disparaissent sans bordereau de vente. C'est en tout cas ce qu'affirme M. Hampstead, l'ancien supérieur de Gilbert Trimble.

— Hum. C'est louche, en effet. Les douaniers voient d'un très mauvais œil les « cargaisons fantômes ». Ils exigent un document officiel pour chaque boîte de thé et chaque planche de teck. Les entreprises qui ne suivent pas scrupuleusement les règles s'exposent à de sérieux ennuis. Vous en avez la preuve sous les yeux, ajouta-t-il en tendant le doigt vers les caisses et ballots empilés au centre du hangar.

— À propos, que se passe-t-il ici ? Pourquoi l'entrée est-elle filtrée ? Votre mère m'a dit que votre père était prêt à aller au tribunal pour expliquer que l'équipage n'avait pas d'autre choix que de jeter la cargaison à l'eau, comme l'autorise la loi de sauvetage.

— Il y aura une bataille juridique, en effet. Nos avocats estiment que le droit est de notre côté. Au pire, nous paierons les taxes. Mais revenons à nos moutons. Ce n'est quand même pas pour me tenir au courant des pratiques frauduleuses de la concurrence que vous m'avez rendu visite à une heure aussi tardive ?

— Non, vous avez raison. Toujours selon Mme Trimble, qui le tient de M. Hampstead, les nouveaux propriétaires de la Consolidated Shipping ont confié la gestion de l'entreprise à un intermédiaire, qui a amené sa propre équipe de dockers. Apparemment, ces types carburent au gin et parlent fort. Hampstead les a entendus se gausser de la concurrence. En particulier de Townsend Imports. Ils ont même dit que les Townsend feraient moins les fiers « quand leurs entrepôts seront réduits en cendres ».

Rafe se raidit. Il comprenait mieux maintenant la lueur d'inquiétude qui flottait dans le regard de Lauren. Parler ainsi d'un concurrent, c'était au mieux du mauvais goût, au pire une menace directe.

— Vous croyez qu'ils envisagent d'y mettre le feu ?

Elle hocha la tête. Ses immenses yeux bleus étaient pareils à des fenêtres qui s'ouvraient sur son âme. Elle s'inquiétait sincèrement et, en dépit de la gravité de la situation, il ressentit un petit frisson de plaisir.

— C'est pour cela que vous vous êtes déplacée en personne ?

— J'avais peur que vous ne me preniez pas au sérieux si je me contentais de vous écrire un message. C'était trop important.

— Pourquoi ?

— Eh bien... parce que je me soucie de la sécurité de tout le monde.

Il se pencha vers elle en souriant, perçut son parfum de rose.

— Je ne suis pas « tout le monde ». Je suis un homme que vous avez embrassé deux fois.

Elle le regarda en plissant les yeux.

— Vous tenez le compte ?

— Ce n'est pas difficile. Ce fut inoubliable.

— Personnellement, cela m'était sorti de l'esprit.

Il rit doucement. Elle refusait d'avouer qu'elle avait été aussi secouée que lui, mais il n'était pas dupe. Doucement, il lui caressa la joue. Sa peau était satinée, ses pupilles dilatées. Elle laissa tomber son regard sur sa bouche, et il l'imita.

— Je voulais juste vous mettre en garde, murmura-t-elle. Dieu merci, cet entrepôt est en brique.

— Il est solide, certes, mais même dans la forteresse la plus imprenable, il y a toujours un risque d'incendie. Chaque bâtiment a son point faible.

Il s'était penché davantage. La respiration de Lauren s'accéléra.

— Avez-vous déjà pris feu, Lauren ?

— Et vous ? demanda-t-elle dans un souffle.

— Oui. Maintenant.

Ses lèvres frôlèrent les siennes.

Il s'était embrasé quand il avait repris conscience dans une cale de bateau, entortillé dans son jupon, alors qu'elle était blottie contre lui. Le feu s'était attisé chaque fois qu'il l'avait approchée, touchée, et cela ne risquait pas de s'arrêter car elle était comme une étincelle qui ravivait sans cesse la flamme.

Rafe Townsend désirait une femme. Une seule.

Elle.

En cet instant, il la tenait dans ses bras, il l'embrassait, et elle lui rendait son baiser. Tout son corps vibrait, chaque tendon, chaque cellule…

Le bruit de la porte du bureau qui s'ouvrait le replongea brutalement dans la réalité. Lauren s'écarta vivement. La voix de Caroline fit à Rafe l'effet d'une douche froide.

— Lauren, j'ai parlé à Horace de cette veuve qui est venue vous voir. Mais j'ai peur d'avoir oublié quelques détails qui pourraient être importants. Pouvez-vous venir ?

Lauren se releva et suivit Caroline dans le bureau. Rafe les rejoignit quelques secondes plus tard. Pendant que Horace Townsend se régalait d'une tartelette aux fraises, Lauren lui raconta son entretien avec Mme Trimble.

— Personne ne sait à qui appartient la Consolidated Shipping. Tout est géré par un intermédiaire, un certain Obadiah Murdoch, conclut-elle.

Horace fronça les sourcils.

— Jamais entendu parler de lui. Mais il serait sans doute bon de se renseigner.

— En tout cas, ces gens n'ont pas l'air très recommandables.

— C'est le moins qu'on puisse dire ! s'exclamèrent Horace et Rafe d'une même voix.

Le père et le fils échangèrent un regard.

— Encore une chose, reprit Lauren. À propos de ce qui s'est passé à bord du *Clairon*. Ma disparition a déclenché de folles rumeurs dans la presse. Il est probable que ma réapparition provoque d'autres commentaires. Et que l'enquête des douaniers sur votre entreprise suscite encore plus de curiosité.

Elle se tourna vers Rafe.

— Il me semble important que nous continuions à nous montrer en public comme si de rien n'était. À ce propos, lady Anne Drummond est passée voir ma tante pour s'assurer que nous assisterons à son prochain dîner.

— Nous avons également reçu une invitation et j'ai accepté, intervint Caroline.

— Je ne bougerai pas de cet entrepôt tant que les choses ne seront pas réglées, décréta Horace en punaisant de son index la pile de papiers posés devant lui. Il n'est pas question que Ledbetter et ses caniches du gouvernement mettent la main sur ma cargaison.

Il avisa Rafe, puis Lauren.

— C'est à cause de vous que nous sommes dans ce pétrin. À vous de nous en sortir.

Caroline soupira, et Rafe parut exaspéré.

— Lauren, je crois que nous avons fait tout ce qui est en notre pouvoir, dit Caroline en se levant. Inutile de reprendre les paniers. Mon époux est loin d'avoir terminé son dîner.

Les deux femmes se dirigèrent vers la porte. Au passage, Lauren chercha à capter l'attention de

Rafe, mais il était occupé à fusiller son père du regard.

Les deux femmes quittèrent l'entrepôt, remontèrent en voiture.

— Ne faites pas attention à Horace, dit Caroline alors que le véhicule s'ébranlait. Il est parfois pénible, mais il finira par se calmer.

— Il n'a pas paru particulièrement ébranlé par les révélations que j'ai faites.

— Vous savez, il a de la bouteille. Il sait encaisser les coups, et il n'est pas facilement déstabilisé. Mais cela ne signifie pas que vos paroles sont tombées dans l'oreille d'un sourd.

16

Lord Theobald Drummond possédait un titre et un petit domaine en Irlande, mais il était plus connu en Angleterre pour avoir été l'un des premiers à mécaniser ses filatures de laine, ce qui avait fait la fortune de sa famille.

Sa résidence de Belgravia était somptueuse et son épouse, lady Anne, était une hôtesse réputée à Londres. On ne loupait leurs réceptions sous aucun prétexte.

En d'autres circonstances, Lauren aurait été ravie, et même flattée, d'avoir été invitée. Mais ce soir, elle avait d'autres choses en tête. Elle avait passé une très mauvaise nuit à se remémorer ce qui s'était passé sur le *Clairon* et à se demander si, durant toutes ces heures, elle n'avait pas confirmé les pires craintes de Rafe à son sujet.

Dire qu'il la trouvait déjà impétueuse et téméraire avant…

Quand il l'avait embrassée dans l'escalier de l'entrepôt, il avait parlé de « feu ». Mais cela évoquait plus le désir charnel que les sentiments.

Elle-même lui avait rendu son baiser avec fougue. Elle avait adoré sentir ses bras autour d'elle, son corps contre le sien. À l'évidence, elle aussi éprouvait du désir, mais elle commençait à se dire qu'elle ressentait plus, *bien plus* que cela.

Elle avait insisté pour qu'il assiste au dîner des Drummond, parce qu'elle avait envie de passer du temps avec lui, de mieux le connaître, et de lui faire comprendre qu'elle n'était pas seulement une jeune femme gâtée aux idées progressistes.

Elle voulait qu'il *s'attache* à elle.

C'est donc avec soulagement qu'à son entrée dans la salle de réception, elle l'aperçut en train de bavarder avec leurs hôtes.

Il était accompagné de son ami Barclay Howard, qui semblait d'excellente humeur.

Dès qu'il vit Lauren, Rafe s'excusa auprès des Drummond et se dirigea vers elle, ce que ne manquèrent pas de remarquer les autres personnes présentes.

— Ma chère Lauren. Toujours aussi ravissante.

Lauren sentit son cœur bondir dans sa poitrine tandis qu'il inclinait la tête pour déposer un baiser sur sa tempe, dans une parfaite démonstration publique de tendresse prénuptiale.

L'hématome avait disparu sur son visage, et il avait laissé retomber ses cheveux sur son front pour dissimuler la coupure. Il avait particulièrement soigné son apparence pour mieux attirer les regards et… Seigneur, c'était une réussite ! Lauren ne parvenait pas à détacher les yeux de lui.

Il serra la main à Lawrence et gratifia tante Amanda d'un galant baisemain, avant d'offrir son bras à Lauren.

Sur ces entrefaites, Barclay vint la saluer et déposa sur sa joue un baiser franchement familier.

— Je vois que vous vous êtes remise de vos émotions, mademoiselle Alcott. Vous êtes plus jolie que jamais.

Rafe poussa un soupir agacé et voulut entraîner Lauren vers lord et lady Drummond qui discutaient avec Caroline. Mais ils avaient à peine fait deux pas lorsqu'on interpella la jeune femme.

— Mademoiselle Alcott, quel plaisir de vous revoir !

Mme Buffington, épouse de l'amiral Archer Buffington, faisait partie du conseil scolaire de la paroisse. Son regard posé sur Lauren brillait de curiosité.

— Pourquoi donc ce jeune homme disait-il à l'instant que vous avez eu des émotions ? Que s'est-il passé ?

Manifestement, Mme Buffington ne lisait pas la presse.

— Rien d'important, assura Lauren en décochant un regard d'avertissement à Barclay.

Ce benêt était en train d'attiser la curiosité qu'ils s'efforçaient d'éteindre.

— Rien d'important ? se récria Barclay. Oh, voyons, c'était une véritable aventure ! Voyez-vous, madame Buffington, Mlle Alcott…

— … n'a pas encore eu le temps de saluer nos hôtes, le coupa Rafe, désireux de soustraire Lauren à ce qui s'annonçait comme un interrogatoire en règle.

— Ah, vous voici !

Lord et lady Drummond s'étaient portés à leur rencontre. Lady Anne prit la main de Lauren et se pencha pour embrasser l'air à quelques centimètres de sa joue.

— Je suis si contente que vous soyez assez en forme pour participer à la soirée. J'ai vraiment hâte que vous me racontiez tout.

— À quel propos ? s'enquit Mme Buffington avec un regain d'intérêt. Avez-vous été malade, mademoiselle Alcott ?

— Vous n'avez donc pas lu les journaux ? s'étonna lady Anne, l'œil malicieux. Les aventures de Mlle Alcott sont suivies de près par les journalistes. Tout récemment, on a cru qu'elle avait disparu lors d'une émeute qui a eu lieu dans le quartier des docks.

Marigold Buffington en resta bouche bée. Lauren s'en serait amusée si elle n'avait pressenti les ennuis à venir. Très pieuse, Marigold était aussi raide sur les principes que le corset de la reine.

— C'est ma faute, j'en ai bien peur, intervint Rafe, la mine navrée. Je me suis rendu à la capitainerie pour tenter de raisonner les dockers, et j'ai laissé Mlle Alcott en compagnie de M. Howard...

Il désigna son ami qui, souriant, exécuta une courbette pleine de grâce.

— ... ce qui s'est avéré une très mauvaise idée, poursuivit Rafe. M. Howard n'a jamais su dire non à une dame. Et Mlle Alcott s'inquiétait pour moi. Elle a insisté pour aller au port. Là-bas, les choses ont un peu dégénéré, et j'ai été blessé. Heureusement, de braves matelots m'ont reconnu et m'ont transporté en sûreté à bord d'un de nos bateaux. Mlle Alcott, toujours aussi généreuse, m'a accompagné pour me prodiguer les premiers soins. Et comme j'étais inconscient... je n'ai pas pu m'y opposer.

Reconnaissante pour cette intervention étonnamment humble, Lauren reprit le fil de l'histoire, d'un ton qu'elle espérait naturel.

— J'avoue que j'ai eu très peur pour M. Townsend. J'avais été séparée de M. Howard par un mouvement de foule et, sans l'intervention de ces matelots, il aurait pu se faire piétiner. Je n'allais pas l'abandonner alors qu'il était blessé.

Rafe l'enveloppa d'un regard adorateur, et Barclay leva son verre.

— Hourra pour l'Ange de Londres ! s'exclama-t-il joyeusement.

Les invités alentour l'imitèrent, à la grande confusion de Lauren qui se sentit rougir.

— J'ai eu de la chance que Mlle Alcott ait ces talents d'infirmière, reprit Rafe. Mais le capitaine du *Clairon* en a eu moins que moi. Le pauvre a été victime d'une crise cardiaque. En s'effondrant, il a lâché sa lanterne qui a mis le feu au bateau. Nous avons été obligés de fuir l'incendie.

Il y eut quelques exclamations choquées. Bientôt, Lauren dut expliquer pour quelle raison ils s'étaient trouvés à l'origine dans le quartier des docks. Elle évoqua les enfants qu'ils avaient invités à l'auberge des Sept Sœurs. Tante Amanda prit alors le relais en décrivant l'émerveillement des petits face aux livres de contes, et Lauren put enfin s'échapper en compagnie de Rafe pour aller prendre l'air sur la terrasse.

La fraîcheur du soir était une bénédiction.

— Alors, qu'en dites-vous ? Pensez-vous que nous les avons convaincus ? demanda-t-elle à mi-voix.

Il esquissa ce sourire qu'elle trouvait irrésistible.

— Si je n'étais pas un des protagonistes de l'histoire, je l'aurais crue de bout en bout !

Elle rit. C'était bon, cette complicité. Comme elle croisait son regard, elle se sentit reliée à lui par bien autre chose que les baisers qu'ils avaient échangés. Il était le seul avec qui elle partageait ces secrets. Il le sentait aussi : elle le lisait dans ses yeux.

Quand ils furent de retour dans le salon, quelques murmures annoncèrent l'arrivée d'un couple de retardataires : un petit homme chauve affublé d'une énorme paire de favoris, au regard noir perçant, accompagné d'une femme en robe sombre, d'une extrême minceur, à l'expression accablée, qui donnait l'impression d'être en grand deuil.

On annonça M. et Mme Creighton Ledbetter.

L'attitude de Rafe changea aussitôt, et Lauren le sentit sur la défensive.

— Qui est-ce ? demanda-t-elle, intriguée.

— Le sous-secrétaire aux Tarifs douaniers et autres mauvaises idées.

Lauren savait ce que pensait Rafe de l'augmentation fiscale. Elle savait aussi que leurs pères respectifs partageaient son point de vue. Elle chercha Lawrence parmi la foule d'invités. Il était au côté de lord Drummond, et Ledbetter se dirigeait vers eux.

Bien entendu, par correction, Lawrence ne put refuser de serrer la main du sous-secrétaire.

À cet instant, Barclay Howard rejoignit Lauren et Rafe.

— Ledbetter ici... quelle surprise ! murmura-t-il. Je croyais que ce vieux briscard ne quittait jamais son bureau.

— Sauf quand il fait des affaires ailleurs, rétorqua Rafe. Ce qui soulève une question...

Un moment plus tard, le sous-secrétaire se porta à leur rencontre, un sourire acide aux lèvres.

— Ravi de faire votre connaissance, mademoiselle Alcott, dit-il en ignorant grossièrement Rafe. La presse parle beaucoup de vous en ce moment.

— Je m'étonne que vous prêtiez attention à ces racontars, objecta-t-elle avec un sourire crispé. Vous avez sûrement des occupations bien plus importantes.

Son masque poli s'effaça l'espace d'un instant.

— C'est la faute de mon épouse, dit-il avec un petit rire sarcastique. Elle adore les potins du soir.

Lauren jeta un coup d'œil à la lugubre Mme Ledbetter qui, muette comme une tombe, se tenait gauchement au côté de leur hôtesse. Elle ne donnait pas vraiment l'impression d'une femme qui s'adonne aux lectures frivoles.

Quant à Rafe, ses traits semblaient sculptés dans le granit.

— Vous connaissez peut-être mon fiancé, M. Rafe Townsend ?

— Je connais son père, bien entendu, répondit Ledbetter avec une moue condescendante. Et le nom de son fils a récemment circulé à propos des événements qui ont eu lieu au port. Je vois que vous êtes remis, jeune homme. Espérons que votre père s'en sortira aussi bien.

Cette pique fut lancée au moment où l'on annonçait que le dîner était servi. Lady Anne appela ses invités pour l'accompagner dans la salle à manger. Elle prit le bras de Lawrence Alcott, et lord Drummond offrit le sien à Mme Ledbetter. Rafe s'éloigna en direction de sa mère et Lauren craignit un instant que Ledbetter ne se propose pour l'escorter, mais Barclay fut heureusement plus rapide.

Perturbée, elle fut soulagée de voir Rafe s'engager dans un bavardage léger avec ses voisins de table. Puis, à mesure que le vin coulait, elle fut elle-même happée par le flot des conversations. On la questionna sur ses récents déboires, et elle botta en touche en déviant sur les enfants déshérités et l'école St. Ambrose où elle allait régulièrement faire la lecture.

Un peu déçus, les invités passèrent à des sujets plus excitants à leurs yeux. Barclay se mit à parler de plus en plus fort sous l'effet du vin qui le rendait loquace. Bientôt, il régala ses voisins avec le récit cocasse de sa dernière aventure au milieu d'une émeute de dockers, qui les entraîna jusqu'au dessert.

Distraite par ses talents d'orateur, Lauren mit un moment à réaliser qu'en bout de table la conversation s'était arrêtée. Son père, d'ordinaire fort urbain en société, avait le visage écarlate et foudroyait Ledbetter du regard.

Lady Anne semblait bouleversée. Elle se leva, et tous les hommes de la tablée en firent autant. Quand elle annonça qu'il était temps de laisser les messieurs savourer leur cognac et leurs cigares, il y eut quelques murmures déconcertés. Les valets venaient à peine de servir la compote de cerises, et la plupart des convives n'avaient même pas eu le temps d'y plonger leur cuillère.

Lorsque lord Drummond posa sa serviette et se leva à son tour pour se diriger vers le fumoir, les autres messieurs n'eurent d'autre choix que de le suivre.

Peu après, lady Anne invita les dames à l'accompagner au salon où serait servi le café.

Dans le couloir, Lauren cherchait Caroline du regard pour lui demander ce qui s'était passé, quand Rafe la rattrapa. Il la prit par le bras et l'attira à l'écart, sous le regard de deux matrones qui échangèrent un sourire entendu.

— Comment s'appelle le gérant de la Consolidated Shipping ? lui demanda Rafe à l'oreille.

Lauren dut fouiller sa mémoire avant de lui répondre.

— C'est… Murdoch. Obadiah Murdoch.

— Vous êtes sûre ?

— Oui, pourq…

Il lui planta un baiser sur la joue, puis tourna les talons et s'en alla rejoindre les autres messieurs.

Dans le fumoir, l'atmosphère était plutôt crispée, en dépit des effets du cognac et des efforts de lord Drummond pour détendre l'atmosphère.

Les invités s'étaient d'instinct séparés en deux camps : ceux qui ne prenaient pas parti dans le conflit, et ceux qui se rangeaient clairement du côté de Lawrence face à Ledbetter.

Un peu éméché et galvanisé par l'importance de sa position, ce dernier vitupérait contre la « sauvagerie » qui, selon lui, était en train de se développer dans le pays.

— La loi régule le commerce pour de bonnes raisons, surtout dans le cas des importations. Mais certains refusent de payer leur écot. Ils essaient d'échapper aux mesures de protection gouvernementales pour mieux s'engraisser.

Ledbetter fixait Lawrence pour montrer qu'il l'incluait dans cette catégorie. Il y eut un brouhaha parmi les invités, et Lawrence parut à deux doigts de perdre son sang-froid.

— Aucun homme d'affaires digne de ce nom ne refuserait de payer des taxes d'un montant raisonnable, intervint Rafe.

Appuyé de l'épaule contre le montant d'une étagère, les bras croisés sur la poitrine, il respirait la décontraction et l'assurance.

Il avait bien cerné la technique de Ledbetter, ces provocations mesquines et ces insinuations fielleuses que l'on niait dès que l'adversaire demandait raison. En dépit de sa petite stature, le sous-secrétaire était une véritable brute. Que faisait-il ici ce soir ? Lui et sa lymphatique épouse faisaient tache parmi les invités. Était-il venu dans un but précis ?

— Pendant des siècles, poursuivit-il, personne ne s'est plaint des taxes et des inspections douanières. Mais depuis la nouvelle imposition, nos ports se vident, nous avons du mal à nous procurer les biens en provenance de l'étranger, et il faut payer des sommes astronomiques pour exporter notre production de textile, de cuivre, d'étain et de blé sur les marchés extérieurs.

» Cela fait longtemps qu'on débat de l'efficacité des taxes dans les cercles académiques. Il suffit de constater sur le terrain que lorsqu'un pays prend des mesures protectionnistes, les autres nations s'empressent d'en faire autant. C'est un cercle vicieux qui n'a pour conséquence que de déclencher partout l'inflation.

Rafe saisit son verre, but posément une gorgée.

— Excellent cognac, commenta-t-il à l'adresse de lord Drummond.

— Les hommes d'affaires dignes de ce nom, hein ? ricana Ledbetter. À l'évidence, ce ne sont pas ceux qui sont déloyaux envers la Couronne et qui tentent de faire entrer la marchandise dans le pays par des moyens frauduleux.

Un murmure choqué s'éleva dans la pièce.

— De quels moyens frauduleux parlez-vous ? s'enquit Rafe en se redressant pour faire un pas vers le nabot. Ceux qui permettent à une compagnie de casser les prix et générer de juteux profits ?

— Si vous connaissez de tels scélérats, je vous engage à les dénoncer auprès des autorités. Qui donc se permet de contourner nos lois justes et nécessaires ? Nommez-moi ces escrocs, qu'ils reçoivent les sévères sanctions qu'ils méritent.

— Je connais effectivement une société qui pratique cette méthode. Mais pour de plus amples informations, il faudra vous adresser à M. Murdoch.

Ledbetter sursauta.

— Murdoch ? Qui est-ce ?

— Quelqu'un qui connaît les règles du jeu et le nom des joueurs. C'est du moins ce qu'on m'a dit.

— Et qui vous a renseigné ? s'enquit Ledbetter en plissant les paupières.

— Je ne veux dénoncer personne. Et je crois que tout le monde en a assez de parler politique ce soir.

Un murmure d'approbation parcourut l'assemblée. Rafe se tourna vers lord Drummond en souriant :

— Milord, parlez-moi de ce cheval dont vous êtes si fier. Avez-vous l'intention de le faire participer à des courses ?

Moins d'une minute plus tard, le sous-secrétaire Ledbetter abandonna son verre de cognac et prit congé en invoquant les migraines fréquentes de son épouse. Il semblait frustré et, au moment de sortir, il marqua une pause devant Lawrence Alcott.

— Un petit conseil, siffla-t-il d'une voix si basse que Lawrence dut baisser la tête pour l'entendre. Cette fusion avec Townsend Imports… ne comptez pas dessus. Horace Townsend traîne trop de casseroles derrière lui.

Rafe, qui s'était approché, saisit la fin de ses propos.

— Et vous, lui dit Ledbetter en haussant la voix pour être entendu de tous, je vous félicite pour vos fiançailles. C'est très malin de votre part, jeune homme. Mais n'allez pas vendre la peau de l'ours avant de l'avoir tué. Si Mlle Alcott ne sait pas encore dans quel but vous l'épousez, elle ne tardera pas à l'apprendre.

Le petit homme tourna les talons avant que Rafe ait le temps de répliquer.

La gorge serrée, il pivota vers Lawrence.

— Lauren n'est pas au courant ?

Lawrence baissa les yeux sur son verre. Son silence était un aveu. Il n'avait pas voulu dévoiler à sa fille les détails de cette fusion. Damnation ! Rafe avait cru que Lauren était au courant, et que c'était précisément pour cela qu'elle lui avait battu froid dès le départ. Or elle ne l'était pas… Et son père ne semblait pas pressé de lui révéler le pot aux roses, à savoir qu'ils allaient créer Townsend Anglia Trading grâce à son héritage.

Mais quelqu'un n'allait pas tarder à vendre la mèche.

Sur des charbons ardents, il quitta le fumoir. Dans le hall d'entrée, Ledbetter était en train de récupérer son chapeau et sa canne des mains du majordome. Avisant Rafe, il eut un sourire qui révéla ses dents, telle une hyène face à sa proie.

Parvenu dans le salon, Rafe chercha Lauren du regard. La jeune femme était en conversation avec sa tante. Celle-ci, apercevant Rafe, pressa le bras de sa nièce. Lauren pivota. Elle était toute pâle et il lut une grande confusion dans ses yeux.

Bien que les circonstances ne soient pas idéales, il devait lui parler sans attendre. Le sujet était trop grave.

Elle ne résista pas lorsqu'il sollicita une conversation privée, et se laissa entraîner hors de la pièce, jusque dans une alcôve aménagée sous le grand escalier du hall.

— Que vous a dit ce salopard ? demanda-t-il avec anxiété.

— Que c'est... pour l'argent que vous voulez m'épouser. Et que mon héritage ne... qu'il ne m'a jamais vraiment appartenu. Ma mère est morte si jeune... Je ne l'ai pas bien connue. Et je trouvais réconfortant qu'elle m'ait laissé ce capital...

Elle était encore en train de mesurer les implications de ce qu'elle venait d'apprendre. Saisi par l'émotion, il lui prit les mains. Elle était choquée, désorientée. Se sentait trahie. Il avait l'impression de partager ses émotions, mais peut-être se sentait-il juste coupable ? Il était la pièce pivot de ce plan cynique qui allait la spolier de son héritage pour renflouer les caisses de Townsend Imports.

— Le capital est bloqué, expliqua-t-il. Vous ne pouvez en disposer qu'en vous mariant, et alors... c'est votre époux qui en aura le contrôle.

— Mais... on vient de voter une loi sur la propriété des femmes.

— Oui, pour le fruit du travail et les petits legs. Des broutilles.

— Et mon héritage…

— … est considérable. La nouvelle loi exclut expressément les gros patrimoines.

Lauren mit un moment à digérer l'information.

— Je vois, dit-elle d'une voix sans timbre. Il ne faudrait pas que des bécasses dépensent leur argent en chapeaux et babioles. À l'évidence, je me suis fait des illusions.

Elle dégagea ses mains. Tout à coup, elle n'avait aucune envie de rester ici, parmi ces gens qui considéraient que seule la poigne ferme d'un mari l'empêcherait de faire des bêtises.

— Je veux rentrer, déclara-t-elle, refusant de croiser son regard.

Rafe recula d'un pas, puis d'un autre, et encore d'un autre.

Soudain, tante Amanda fut là et glissa son bras autour de la taille de Lauren. Quelques secondes plus tard, Lawrence arriva. Il s'excusa auprès des Drummond et demanda qu'on avance leur voiture.

Lauren ne garda aucun souvenir du trajet de retour. À leur arrivée, son père décréta qu'elle avait besoin de repos et qu'ils discuteraient le lendemain.

Lauren n'avait jamais eu moins envie de dormir, néanmoins elle se déshabilla et se prépara à se coucher. Une fois la lumière éteinte, elle demeura immobile dans son lit. Elle pensait à sa mère, au portrait encadré posé sur sa coiffeuse, aux souvenirs auxquels elle s'était accrochée toutes ces années.

Sa mère avait toujours été présente dans sa vie, telle une figure protectrice impalpable, symbolisée par cet héritage qui lui ouvrait tout un champ de possibles.

Aujourd'hui, elle avait l'impression qu'une partie de son monde n'avait été qu'un décor en carton-pâte… décor qu'on venait d'enlever de la scène, une fois la représentation achevée.

Elle se reprochait de ne pas s'être mieux renseignée sur ses finances et sur l'entreprise familiale. Mais elle était trop occupée avec ses projets éducatifs et sociaux. Son père, malgré ses réticences, lui avait laissé toute latitude à ce sujet. Elle savait qu'elle se marierait un jour, mais Lawrence ne l'avait jamais pressée à ce propos…

Sauf ces derniers mois.

Désormais, il y avait urgence. Le grand, le beau Rafe Townsend, avec son humour piquant, ses baisers délicieux, savait depuis le début qu'elle était la clé du coffre-fort.

À sa décharge, il n'avait pas usé de son charme pour la séduire. Et il fallait avouer qu'au début, elle-même n'avait pas été très aimable avec lui. Heurtée par ses manières guindées alors qu'il était censé lui faire la cour, elle avait gardé ses distances. Il avait fallu qu'elle saute d'une barque en petite tenue pour qu'il se rende compte qu'elle n'était pas – et ne serait jamais – une petite chose docile. Et c'est seulement quand elle l'avait blessé dans son orgueil qu'il l'avait enfin considérée comme une vraie personne, et non un meuble de prix étiqueté « fiancée ».

Et maintenant… qu'allaient-ils faire ?

Elle s'était toujours montrée honnête avec lui… jusque dans leurs baisers. Pouvait-elle continuer ?

Devait-elle le laisser contrôler l'héritage de sa mère ? Leur avenir ? Son cœur ?

La nuit fut longue. De temps en temps, torturée par la frustration, elle se redressait pour bourrer son oreiller de coups de poing. Au petit matin, elle avait épuisé une bonne partie de sa colère.

Une fois prête, elle gagna le bureau de son père, déterminée à obtenir des réponses à ses questions.

Lawrence abandonna son fauteuil pour venir s'asseoir face à elle, ses genoux à quelques centimètres des siens. C'était si peu dans ses habitudes que Lauren comprit qu'il était vraiment dans ses petits souliers. Cette conversation était aussi pénible pour lui que pour elle.

— Lauren, je sais que je te demande beaucoup, mais s'il te plaît, laisse-moi parler, plaida-t-il en levant les mains. Ensuite, je te promets de répondre sans détour à tes questions.

Il se détendit en la voyant hocher la tête en silence.

— Quand j'ai épousé ta mère, elle avait en son nom propre un capital que lui avait constitué son père. Il avait donné sa bénédiction à notre union, mais il était malade et, sachant ses jours comptés, il avait souhaité la mettre à l'abri du besoin. Ta mère ne connaissait rien en gestion patrimoniale, et la somme était considérable. J'ai juré à ton grand-père que je n'y toucherais pas et que l'argent serait transmis à nos enfants. Je l'ai mis sur un compte à la Banque d'Angleterre, et j'ai tenu parole.

» East Anglia s'est bien développée et nous a assuré des revenus confortables. Jusqu'à ces dernières années. Aujourd'hui, nos liquidités sont épuisées. Et quand Horace Townsend m'a proposé cette fusion, après quelques recherches, j'ai eu la surprise d'apprendre que son entreprise était exactement dans la même situation. Comme tu l'imagines, Horace a eu beaucoup de mal à l'admettre. De nos jours, les investisseurs sont rares. En réunissant les deux compagnies, nous deviendrions la plus grosse société d'import-export du pays, ce qui nous permettrait de faire la loi sur le marché. Mais il faut financer cette fusion et rendre la société solvable d'entrée de jeu.

— D'où l'idée du mariage…

— Entre-temps, ton capital a fait des petits. J'ai été moi-même surpris par le montant de la somme qui dort sur ce compte. Il y a largement de quoi rembourser nos dettes et financer les innovations nécessaires au développement de Townsend Anglia.

— Combien ?

— Plusieurs centaines de milliers de livres.

— C'est un peu vague.

— Un peu plus de six…

— *Six cent mille livres ?*

Lauren avait failli s'étrangler. Elle retomba contre le dossier du fauteuil. Six cent mille livres. Une vraie fortune !

— Tu comprends pourquoi j'étais inquiet, dit Lawrence, la mine grave. Si le bruit s'était répandu, tu aurais été assaillie par les coureurs de dot. Il était de ma responsabilité de te trouver un mari responsable et intègre. J'ai fait mener une enquête sur Rafe Townsend…

— Vraiment ? s'exclama Lauren.

— Bien sûr. Crois-tu que j'allais confier ma fille unique à n'importe qui ? Il s'est avéré que le seul défaut de cet homme… c'est sa tête de cochon de père. Alors j'ai tâté le terrain avec toi, et comme tu n'avais pas l'air opposée à l'idée de ce mariage…

— Comme une idiote, je me suis imaginé de longues promenades romantiques, à discuter main dans la main de littérature et de questions existentielles, une maison pleine d'enfants que tu aurais fait sauter sur tes genoux...

Les yeux de Lawrence se mirent à briller. Il s'essuya le coin des paupières d'un geste furtif.

— Ta mère et moi, nous avons été très heureux... bien que ce bonheur ait été de courte durée. J'avais l'espoir que toi et Rafe puissiez connaître la même félicité. Je ne me suis pas rendu compte que vous étiez partis d'un si mauvais pied.

Lauren posa la main sur la sienne.

— Vous aviez raison, papa.

— À quel propos ?

— Quand vous disiez que j'étais une forte tête, et Rafe un âne bâté. Nous étions tous deux fautifs, dit-elle avec un sourire triste.

Elle glissa au bas de son siège pour s'agenouiller sur le tapis et posa la tête sur le genou de son père, comme elle le faisait enfant. Lawrence lui caressa tendrement les cheveux. Tout était pardonné.

— Parlez-moi de cette fusion. Qu'avez-vous l'intention de faire avec l'argent ?

Il évoqua les dettes d'East Anglia, puis les deux nouveaux navires que Townsend avait voulu faire construire afin d'augmenter sa flotte marchande et qui, faute de moyens pour achever les travaux, attendaient dans un chantier naval londonien.

Il fallait des bateaux rapides, capables de passer le canal de Suez, et Rafe souhaitait moderniser leur flotte actuelle en l'équipant de nouveaux moyens de propulsion. Grâce à ses projets ambitieux, il espérait générer de bons profits et assurer la sécurité financière de leurs employés.

Tout cela dépendait d'elle.

Le silence retomba. Quand Lauren releva la tête, ses idées s'étaient éclaircies. Elle avait pris sa décision.

— Ainsi, il n'y a plus qu'une chose à faire, déclara-t-elle.

— Quoi donc ?

— Je dois épouser cet homme.

Elle avait parlé d'une voix solennelle et, bien qu'elle ait prononcé les mots exacts que Lawrence espérait entendre, il se garda bien de manifester sa joie.

Lauren envoya un message à Rafe pour lui dire qu'elle se rendrait à l'école St. Ambrose le lendemain après-midi et qu'elle aimerait qu'il l'y rejoigne. Et tant pis si ce n'était pas son tour de décider de l'activité du jour. Ensuite, peut-être pourraient-ils se promener dans St. James's Park, ou aller discuter dans un salon de thé ? Elle devait lui parler, même si elle ne savait pas vraiment par où commencer.

Le cocher du fiacre la déposa devant la grille du petit parc qui séparait l'église St. Ambrose de l'école de la paroisse. Il était 13 heures et les enfants, en rangs deux par deux, étaient en train de remonter l'allée en direction de l'entrée principale. À St. Ambrose, on insistait pour que l'éducation inclue des cours de morale et de l'exercice physique. Chaque jour, les enfants pratiquaient des activités de plein air qui leur apprenaient le respect des règles et de leurs camarades.

Comme Lauren approchait, les plus grands la reconnurent et la saluèrent joyeusement.

— Vous venez nous lire une histoire, mademoiselle ? Celle des chevaliers de la Table ronde ? lança un gamin.

Son voisin lui flanqua un coup de coude dans les côtes.

— Non, pas celle-là. Plutôt une histoire de cow-boys et de chevaux. C'est plus amusant.

— Pas aujourd'hui, dit Lauren face à leurs frimousses roses, moites de transpiration. Mais je chercherai ce genre d'histoires dans mes livres, si vous voulez.

À cette heure-ci, c'était en général l'effervescence dans les bureaux administratifs, mais ce n'était pas le cas aujourd'hui. Mlle Pringle, la secrétaire du directeur, se leva dans un petit sursaut à l'entrée de Lauren et lissa son chignon d'un geste fébrile. Cette nervosité ne lui ressemblait pas.

— Ah, mademoiselle Alcott… Le directeur et le conseil scolaire sont en réunion dans le bureau du pasteur. Ils m'ont demandé de vous envoyer là-bas dès votre arrivée.

Lauren posa sa pile de livres sur une console.

— Merci, mademoiselle Pringle. Je laisse ça ici pour le moment. J'ai trouvé une histoire que les enfants vont adorer, je pense. J'ai hâte de la leur lire.

Tout en longeant le couloir, elle s'interrogea sur l'attitude étrange de la secrétaire, qui d'habitude était tout sourire et ne manquait jamais de la questionner sur les ouvrages qu'elle apportait pour agrandir la bibliothèque de l'école.

La porte du bureau était ouverte. Il y avait là un homme et trois femmes assis face au bureau du pasteur. Il s'agissait du directeur et des dames du comité. Ce n'était pourtant pas le jour de leur réunion mensuelle, et personne ne l'avait contactée pour la prévenir d'une session extraordinaire.

— Ah, la voici, dit Mme Buffington, qui se leva pour refermer la porte une fois que Lauren eut pénétré dans la pièce.

La seule chaise encore disponible était celle que Mme Buffington venait de quitter. Lauren jeta un regard autour d'elle.

— Dois-je aller chercher...

— Inutile, la coupa Mme Buffington. Prenez ma chaise. Je préfère rester debout.

Lauren protesta, mais la dame insista. Sous le regard des autres, la jeune femme prit place, lissa sa jupe anthracite et ajusta le col amidonné de son chemisier. Lorsqu'elle releva la tête pour leur sourire, ils détournèrent tous le regard.

— Je ne savais pas que vous comptiez vous réunir aujourd'hui, sinon j'aurais amené de quoi prendre des notes et...

— Ce ne sera pas utile, mademoiselle Alcott, dit le pasteur en agitant la main. Il s'agit d'une réunion informelle. On nous a fait part de faits troublants concernant un membre du comité...

— Des faits scandaleux ! l'interrompit Marigold Buffington qui avait contourné le bureau pour se placer au côté du pasteur.

Elle désigna les journaux qui jonchaient le plateau de chêne. Vu la médiocre qualité d'impression, il s'agissait de gazettes à trois sous. Les feuilles froissées étaient apparemment passées de main en main, et certains articles avaient été encerclés.

Lauren sentit sa gorge se nouer. La presse à scandale parlait d'un membre du comité ? Ce ne pouvait être qu'elle.

Seul le pasteur avait le courage de la regarder dans les yeux.

— Nous avons lu ces articles avec une grande attention, en nous efforçant de faire preuve de bienveillance et de discernement, déclara-t-il. Mais, même avec la plus grande ouverture d'esprit, il n'est pas possible de passer l'éponge sur certains agissements.

Lauren s'attendait à un minimum de reconnaissance de sa part pour toutes les années durant lesquelles elle s'était investie corps et âme dans l'école. Mais son visage n'exprimait que sévérité et mépris. Et la même expression était peinte sur les traits de Mme Buffington.

Les pièces du puzzle s'assemblèrent dans son esprit. Le dîner chez les Drummond... Toutes ces questions à propos de son « aventure » dans le port... La stupeur de Mme Buffington quand elle avait appris que Lauren avait passé un jour et une nuit à bord du *Clairon* avec Rafe et l'équipage, sans aucune autre présence féminine.

Lauren se souvenait maintenant que, par la suite, Mme Buffington ne lui avait plus adressé la parole. Sur le moment, elle avait été trop préoccupée par l'attitude hostile de Ledbetter pour le remarquer.

— Non seulement vous avez séjourné sur un bateau en compagnie d'un homme qui n'est pas votre époux, reprit Mme Buffington, les narines frémissantes, mais renseignements pris, nous avons découvert que vous vous êtes comportée peu de temps avant avec un manque total de pudeur. Vous vous êtes jetée à l'eau pour vous baigner *nue* dans la rivière !

17

Lauren fut tellement choquée par la façon dont Mme Buffington formulait ces accusations qu'elle mit un moment à trouver ses mots.

— Je... je n'étais pas nue, madame Buffington ! J'avais juste enlevé ma jupe et mon jupon...

— Vous admettez donc que vous vous êtes déshabillée en public pour aller nager. Et le jour du Seigneur, en plus ! s'exclama une autre dame, Mme Jacobs.

— J'ai nagé, en effet... jusqu'à une barque qui venait de chavirer, pour sauver deux femmes de la noyade. Avez-vous vraiment lu ces articles ? Il me semble qu'ils relatent en détail ce qui s'est passé.

— En tout cas, ils ne laissent planer aucun doute sur votre comportement inqualifiable et l'indignation légitime de votre fiancé. Vous l'avez ensuite traité de lâche et vous êtes partie en petite tenue, sans escorte. Vous avez infligé une terrible humiliation à votre famille et à celle de M. Townsend.

— Je me suis rhabillée dès que j'ai pu, dès que ces malheureuses ont été prises en charge pour être ramenées chez elles.

— Et à peine quelques jours plus tard, vous avez arraché un voleur aux mains de la justice, poursuivit Mme Buffington d'un ton encore plus véhément. Vous incitez la racaille à l'immoralité, et vous vous faites passer pour un « ange » de générosité !

— C'est du pur blasphème, décréta le directeur qui révélait enfin sa position. S'élever au niveau des anges, c'est pécher par orgueil.

— Je n'ai jamais prétendu être un ange !

Le cœur de Lauren tambourinait dans sa poitrine. Sous ses gants, elle avait les mains glacées.

— Vous vous rendez bien compte que je ne suis pas responsable de ce qu'écrivent les journaux. C'est un journaliste qui a profité de l'incident pour rédiger un article à sensation.

— Nous pensions vous connaître, mademoiselle Alcott, intervint Mme Jacobs, les yeux embués. Et nous vous avons confié d'innocents enfants impressionnables.

— Je doute qu'ils lisent la presse à scandale, rétorqua Lauren qui commençait à perdre patience. Et apparemment, vous n'avez lu que la partie la plus croustillante. Après tout ce que j'ai fait pour l'école et ce comité, comment pouvez-vous croire que j'exercerais une influence néfaste sur les enfants ?

— Que croire d'autre d'une femme qui passe une nuit avec un homme à bord d'un bateau ? riposta Mme Buffington. En jouant les infirmières, pour une fois de plus endosser le rôle de l'ange de miséricorde, alors qu'à l'évidence vous avez entretenu une liaison hors des liens du mariage. Quelle bonne chrétienne se livrerait ainsi à la fornication ? Cela justifie amplement que vous soyez radiée de ce comité et tenue à l'écart de l'école.

— Nos membres doivent être au-dessus de tout reproche, renchérit Mme Owens, qui était l'épouse d'un généreux donateur. Vous savez très bien quel contrat nous passons avec nos professeurs : pas de danse, pas de contact avec le sexe opposé, pas de musique hormis les chants à la messe du dimanche, pas de sifflements, pas de romans, pas de livres étrangers, pas de théâtre…

— Nous exigeons de la pudeur et de la réserve, enchaîna Mme Buffington. Comment exiger que nos enfants sachent discerner le bien du mal si les membres du comité se livrent à la débauche ?

À mesure que lui était délivré ce sermon en règle, Lauren s'était redressée de toute sa taille. Elle était sidérée par l'attitude venimeuse de Marigold Buffington. L'avait-elle jamais offensée ?

Elle pivota vers le pasteur et se leva, déterminée à se défendre en dépit de l'émotion qui l'étreignait.

— Révérend, vous savez bien que les journaux publient des outrances et des demi-vérités, dans le but de vendre du papier et d'exciter les esprits. Si vous me condamnez d'une manière aussi injuste, vous allez passer pour des gens prudes et bornés !

Il y eut des exclamations outrées.

Le pasteur tressaillit comme s'il avait été giflé.

— Les pécheurs endurcis sont promis à l'enfer éternel, gronda-t-il en abattant son poing sur les journaux. C'est pour les ramener dans le droit chemin que nous devons leur faire honte en ce bas monde, qui ne peut être abandonné aux forces du Mal.

Lauren chancela et dut prendre appui sur le plateau du bureau. Maintenant, elle était une pécheresse endurcie ?

— Toutefois, reprit le pasteur, par souci de justice, nous voulons entendre votre version des faits. Dites-nous, mademoiselle Alcott, si vous avez oui ou non passé la nuit à bord d'un bateau en compagnie d'un homme qui n'est pas votre mari ?

— C'est vrai, je l'admets. M. Townsend avait reçu un coup sur la tête, il était inconscient. Quand l'équipage du *Clairon* l'a transporté à bord, je suis restée à ses côtés, parce que j'estimais qu'il était en danger. N'importe qui ayant un semblant de compassion et de bon sens aurait fait de même, conclut Lauren avec un regard appuyé à Mme Buffington.

Mais le véritable problème ne tarda pas à être dévoilé.

— Vous avouez donc vous être déshabillée en public, ce qui est un grave manquement à la pudeur. Vous avez également interféré avec la loi, permettant ainsi qu'un criminel poursuive ses agissements. Et vous vous posez en outre comme un « ange » qui aurait volé au secours de M. Townsend. Mais le pire, ajouta le pasteur en brandissant le *Morning Post*, c'est cet article qui déclare que vous êtes enfin de retour pour reprendre votre mission au sein de l'école St. Ambrose. Oui, le nom de notre établissement est cité dans ce torchon ! Aussi, pardonnez que nous ne soyons guère intéressés par les détails de l'histoire. Votre conduite dévergondée a jeté l'opprobre sur notre congrégation et nos élèves !

Sa voix avait enflé à mesure qu'il parlait. Il se leva et, le cou sanglé dans son col clérical, la toisa de toute sa hauteur.

— Par conséquent, nous exigeons votre démission du comité, et nous vous interdisons désormais l'accès à l'école. Il vous appartient de décider si vous voulez continuer à faire partie de notre paroisse, mais je vous conseille de prendre du temps et de la distance afin de réfléchir aux conséquences de vos actes inconsidérés.

Lauren mit un moment à se ressaisir. Elle brûlait d'attraper la pile de journaux et de les envoyer à la tête de ces hypocrites… qui se moquaient bien de connaître la vérité… et qui de surcroît ne la croiraient pas, si elle leur racontait la réalité de son enlèvement et de sa séquestration à bord du *Clairon*. C'était très clair, tout comme il était évident que le résultat de cette réunion improvisée avait été décidé à l'avance.

Ces gens n'avaient que faire de ses arguments qui s'opposaient à leurs préjugés moraux. Ils voulaient juste se débarrasser d'elle, la chasser de l'école comme on chasse les mendiants sur les marches de l'église le dimanche matin.

Dans une brusque volte-face, elle marcha vers la porte… puis pivota soudain, le regard étincelant.

— J'imagine que vous n'êtes pas dérangés par le fait que mon père et ma tante soient membres de la paroisse… étant donné leur généreuse contribution au tronc de l'église. Je crois pouvoir parler en leur nom quand je dis : Enlevez la poutre que vous avez dans l'œil, madame Buffington. Vos pensées hideuses sont bien pires que tout ce que j'ai pu faire. Et vous, révérend, vous avez failli au premier commandement du Seigneur : « Ne fais pas à ton prochain ce que tu n'aimerais pas qu'on te fasse. » Que le ciel vous vienne en aide si un jour on vous traite comme vous m'avez traitée !

Elle passa par la sacristie, franchit la porte latérale en faisant claquer ses talons sur les dalles de pierre, dents serrées, avec l'impression qu'elle allait exploser. Mais un reliquat de raison lui permit de canaliser sa fureur pour y puiser de l'énergie. Elle se mit à courir dans le petit parc, déboucha sur le trottoir et... se heurta littéralement à Rafe.

— Lauren ?

Rafe la saisit aux épaules pour l'empêcher de tomber.

— Que se passe-t-il ? demanda-t-il en voyant qu'elle haletait, le visage écarlate.

Elle voulut se dégager, mais il la retint et répéta son prénom à plusieurs reprises, jusqu'à ce que le son de sa voix atteigne sa conscience.

Finalement elle se calma et, tremblante, détourna la tête pour éviter son regard.

— Que se passe-t-il ? répéta-t-il.

— J'ai été... radiée du comité. Chassée de l'école... et de la paroisse. Le comité s'est réuni en séance extraordinaire et Marigold Buffington a montré les articles de presse qui parlent de moi. On m'a déclarée indigne de m'occuper des enfants... parce que je donne soi-disant le mauvais exemple... que je blasphème en me faisant passer pour un ange... et que je nuis à la réputation de l'établissement !

Il se rendit compte que deux passants s'étaient arrêtés et les regardaient. Glissant un bras sur ses épaules, il héla un fiacre.

Lauren se laissa entraîner et s'assit avec raideur sur la banquette pendant qu'il donnait pour simple instruction au cocher de « rouler ».

Puis il lui prit les mains et chercha son regard.

— Racontez-moi tout.

— Mme Buffington... qui était au dîner chez les Drummond... a apporté toutes les gazettes qui parlent de moi au pasteur... le révérend Nickerson.

Ils ont réuni le comité sans me prévenir et m'ont convoquée alors que je venais faire la lecture aux enfants. Ils m'ont accusée d'avoir eu une liaison avec un homme... *vous*... pendant que j'étais à bord du *Clairon*. Ils m'ont dit des choses horribles... m'ont traitée de pécheresse... m'ont accusée d'avoir jeté l'opprobre sur l'école et sur nos deux familles. Oh, Rafe... Ils pensent que je suis une dévergondée... un être malfaisant qui ne doit pas approcher les enfants !

Ses épaules se voûtèrent et elle parut terrassée par la honte.

Rafe glissa un doigt sous son menton pour l'inciter à relever la tête. Ses grands yeux bleus brillaient dans son visage pâle.

— Je n'arrive pas à croire qu'ils vous aient dit de telles horreurs...

— Ils n'ont pas supporté que l'article du *Morning Post*, que je n'ai pas lu, mentionne le nom de l'école. Je n'ose imaginer ce qui est écrit là-dedans !

Rafe se sentait impuissant face à son désespoir. Elle clignait des yeux pour retenir bravement ses pleurs, mais la loi de la gravité finit par l'emporter et quand les larmes roulèrent sur ses joues, il eut le cœur broyé.

Il y avait une telle souffrance dans sa voix, dans son regard... Seigneur, lui aussi irait sûrement griller en enfer, car en cet instant il avait une furieuse envie d'aller botter l'arrière-train du pasteur !

Il aurait donné n'importe quoi pour la réconforter, pour retrouver la Lauren têtue, impétueuse et dévouée qui avait sauvé deux femmes de la noyade, pris sous son aile un gamin crasseux et soigné son arrogant fiancé. Sa Lauren, qui en situation de crise ne s'évanouissait pas, ne poussait pas des cris d'orfraie. Qui avait soif de justice. Qui se dévouait corps et âme pour éduquer les enfants et améliorer leur quotidien.

C'est à cet instant qu'il réalisa...

Bon sang, il était en train de tomber amoureux.

Il la ramena contre lui et fondit intérieurement quand elle se mit à sangloter, cramponnée à ses épaules. Il comprenait enfin ces émotions qui obsédaient les poètes et avaient plongé les Troyens dans la guerre. En cet instant elles l'envahissaient, submergeaient sa raison, lui donnaient l'envie folle de changer le monde et de se battre contre toutes les injustices. De nobles élans semblaient sourdre du tréfonds de son être. Grâce à elle. *Pour elle.*

En un battement de cils, il comprit à quel point son univers avait été étriqué avant qu'elle entre dans sa vie. Il n'avait songé qu'aux affaires, aux âpres négociations après lesquelles il évacuait la tension accumulée par des parties de cartes, jouées entre whisky et cigares, ou par d'intenses séances d'aviron.

Mais il existait un autre monde qu'il avait totalement ignoré... jusqu'à ce qu'elle l'oblige à ouvrir les yeux.

Il avait envie de se battre pour elle, pour ses espoirs, pour ses rêves.

Hélas, pour l'heure, il n'avait que ses mots à lui offrir.

— Lauren chérie, vous n'êtes pas une dévergondée et vous ne donnez pas le mauvais exemple, murmura-t-il en lui caressant les cheveux. En quelques semaines, je vous ai vue secourir deux femmes en détresse, nourrir l'estomac et l'esprit de gamins déshérités, soigner votre malotru de fiancé, organiser une évasion, et sauver toute une cargaison. Vous êtes tout simplement extraordinaire.

Elle s'écarta, s'essuya la joue d'un revers de main avant de le regarder avec une expression incrédule.

Comment pouvait-elle être aussi prompte à détecter le bien chez autrui, tout en doutant si facilement de ses propres qualités ?

Il prit son visage entre ses paumes, caressa ses pommettes humides de ses pouces. Pour la première fois, il espérait que ses sentiments se lisaient clairement sur ses traits.

— Même au début, quand je vous trouvais insupportable, j'ai su que vous étiez hors du commun. Vous n'avez cessé de me surprendre. À l'époque, je ne voyais pas du tout comment nous pourrions nous entendre.

— J'étais trop butée, trop intransigeante... Je vous ai dit des choses...

— ... que je méritais d'entendre. J'étais arrogant, plein de préjugés. Et je le suis toujours, j'en ai peur. Au contraire, vous pensez d'abord aux autres, et vous vous démenez pour leur venir en aide, même si vous n'en tirez aucun profit personnel.

Elle avait les yeux rouges, le nez gonflé, le teint marbré. Pourtant, il ne put résister à l'envie de déposer un baiser sur ses lèvres.

— Vous vous battez pour ce que vous estimez juste, vous attendez le meilleur de chacun et, la plupart du temps, vous l'obtenez. Cela me stupéfie, Lauren.

— Aujourd'hui, je n'ai suscité que le venin et le mépris...

— Vous n'étiez en rien responsable. Ce n'est pas vous qui avez demandé à Juster Morgan de nous enlever. Mais les gens ne sont pas tout blancs ou tout noirs. Regardez Fosse, Gus et P'tit Bob… Ils nous ont séquestrés, et finalement votre gentillesse a su les toucher et faire ressortir leur bon côté. C'est une qualité rare que vous possédez. Ne croyez pas ces esprits jaloux et mesquins qui prétendent que vous avez souillé leur précieuse église. C'est faux. En vous écartant, ils ont beaucoup perdu. Dieu le sait et un jour, ils s'en rendront compte, eux aussi.

18

Dans le silence qui retomba, Lauren leva la main pour caresser la joue de Rafe, puis laissa glisser ses doigts dans ses cheveux.

Qui était cet homme qui, en prononçant exactement les mots qu'il fallait, avait recollé les morceaux de son cœur brisé ?

L'instant d'avant, elle était anéantie. Il l'avait prise dans ses bras, lui avait touché le visage avec la douceur d'une pluie de printemps, et comme par magie il avait chassé son désespoir.

Rafe n'était pas du genre à flatter ou cajoler les gens. Il était rationnel et disait ce qu'il pensait. Il lui donnait des arguments clairs pour qu'elle revienne à la raison et reprenne confiance en elle.

Il tenait à elle.

Vraiment.

Cette pensée l'enveloppa d'une vague de chaleur bienvenue. Il y avait de l'espoir pour eux… pour un mariage qui ne serait pas seulement constitué de contrats et de relevés bancaires. Cette douceur dans ses yeux… Elle ne lui avait jamais vu cette expression, si sincère… si tendre et bienveillante. Elle se rendait compte qu'il était le premier surpris d'éprouver de tels sentiments, mais cela ne semblait pas l'effrayer. Il n'essayait pas de dissimuler ce qu'il ressentait, ou de faire comme si cela n'avait pas d'importance. Son regard exprimait une attente, une invite qui ouvrait tant de possibilités qu'elle sentit son cœur se gonfler d'allégresse.

Avec un petit soupir, elle posa la tête sur sa poitrine. Elle avait maintenant l'esprit plus clair et était apaisée. Certes, il lui faudrait du temps pour guérir de la blessure qu'on venait de lui infliger, mais elle survivrait.

Il communiqua au cocher une adresse qu'elle ne connaissait pas. Elle ne s'en formalisa pas. Elle lui faisait confiance. Leur relation venait de prendre un tournant décisif, et cette pensée fit de nouveau couler quelques larmes sur ses joues. Le cœur était décidément un étrange organe, capable de se gonfler d'espoir dans les pires moments.

Quelques instants plus tard, le fiacre ralentit. Rafe se pencha pour jeter un coup d'œil par la fenêtre. Comme il donnait d'autres instructions au cocher, Lauren s'intéressa à leur environnement. Ils roulaient entre des bâtiments en planches aux portes cadenassées, et une odeur de sel, de rouille et de bois humide flottait dans l'air. Ils n'étaient sûrement pas loin des docks.

Rafe demanda au cocher d'arrêter la voiture à l'intersection de la rue et d'une venelle. Lauren aperçut un groupe d'enfants qui jouaient au ballon non loin.

— Restez ici, dit-il avant d'ouvrir la portière.

Il se dirigea vers l'un des garçons. À son approche, les autres s'enfuirent. Le garçon était occupé à ramasser le ballon. Il se redressa, et Lauren le reconnut.

C'était Jims.

Elle sursauta en voyant Rafe l'attraper par le col de sa chemise et l'entraîner sans ménagement sous un porche voisin. Incrédule, elle jaillit hors de la voiture.

— Rafe, que faites-vous ?

Jims l'accueillit d'un large sourire.

— Bonjour, mam'zelle !

Puis il s'adressa à Rafe en baissant la voix :

— Rien à signaler pour le moment, patron. On ouvre l'œil.

Lauren resta bouche bée une seconde.

— Vous... vous leur avez demandé de...

— De surveiller notre vieil entrepôt, oui. Jims a recruté quelques camarades.

— M. Townsend nous a donné un ballon, dit Jims en montrant fièrement la balle en caoutchouc. Et aussi des cantines avec de la nourriture pour la maison. Il nous paie un shilling par jour.

— Mon Dieu... j'ai cru que vous étiez sur le point de malmener cet enfant, murmura Lauren, la main sur le cœur.

— Je suis censé le faire, répondit Rafe avec un sourire malicieux. Pour donner le change à d'éventuels curieux. Mais qui soupçonnerait une bande de gamins de surveiller un hangar ?

— Nous autres, on est toujours dans la rue et personne ne fait attention à nous, renchérit Jims.

Rafe leva les yeux vers le ciel grisâtre.

— La nuit ne va pas tarder à tomber. Quand vous verrez les veilleurs grimper sur le toit, vous pourrez aller chercher les cantines dans la cuisine de l'auberge des Sept Sœurs et rentrer chez vous.

— Compris, patron.

Rafe et Lauren remontèrent dans le fiacre.

— Je suis désolée, Rafe, j'ai vraiment cru que vous alliez...

— Je sais. J'avais l'intention de vous parler de mon petit stratagème, mais j'ai pensé que cela vous remonterait le moral de voir les enfants de vos propres yeux. Apparemment, tout se passe bien. Les enfants ont compris qu'ils devaient rester discrets, et ils prennent grand plaisir à leur mission.

Lauren était un peu fâchée contre elle-même.

— Je n'aurais pas dû m'imaginer... J'aurais dû avoir confiance en vous...

Il s'esclaffa.

— Chère petite folle, il va falloir apprendre à croire votre cœur ! Mais votre réaction était normale. J'ai été un peu brutal avec ce pauvre Jims.

— La prochaine fois, mettez-moi dans la confidence, dit-elle en lui donnant un petit coup de poing dans le bras.

— Aïe !

— Vous l'avez mérité.

Ils échangèrent un sourire.

Tandis que la voiture les ramenait à Alcott House, il lui expliqua qu'il avait payé des dockers pour garder le vieil entrepôt la nuit. Ces derniers étaient munis de cloches pour donner l'alerte en cas de grabuge.

Quelques instants plus tard, Rafe demanda au cocher de s'arrêter devant un vendeur de journaux. Il descendit, le temps d'acheter un exemplaire de l'*Examiner* et du *Morning Post*. Tandis qu'il les feuilletait, Lauren tendit le cou pour lire par-dessus son bras.

Son regard s'écarquilla lorsqu'elle vit une caricature représentant un ange ailé descendant d'un bateau orné de guirlandes et de cœurs roses... et tenant dans ses bras un Adonis inanimé.

Le dessin les montrait en train de s'embrasser.

— Oh, mon Dieu ! Je comprends mieux la réaction des membres du comité ! s'exclama-t-elle.

À voix haute, Rafe lut l'article qui, dans une prose fleurie, expliquait que l'Ange et son fiancé s'étaient réconciliés après leur séjour dans le port de Londres.

Selon des sources fiables, Rafe Townsend, le fiancé de Mlle Alcott, a été gravement blessé durant l'émeute et transporté à bord du Clairon *par les membres de l'équipage. L'Ange béni de Londres a bien sûr veillé son bien-aimé toute la nuit. Que s'est-il passé alors ? Chut. Quoi qu'il en soit, leur complicité sautait aux yeux quand ils ont enfin rejoint les docks, où tout le monde s'interrogeait sur l'origine de l'incendie qui s'est déclaré à bord. D'aucuns ont émis l'hypothèse qu'il avait été allumé par le feu de leur passion. Faut-il en déduire que le mariage est de nouveau à l'ordre du jour ?*

— Est-ce qu'ils nous soupçonnent d'avoir incendié le navire ? demanda-t-elle.

— Eh bien... c'est ce que nous avons fait, non ?

— Oui, mais... pas avec...

— Le feu de notre passion ?

Elle se sentit rougir et s'en voulut. Il allait la prendre pour une bégueule.

— Je parie que nous arriverions à embraser Trafalgar Square, murmura-t-il en posant le journal sur ses genoux.

La tension monta d'un cran. Lauren sentit son cœur s'emballer. D'un geste spontané, elle prit son visage entre ses mains et colla sa bouche à la sienne. Elle aurait pu jurer qu'un courant électrique les parcourait, et elle se retrouva transportée au paradis.

Rafe goûtait ses lèvres, les taquinait, tour à tour enjôleur et exigeant. Il avait un goût légèrement sucré, acidulé, comme si toutes les saveurs qu'elle avait aimées se confondaient en une seule sensation, forte, masculine, qui lui donnait des palpitations.

Elle entrouvrit la bouche, fit glisser le bout de sa langue sur ses dents avec une excitation croissante. Le désir se propagea à ses seins et à sa féminité. Puis, comme Rafe l'enlaçait pour l'asseoir sur ses genoux, elle s'abandonna avec ivresse à ses bras vigoureux. Elle avait envie d'explorer son corps dur et solide. Pour la première fois, elle réalisait l'immense plaisir qui pouvait découler de l'union charnelle entre un homme et une femme. Douce tentation... Elle comprenait maintenant pourquoi il y avait tant de pécheurs en ce bas monde !

— Vous avez peut-être raison... à propos de Trafalgar Square, chuchota-t-elle, un peu haletante, lorsque leur baiser s'interrompit enfin.

— Je nous sous-estimais. Je crois que nous pourrions embraser tout Londres !

Rafe ramena Lauren chez elle, prêt à la soutenir quand elle expliquerait ce qui s'était passé à l'école St. Ambrose. Mais elle s'était ressaisie et fut capable de s'exprimer sans être ravagée par l'émotion. Ce fut tante Amanda qui dut attraper son flacon de sels, avant de retrouver ses esprits et de clamer son indignation.

Lauren commanda du thé et des sandwichs pour réconforter sa tante. Rafe savait maintenant de qui Lauren tenait son sens exacerbé de la justice. Amanda Perrix ne prenait pas à la légère le fait qu'on salisse la réputation de sa nièce adorée. Femme de tempérament, elle se remit rapidement et insista pour servir elle-même le thé, sans pouvoir s'empêcher de vitupérer tandis qu'elle distribuait sandwichs et petits gâteaux.

— Comment ces donneurs de leçons osent-ils proférer de telles accusations ? Après tout ce que tu as fait pour l'école ! Et le pasteur n'a jamais craché sur nos généreuses donations ! Qui veut un scone à la chantilly ? L'évêque va en entendre parler, et le pasteur va se faire remonter les bretelles, croyez-moi ! Sinon, je me charge d'embrocher moi-même cet hypocrite. J'ai une épingle à chapeau qui fera parfaitement l'affaire. Du lait dans ton thé, ma chérie ?

À son retour, Lawrence Alcott se montra tout aussi outré d'apprendre que sa fille avait été écartée du comité. Il allait demander raison à ce malotru de pasteur, lui faire un procès, et atomiser ces maudites grenouilles de bénitier !

Il finit par s'apaiser face au calme déterminé de Lauren qui ne souhaitait pas faire de vagues et qui, remarqua-t-il soudain, était assise près de Rafe Townsend et lui tenait la main.

Il s'était passé quelque chose entre ces deux-là. Quoi que ce soit, Lauren semblait apaisée et en mesure de surmonter le terrible affront qu'on lui avait infligé.

Pour la première fois depuis des semaines, Lawrence sentit le nœud qui lui tordait le ventre se relâcher. Il reprenait espoir de voir le jeune couple se ressouder.

Il invita Rafe à dîner, et ils passèrent la soirée à raconter des anecdotes familiales et à évoquer le souvenir de la mère de Lauren. Et quand Rafe prit congé un peu plus tard, Lawrence le remercia chaudement en lui serrant les deux mains.

Alors qu'il se dirigeait vers l'entrepôt principal, Rafe se remémorait avec étonnement la virulence d'Amanda Perrix. Son propre père, qui avait joué aux cartes avec le pasteur, l'appelait régulièrement « cette sale fouine de Nickerson ». Le fréquentait-il toujours ?

Le fiacre le déposa devant l'entrée du hangar. Il ouvrit la porte avec sa clé... et tomba nez à nez avec un grand type à la mine patibulaire à qui il manquait une oreille.

— Cavender ? Que faites-vous ici ?

— Votre père m'a demandé de surveiller les marchandises. Je suis venu avec quelques gars.

Rafe jeta un coup d'œil autour de lui. Les douaniers avaient disparu. Il aperçut un autre homme qu'il reconnut, un certain Willie Evers.

— Où sont passés les inspecteurs des douanes ?

— Votre père m'a dit qu'ils avaient fichu le camp. Il m'a envoyé un coursier et j'ai rassemblé mes gars. On se remet au boulot, conclut-il avec un large sourire qui dévoila une denture imposante.

— Content de vous savoir de retour, opina Rafe. Où est Bullsworth ?

— Il fait du café. La nuit va être longue.

— Je m'en doute, acquiesça Rafe avec un sourire.

Il savait que le veilleur de nuit ferait bientôt la sieste sur une pile de sacs en toile de jute.

Après avoir donné une claque amicale sur l'épaule de Cavender, Rafe se dirigea vers l'escalier métallique qui menait au bureau.

Son père dormait sur le sofa. Dans le panier posé sur le bureau, on apercevait un reste de ragoût, des petits pains et une part de clafoutis aux cerises. Même en période de crise, Horace était toujours aussi vorace. Et à en juger par ses ronflements sonores, il n'était pas perturbé outre mesure par l'audience qui devait avoir lieu le lendemain matin à la Direction générale des douanes.

— Papa ?

Aucune réaction. Il saisit son père par l'épaule et le secoua sans remords. Combien de fois Horace l'avait-il réveillé à sa manière tonitruante ? Chacun son tour.

— Papa !

— Hein ? Quoi ? bredouilla Horace en se redressant dans un sursaut, les cheveux hirsutes. Que se passe-t-il ?

— C'est justement ce que j'aimerais savoir. Les douaniers sont partis ?

Horace s'assit sur le sofa et se frotta le visage.

— Oui. Je suis descendu dans l'entrepôt vers 18 heures pour voir si ta mère m'avait envoyé de quoi dîner, et je me suis rendu compte qu'ils avaient disparu. J'ai d'abord pensé que nos avocats avaient peut-être réussi à faire plier l'administration, mais quand Boswell est passé ce matin, il n'était pas très optimiste. Alors j'ai envoyé Bullsworth à la taverne pour demander l'aide de Cavender et de ses gars. Au cas où.

Rafe s'approcha de la baie vitrée qui donnait sur l'intérieur de l'entrepôt.

— C'est bizarre. Pourquoi les douaniers sont-ils partis alors que l'audience n'a pas encore eu lieu ?

— Aucune idée. Je ne peux pas dire qu'ils me manquent, mais… j'ai trouvé ça étrange, en effet.

Horace se leva en se grattouillant le poitrail.

— Un petit cognac ? proposa-t-il.

Il leur servit deux verres, puis alla s'asseoir au bureau.

— Boswell avait-il d'autres nouvelles à vous annoncer ? questionna Rafe.

— Personne ne sait qui a racheté la Consolidated, mais Boswell a réussi à savoir où se trouvent leurs locaux. Devine quelle est l'adresse ? Cutter Lane !

— Là où se trouve notre vieil entrepôt ?

— Exactement ! Cela explique qu'ils soient si bien renseignés sur nos hangars. Ils sont installés juste à côté de l'un d'eux.

S'agissait-il d'une coïncidence ? Rafe réfléchit un moment. Cela méritait une petite enquête.

— Connaissez-vous quelqu'un à la Banque d'Angleterre ?

— J'ai une ou deux relations là-bas. Pourquoi ?

— Quelqu'un a communiqué des informations confidentielles à Ledbetter. Il en sait bien plus qu'il ne le devrait sur l'héritage de Lauren. Seuls les avocats d'Alcott ou les gestionnaires des fonds ont pu le renseigner. Et pourquoi est-il si dérangé par la fusion ?

— Qui sait ? Il a toujours détesté ceux qui sont nés riches et privilégiés. À l'école déjà, il était jaloux et mesquin. Je n'ai pas compris qu'on le choisisse pour occuper un poste si important au gouvernement. Ce type est un vrai serpent.

— Nous avons notre réponse, rétorqua Rafe, sarcastique. Les serpents sont bien utiles au gouvernement. Ils se chargent des basses besognes pour lesquelles les ministres et les chefs politiques ne veulent pas se salir les mains. Dites-moi quels sont vos contacts à la Banque d'Angleterre.

— Voyons... Il y a Silas Hedgeman, qui gère les comptes commerciaux. Un type fiable. Demain, après l'audience, je ferai un saut là-bas pour lui parler. Au fait, ta présence est requise à la Direction des douanes pour donner ta version de l'histoire. Nos avocats ont aussi demandé à Alcott d'amener sa fille. Tant mieux : on dit qu'elle est très douée pour mettre les gens dans sa poche. Un ange descendu sur terre, paraît-il.

Rafe ignora le sarcasme. Il réfléchissait. Leur récente notoriété allait-elle les aider, ou au contraire leur nuire ? Lauren n'avait pas fait allusion à son héritage aujourd'hui, sans doute parce qu'elle était trop bouleversée d'avoir été salie par des gens qu'elle avait respectés.

— Je voulais aussi vous demander, papa... Jouez-vous toujours aux cartes avec celui que vous appelez « cette sale fouine de Nickerson » ?

19

Un peu plus tard dans la soirée, Rafe se rendit chez Barclay Howard.

Il régnait un calme inhabituel dans la résidence cossue. Les domestiques s'étaient retirés pour la nuit, et seules les veilleuses éclairaient le hall d'entrée. L'unique autre source lumineuse provenait du bureau aux rayonnages emplis de livres.

Barclay était là, en bras de chemise et chaussettes, allongé sur le canapé en cuir rembourré. Il était tellement plongé dans sa lecture qu'il n'entendit pas Rafe entrer.

Barr qui lisait autre chose que la chronique sportive ou les pronostics des courses ? Il y avait franchement de quoi s'étonner.

Rafe se pencha pour voir le titre inscrit sur la couverture.

— *Ivanhoé* ? Ah non, tu ne vas pas t'y mettre, toi aussi !

Barclay lâcha son livre et se redressa dans un sursaut, la main sur la poitrine.

— J'ai failli avoir une crise cardiaque ! Et pourquoi je ne lirais pas ça ? C'est une très bonne histoire. Et c'est très bien écrit.

Il se baissa pour ramasser le roman.

— Est-ce que c'est *mon* livre ? demanda Rafe d'un ton accusateur, les poings sur les hanches.

— Eh bien… comme tu ne l'as même pas ouvert, j'ai pensé que…

Rafe secoua la tête. Barclay était décidément particulier. Prêt à en découdre dans la rue avec n'importe quel fâcheux, mais la larme à l'œil dès qu'il entendait une berceuse ou se retrouvait face à un chiot abandonné.

Dieu seul savait ce qu'il allait devenir s'il se mettait à lire des romans.

— Mets tes chaussures et enfile ton manteau. J'ai besoin de ton aide.

— Maintenant ? Mais… j'en suis juste au passage où Ivanhoé essaie de rassembler l'argent nécessaire pour payer la rançon du roi.

— Pour l'amour de Dieu, Barr, il y a une fortune en jeu !

— Laquelle ? Celle de Mlle Alcott ? s'enquit Barclay, soudain sérieux.

— La sienne, et la mienne.

— Ah. Pourquoi ne me l'as-tu pas dit tout de suite ?

Barclay abandonna son livre et attrapa ses chaussures.

Rafe rongea son frein pendant que son ami nouait ses lacets puis allait chercher la veste posée sur le dossier d'une chaise.

— Oh, et tant que j'y pense… Tu n'aurais pas quelques armes sous la main ? Des couteaux, des matraques, un pistolet ?

Barclay lui jeta un regard noir, comme s'il venait de se faire insulter.

— Non, bien sûr, marmonna Rafe. Pourquoi diable aurais-tu besoin d'une arme ?

Quelques instants plus tard, alors qu'ils se dirigeaient vers la station de fiacres la plus proche, Rafe lui expliqua en quoi consistait l'opération : explorer l'entrepôt d'un concurrent qui avait proféré des menaces contre la société Townsend.

— Comment sais-tu ça ? demanda Barclay quand ils furent installés dans une voiture.

Rafe indiqua leur destination au cocher, qui rétorqua qu'il n'irait pas plus loin que le carrefour principal de la route menant aux docks.

Il était inutile de demander pourquoi. Les ruelles sombres du quartier des docks étaient dangereuses, et la plupart des cochers refusaient de s'y engager après une certaine heure.

Dès que la voiture s'ébranla, Rafe expliqua à Barclay qu'il avait obtenu ces informations par l'intermédiaire d'une connaissance de Lauren. Voyant son ami froncer les sourcils d'un air perplexe, il comprit qu'il allait devoir en dire plus.

— Bon... il s'agit de cette femme qu'elle a sauvée de la noyade.

— La veuve ?

— Oui.

— Alors c'est en rapport avec cette histoire d'Ange ?

— J'aimerais autant que tu ne l'appelles pas comme ça.

— Pourquoi ? Oh, je comprends ! s'esclaffa soudain Barclay. Tu ne te sentirais pas un peu coupable, toi ?

— Va te faire voir.

Barclay rit franchement.

— Susceptible, avec ça. Très bien. Alors dis-moi ce que nous allons faire quand nous serons dans cet entrepôt louche.

Peu après, le cocher les déposa près d'un rare réverbère. Ils poursuivirent à pied en direction de Cutter Lane, les mains dans les poches, les épaules voûtées, imitant l'attitude des individus qui déambulaient dans le quartier. La casquette rabattue sur le front, le col relevé pour cacher leur chemise blanche, ils se fondaient dans le décor.

Ils dépassèrent quelques tavernes d'où sortaient des clients avinés au regard éteint. À mesure qu'ils avançaient, les ruelles devenaient plus étroites et sombres.

Au bout d'un moment, Rafe saisit Barclay par le bras pour l'immobiliser devant un grand bâtiment en bois à la porte cadenassée. Il désigna la pancarte qui annonçait : *Townsend Imports*.

Ils marchèrent encore un peu et, au bout de la rue, repérèrent du mouvement du côté d'un autre bâtiment en brique et bois, près d'un quai où était amarrée une goélette.

Quelques secondes plus tard, la porte s'ouvrit et ils entrevirent quelques hommes qui déplaçaient des tonneaux en direction du quai.

Rafe fit signe à Barclay de le suivre et rebroussa chemin vers une venelle qui séparait deux bâtiments. Une volée de marches rouillées menait au toit plat de l'un d'eux.

Rapidement, ils passèrent de toit en toit pour se rapprocher de l'entrepôt de la Consolidated Shipping. Puis, à plat ventre, ils profitèrent de leur point de vue pour observer les allées et venues à l'arrière de l'entrepôt.

Une rampe avait été installée entre le quai et la goélette.

— Le bateau est plus petit que le *Clairon*, mais assez grand pour transporter une bonne cargaison, remarqua-t-il à mi-voix.

— Mais pourquoi chargent-ils en pleine nuit ? chuchota Barclay.

— Je ne vois qu'une seule bonne raison à cela. Ils ne veulent pas qu'on les voie.

Ils continuèrent d'observer et d'écouter, même s'il était difficile de comprendre ce que disaient les dockers. Cela devint encore plus compliqué quand arriva une grosse charrette pleine de marchandises recouvertes d'une bâche.

Qui bâchait des caisses, à moins d'être sous une pluie battante ? Or le ciel était dégagé.

Ils se déplacèrent pour suivre la progression de la charrette, qui s'arrêta devant l'entrée de l'entrepôt. Il y eut des jurons et des grognements quand les dockers s'aperçurent que les conducteurs avaient chargé trop de marchandises et que la pile était trop haute pour passer sous la porte.

Tandis que les conducteurs agacés dételaient les chevaux pour les ramener dans la rue, les dockers enlevèrent la bâche, puis entreprirent de décharger les caisses du haut.

Peu après, la charrette put être tirée à l'intérieur, et les portes se refermèrent. On entendit un brouhaha, des raclements, des grincements. L'activité reprit du côté du quai, obligeant Rafe et Barclay à se déplacer de nouveau sur le toit.

— Ils vont charger directement la cargaison à bord de la goélette, dit Rafe. Il doit s'agir d'une partie de ces marchandises fantômes dont parlait la veuve Trimble.

— Des marchandises fantômes ?

— Des biens qui apparaissent et disparaissent sans laisser de traces dans la comptabilité. Et bien sûr, personne ne s'acquitte des taxes.

Barclay plissa les paupières pour tenter de déchiffrer le nom écrit sur le flanc du bateau.

— Co... mar...

— *Cormoran*. C'est le nom d'un gros oiseau au long bec et aux pattes palmées. Ils plongent dans l'eau pour pêcher les poissons. J'en ai souvent vu quand je servais sous les ordres du vieux Stringer. Il connaissait toute la faune marine.

En contrebas, à bord du *Cormoran*, un homme en redingote et chapeau haut de forme apparut sur le pont pour donner des ordres. Il injuriait les dockers, les frappait à l'occasion. Il avait peut-être une allure de gentleman, mais son comportement était celui d'une brute.

— Je te parie cinq livres que ce type est le fameux Obadiah Murdoch, dit Rafe. L'intermédiaire dont parlait la veuve Trimble.

— En tout cas, on voit clairement que c'est lui qui commande. Regarde comment il se tient, sa façon de bouger... Je te parie que c'est un ancien boxeur.

Rafe fut surpris. Barclay était décidément un fin observateur de l'humanité. Dans les tavernes, il n'hésitait pas à jouer les gros bras. Vu sa taille et son gabarit, on l'avait souvent invité à monter sur le ring, mais il avait toujours refusé, arguant qu'il se battait seulement quand il ne pouvait pas l'éviter.

Au bout d'un moment, l'activité ralentit autour du quai. Les lumières se firent plus rares. Plusieurs dockers s'en allèrent en discutant d'un ton léger.

— Tu crois qu'ils ont terminé ? s'enquit Barclay.

— Sans doute, dit Rafe en levant les yeux vers la lune. Nous allons attendre encore un peu, puis nous descendrons jeter un coup d'œil.

Barclay hocha la tête et, silencieux, ils attendirent que la dernière lanterne s'éteigne sur le quai.

Un peu plus tard, celui qu'ils pensaient être Murdoch sortit par la porte principale. Il s'entretint un moment avec un type, puis s'en alla pendant que l'autre s'enfermait dans l'entrepôt.

Rafe et Barclay patientèrent encore un peu.

— Alors, tu vas épouser l'Ange ? demanda Barclay tout à trac.

— Cela sauvera nos entreprises et nos réputations. C'est la seule chose rationnelle à faire.

— Lauren Alcott mérite mieux qu'une décision « rationnelle »...

— Ça ne te regarde pas, le coupa Rafe, qui ne voulait pas entendre le conseil qui s'annonçait.

Il n'avait pas besoin d'un sermon sur l'amour et le mariage de la part d'un homme qui terrifiait la gent féminine. Parmi les célibataires de Londres, Barclay Howard était considéré comme le grand méchant loup.

En outre, Rafe estimait que personne n'avait à se mêler des sentiments qu'il éprouvait pour sa fiancée... et qu'il n'avait d'ailleurs pas encore analysés sérieusement lui-même. Il savait juste qu'il était furieux que les gazettes se servent d'elle pour faire leurs choux gras, et que le comité scolaire l'ait traînée dans la boue. Elle ne méritait pas cela.

Serait-elle mieux traitée quand elle serait devenue sa femme ? La question le turlupinait.

Trop de choses avaient mal tourné, ces dernières semaines. La presse l'avait dépeint comme un lâche et avait fait d'eux les héros d'un chapelet d'histoires grotesques.

Ils avaient été kidnappés, un bateau avait pris feu, le sauvetage de la cargaison les avait jetés dans une bataille judiciaire avec les autorités douanières, et Ledbetter avait mis le nez dans les finances de sa fiancée.

Pire, la presse insinuait que lui et Lauren étaient amants, et la jeune femme n'avait plus le droit de faire la lecture aux enfants de l'école.

Oui, les catastrophes s'étaient enchaînées. Et qu'avait-il fait ?

Il regarda son ami.

— Parle-moi d'Ivanhoé. Pourquoi est-il si extraordinaire ?

Barclay ne se fit pas prier et se lança dans le récit coloré des aventures du héros. Rafe se surprit à l'écouter avec un vif intérêt, et même à imaginer les actions de bravoure que son ami décrivait avec talent.

— Il faudra que je le lise un jour, dit-il quand Barclay se tut. Dépêche-toi de le finir, que je puisse le récupérer.

Accompagnée de son père, Lauren se présenta le lendemain matin à la Direction générale des douanes.

Les avocats de Lawrence lui avaient conseillé d'en dire le moins possible et de paraître aussi douce et fraîche qu'un matin de printemps. Elle avait donc choisi une robe en soie corail agrémentée de volants blancs, qui faisait un peu penser à une bonbonnière. Elle l'avait assortie d'un chapeau blanc à large bord orné d'un ruban corail.

En la voyant descendre l'escalier un peu plus tôt, son père avait fièrement déclaré qu'elle était la plus jolie femme de Londres.

Ce compliment, bien qu'un peu extravagant, lui avait réchauffé le cœur et lui avait donné confiance en elle.

Elle avait l'intention de répondre aux questions le plus simplement possible, en ne disant que le strict nécessaire. Elle savait que dans ce monde complexe il fallait parfois trier les vérités, voire mentir par omission.

Si l'on se montrait trop bavard, ou si l'on exprimait des opinions trop tranchées, vos paroles risquaient ensuite d'être sorties de leur contexte et utilisées contre vous.

La tension était palpable quand ils arrivèrent. Tous les regards se braquèrent sur eux, et cela n'avait sans doute rien à voir avec la simple curiosité.

Le couloir du premier étage était envahi de monde. Il y avait là des douaniers, mais aussi des employés de la compagnie.

Une voix tonitruante, reconnaissable entre mille, s'échappait de la salle d'audience.

Lauren et son père s'approchaient de la porte quand une petite voix retentit près d'elle.

— Hello, mam'zelle !

Lauren reconnut la bouille souriante de P'tit Bob. Surprise, elle ouvrit spontanément les bras pour le serrer contre elle.

Derrière lui se trouvaient Fosse et Gus, vêtus de leur meilleure vareuse. Ils avaient tous pris un bain et lissé leurs cheveux à la brillantine. Leur expression trahissait leur plaisir de la revoir, mais aussi l'anxiété générée par la situation.

— Vous êtes jolie comme un cœur, mam'zelle, lui dit Fosse, sa casquette entre les mains.

À son côté, Gus hocha timidement la tête.

Lawrence regardait les matelots avec circonspection. Lauren procéda aux présentations et expliqua quel rôle les trois marins avaient joué dans leur évasion.

— Que faites-vous ici ? demanda-t-elle à Fosse.

— M. Townsend nous a demandé de venir pour qu'on puisse raconter ce qui s'est passé. Mais on n'a pas pu entrer dans la salle : un policier nous a barré la route.

Lauren n'était pas certaine que leur témoignage les aiderait, surtout s'ils en disaient un peu trop. Néanmoins, elle devait faire confiance à Rafe, se rappela-t-elle.

Elle insista pour que son père fasse entrer les trois matelots et, après quelques pourparlers avec le policier en faction devant la porte, ils pénétrèrent dans la salle.

Un spectacle surprenant les attendait à l'intérieur : maintenu par deux policiers, Horace Townsend, écumant de rage, faisait face au sous-secrétaire Ledbetter.

— Que se passe-t-il ? s'exclama Lawrence.

— Je vais vous dire ce qui se passe ! éructa Horace. Ce sale hypocrite s'est débrouillé pour que l'audience commence plus tôt que prévu. Les inspecteurs des douanes ont été entendus alors que mes avocats et moi n'étions même pas présents !

Ledbetter jubilait visiblement.

— Les autorités douanières ont demandé que l'audience soit avancée. Vos avocats en ont été avertis, rétorqua-t-il.

— Oui, par un message qui est arrivé hier soir, après la fermeture de nos bureaux, déclara maître Hayden Charles, qui était presque aussi indigné que Horace. Ce ne sont pas des façons de procéder, Votre Honneur !

Lawrence se tourna vers le juge.

— Votre Honneur, on ne peut pas permettre à une partie d'argumenter alors que l'autre...

— Douteriez-vous de mon intégrité, monsieur ? tonna le magistrat derrière son bureau. Nous ne sommes peut-être pas à la haute cour criminelle, mais cette audience n'en reste pas moins officielle, et je ne tolérerai pas que mon objectivité soit remise en cause. Asseyez-vous, ou allez-vous-en !

Il ponctua ces paroles d'un coup de marteau retentissant.

Lawrence ravala ses protestations et obtempéra. Lauren s'assit à son côté, puis pivota sur son siège pour chercher Rafe du regard.

Elle le découvrit entouré d'une meute de policiers. Raide comme un piquet, une expression furieuse sur les traits, il avait manifestement du mal à se contrôler, lui aussi.

Ledbetter s'installa sur le côté, à l'écart des témoins, et adressa un petit signe de tête à l'inspecteur en chef des douanes.

Le juge ordonna qu'on ferme la porte, et l'audience put reprendre.

— Avec votre permission, Votre Honneur, j'appelle à la barre Rafe Townsend, déclara l'inspecteur.

Les policiers s'écartèrent pour permettre à Rafe de s'avancer face au juge.

— Votre Honneur, je vais vous préciser les circonstances de l'incendie qui s'est déclaré à bord du *Clairon*...

— Nous avons lu la version que vous avez donnée à Scotland Yard, l'interrompit l'inspecteur. Vous avez prétendu être monté à bord parce que vous étiez blessé. Mais quelles preuves avons-nous que vous dites la vérité ?

Rafe se rembrunit, puis, d'une main, souleva sa mèche pour révéler la cicatrice rosée qui ornait son front.

— Je ne mens pas. J'ai été assommé, puis transporté inconscient sur ce bateau qui appartient à ma compagnie. À bord, j'ai été soigné par Mlle Alcott, ma fiancée. Elle pourra en attester tout à l'heure. Certains membres de l'équipage se sont occupés de nous : M. Ben Fosse, M. August Perkins et le mousse Robert Little, plus connu sous le sobriquet de « P'tit Bob ». Je les ai priés d'assister à cette audience, au cas où vous souhaiteriez entendre leur témoignage…

— La parole des matelots n'est pas fiable, le coupa l'inspecteur.

Fosse s'était levé.

— J'vous demande pardon, Vot' Honneur, mais je suis pas simple matelot. Je suis maître d'équipage. Et nous sommes venus pour dire la vérité.

— Ce ne sera pas nécessaire. Nous la connaissons déjà, intervint Ledbetter.

Il ébaucha un mouvement pour se lever, mais le juge lui fit signe de se rasseoir d'un geste impérieux en fronçant les sourcils.

— C'est à moi d'en décider, gronda-t-il. Approchez, monsieur Fosse. Et dites-nous ce qui s'est passé.

20

Fosse fit un pas hésitant en avant, et se plaça finalement à la droite de Rafe.

Lauren retint son souffle. Mais sous le feu de l'interrogatoire, la version de Fosse se révéla cohérente et fidèle aux événements – hormis les circonstances de la mort du capitaine Pettigrew et l'origine de l'incendie.

Dans son dos, Gus et P'tit Bob hochaient la tête chaque fois que leur collègue prononçait une phrase.

— Et ce capitaine par intérim, Juster Morgan, qui a décidé de jeter la cargaison par-dessus bord, où est-il ?

— J'en sais rien, Vot' Honneur. Il a eu peur quand les douaniers sont montés à bord pour poser des questions, et il a pris la poudre d'escampette. Personne ne l'a revu depuis.

L'inspecteur en chef jeta un coup d'œil à Ledbetter, dans l'attente de sa réaction. Ce dernier se leva.

— Je tiens de source sûre que les officiers de Scotland Yard se sont entretenus avec le capitaine Morgan, le jour où la cargaison a été jetée à l'eau en toute illégalité. Il leur a certifié que l'incendie avait été allumé par Rafe Townsend en personne. Et que c'est sur son ordre que les marchandises ont été balancées par-dessus bord pour tenter d'échapper au fisc.

— Étant donné que ni les inspecteurs de Scotland Yard ni le capitaine par intérim ne sont présents pour appuyer vos dires, je me vois dans l'obligation de ne pas en tenir compte, déclara le juge. On ne peut pas se fier à des ouï-dire – sauf dans des cas extrêmes, comme la mort d'un témoin. Avez-vous la preuve que le capitaine Morgan serait décédé ?

— Eh bien… non, Votre Honneur. Mais nous ne sommes pas devant un vrai tribunal, argua Ledbetter, drapé dans son autorité ministérielle. Dès lors, on ne peut avoir une telle exigence au niveau des preuves.

Le visage du magistrat se figea. Sans mot dire, il dévisagea Ledbetter, puis l'inspecteur des douanes. Lauren saisit la main de son père.

— Et avec tout le respect que je vous dois, Votre Honneur, reprit Ledbetter d'un ton sec, le fait que la cargaison du *Clairon* ne se trouve pas dans l'entrepôt Townsend est bien la preuve qu'il a voulu se soustraire aux taxes.

Un murmure parcourut l'assistance.

Horace vint se placer à la gauche de Rafe.

— C'est un mensonge ! s'écria-t-il. La cargaison est toujours chez nous. Et mes hommes la surveillent, puisque les douaniers qui en ont fait l'inventaire ont bizarrement déguerpi hier.

Le juge soupira.

— Vous prétendez que la cargaison est là… alors que M. Ledbetter affirme qu'elle s'est volatilisée. Et personne ne sait où se trouve le capitaine Morgan. Quant à moi… je suis ici pour faire respecter les lois de Sa Majesté. Inspecteur, avez-vous en votre possession le manifeste d'expédition qui se trouvait à bord du bateau et le compte rendu d'inventaire effectué à l'entrepôt ?

— Oui, Votre Honneur.

Le juge se leva alors et demanda à son assistant de faire avancer sa voiture.

— Je veux voir de mes propres yeux si ces marchandises sont là, décréta-t-il.

Un brouhaha s'éleva dans la salle d'audience, tandis que le magistrat ajoutait que Lauren et Horace monteraient dans sa voiture et que les autres se débrouilleraient pour trouver un autre moyen de locomotion.

Lauren lança un regard à Rafe, qui parut se détendre un peu. Il prit une profonde inspiration, puis pivota vers Lawrence pour lui demander s'il y avait de la place dans sa voiture pour lui et les trois matelots.

— J'imagine que nous pourrons tous tenir en nous tassant un peu, répondit Lawrence.

Dans la confortable voiture du juge, Lauren se retrouva assise à côté de son volcanique futur beau-père. Son cœur s'emballa quand le regard acéré du magistrat se posa sur elle. Il lui demanda de raconter sa version des faits.

— Je me suis inquiétée quand j'ai vu Rafe Townsend partir pour les docks au milieu de tous ces émeutiers. Je craignais qu'il ne se lance dans quelque action téméraire et... naturellement, c'est ce qui s'est produit.

Elle se surprit elle-même en prononçant ces mots, glissa un coup d'œil à Horace.

— La foule était déchaînée, reprit-elle, et Rafe a courageusement tenté de ramener tout le monde à la raison. Il a parlé avec son cœur, exhorté les dockers à se disperser pour ne pas envenimer la situation. Mais une bagarre s'est déclenchée. Les dockers ont voulu envahir la capitainerie et, une fois de plus, Rafe s'est interposé. Puis quelqu'un l'a frappé à la tête et... je n'ai pas réfléchi. Je me suis précipitée. Avec l'aide d'un jeune garçon, j'ai réussi à traîner Rafe à l'écart, du côté du quai. C'est là que nous sommes tombés sur des hommes du *Clairon*. Ils m'ont dit que Rafe serait en sécurité à bord, et qu'ils possédaient une pharmacie qui permettrait de le soigner. Alors j'ai décidé de les accompagner.

» Nous avons été très mal accueillis par Juster Morgan, mais le capitaine Pettigrew était un homme honorable. Il nous a donné une cabine, des médicaments et des pansements. Au bout d'un moment, Rafe a repris conscience. Puis le feu s'est déclaré à bord. Ce fut le chaos. Nous avons appris que le capitaine était mort... Rafe et Morgan se sont battus... Morgan m'a bousculée et je suis tombée à l'eau... et Rafe m'a sauvée.

Elle s'interrompit, surprise de la manière dont elle venait de formuler les choses.

Le juge la dévisagea un moment, avant de se tourner vers Horace.

— Ajoutez-vous foi à ce témoignage, monsieur Townsend ?

Horace regarda Lauren en clignant des yeux.

— Cette jeune femme a démontré qu'elle est aussi courageuse que dévouée. Je ne m'étonne plus que la presse populaire la considère comme un ange. Bien sûr que je la crois, Votre Honneur. J'ai toute confiance en elle.

Lauren se détendit, heureuse de recevoir le soutien de Horace. Elle repensa à ce qu'elle venait de dire. Rafe l'avait bel et bien sauvée. Il s'était comporté en héros.

Le juge ne posa plus de questions et, dans le silence qui retomba, tous trois s'abîmèrent dans leurs pensées. Bientôt, ils arrivèrent devant l'entrepôt principal des Townsend et furent accueillis par les mêmes policiers et douaniers qui surveillaient les lieux la veille.

En plein jour, le hangar ressemblait à une sorte de caverne d'Ali Baba avec ses étagères débordant de marchandises diverses. Mais au centre de l'entrepôt, là où avait été stockée la cargaison du *Clairon*... il n'y avait plus rien.

Horace pila net en écarquillant les yeux.

— Mais... que s'est-il passé ? Tout était là quand je suis parti hier soir ! s'écria-t-il, sans parler à quelqu'un en particulier.

Il pivota vers Ledbetter, qui clamait déjà que les Townsend avaient subtilisé la cargaison pour la cacher quelque part ou la revendre à la hâte, afin d'effacer toute trace de leur fraude. Horace se rua vers lui, mais fut retenu par Rafe et deux policiers.

— Nous n'avons rien à voir là-dedans ! s'exclama Horace. Pourquoi aurions-nous dissimulé des marchandises en plein litige ? Ce serait vraiment se tirer une balle dans le pied !

Rafe jeta un regard inquiet autour d'eux.

— Où sont Jake, Willie et les autres ?

Horace se calma aussitôt.

— Il faut les retrouver. La cargaison n'a pas pu s'envoler pendant qu'ils étaient de garde.

Les trois employés ne tardèrent pas à se manifester. Jake Cavender s'approcha en titubant. Il avait du sang coagulé sur sa chemise et le visage meurtri. Willie Evers et un autre docker furent découverts recroquevillés dans un coin. Ils se tenaient le ventre en gémissant.

— Que s'est-il passé ? demanda Rafe en offrant un mouchoir à Jake pour qu'il puisse éponger la blessure sur son front.

Il l'aida à s'asseoir sur une caisse. Jake s'était visiblement bien défendu contre leurs agresseurs.

Lauren n'entendit pas la réponse de l'employé, car quelqu'un venait de tirer sur les plis de sa jupe. Elle pivota. C'était Jims Gardiner, à bout de souffle et en sueur.

— Jims ? chuchota-t-elle. Que fais-tu ici ?

— Des types... ont essayé de forcer les portes... de l'entrepôt de Cutter Lane, haleta-t-il. Il faut... prévenir le patron.

— Avaient-ils des torches ? Du kérosène ? Ont-ils réussi à entrer ?

— Non. Ils sont repartis et... nous les avons perdus de vue.

La cargaison du *Clairon* s'était évaporée dans la nature, et des gens avaient tenté de s'introduire dans le vieil entrepôt. Ce n'était certainement pas une coïncidence, réfléchit Lauren.

Elle jeta un regard en direction de Rafe, qui essayait d'empêcher son père et Ledbetter d'en venir aux mains, pendant que l'inspecteur des douanes interrogeait les veilleurs de nuit. La situation était déjà suffisamment critique sans qu'elle annonce une autre calamité.

Prenant sa décision, elle saisit Jims par la main et l'entraîna dehors.

— Emmène-moi là-bas.

— Mais, mam'zelle... je suis venu chercher le patron...

— Il a déjà du pain sur la planche.

— Il va déjeuner ?

Elle soupira.

— Cela veut dire qu'il est déjà occupé par ailleurs. Je vais jeter un coup d'œil là-bas et revenir l'alerter si nécessaire. Allons-y.

Jims lui fit traverser plusieurs rues, puis l'entraîna dans une venelle où elle dut relever ses jupes et sautiller çà et là pour éviter de marcher dans des flaques ou des amas de détritus suspects. Le garçon s'arrêta devant l'entrepôt, dont la porte cadenassée était surmontée d'une pancarte au lettrage pâlissant.

Lauren leva les yeux sur la façade vermoulue. Ces vieilles planches n'avaient pas l'air très solides et pouvaient facilement prendre feu.

Elle jeta un coup d'œil dans la rue et ne remarqua rien d'extraordinaire : un chien errant, un vieux bonhomme qui avançait en titubant. Elle était en train de se demander si ce dernier avait besoin d'aide, quand Jims la saisit vivement par le bras pour la faire reculer dans la venelle. Plaqués contre le mur, ils virent deux grands gaillards armés de barres de fer passer dans la rue.

Quelques secondes plus tard, on entendit un bruit de verre brisé.

— Est-ce que cela vient de l'entrepôt Townsend ? chuchota Lauren.

— Je vais voir...

Avant qu'elle ait le temps de protester, Jims s'élança dans la rue.

— Jims ! appela-t-elle d'une voix étouffée.

Pas de réponse.

Pestant contre les hommes en général, qui restaient des têtes de mule du berceau à la tombe, elle essaya de le rattraper. La rue était déserte. Elle se rendit compte que Jims s'était glissé dans l'espace étroit qui séparait l'entrepôt Townsend du hangar voisin. Mince comme il était, il n'avait aucun mal à progresser, mais Lauren songea qu'avec son chapeau et sa tournure, il lui était impossible de le suivre.

Rebroussant chemin, elle alla inspecter la porte. Son regard se posa sur le gros cadenas, et une idée lui vint. Elle retira son épingle à chapeau, la ficha dans les plis de sa jupe, puis ôta son chapeau et explora son chignon. Elle récupéra deux épingles à cheveux, les tortilla ensemble pour les rendre plus solides, puis inséra cette clé improvisée dans la serrure du cadenas.

Elle dut s'y reprendre à plusieurs fois pour forcer les goupilles rouillées, mais finalement le crochet se souleva dans un déclic.

Lauren retint un petit cri de joie. Elle dégagea le cadenas, entrebâilla les deux battants qui grincèrent sur leurs charnières, puis se glissa à l'intérieur de l'entrepôt.

L'endroit était plus grand qu'elle ne l'avait cru. La lumière qui entrait par les vasistas lui permettait de voir le plancher poussiéreux, des piles de caisses vides et des tonneaux rouillés. Il n'y en avait pas beaucoup, mais Lauren savait que le gros des marchandises était en général entreposé au fond du hangar, près de la porte qui donnait sur le quai.

Alors qu'elle avançait, elle remarqua soudain des empreintes de pas dans la poussière… d'abord quelques-unes, puis de plus en plus…

Elle s'immobilisa, tendit l'oreille, et perçut un craquement derrière elle.

Elle fit volte-face, poussa un cri étouffé.

Deux dockers à la mine patibulaire la regardaient, leurs bras musclés croisés sur la poitrine.

— Mais qui… Que faites-vous…

— Merci beaucoup d'avoir ouvert la porte, m'dame. On n'avait pas réussi, ricana le plus grand, qui avait le nez bosselé et plusieurs cicatrices sur le menton et le front.

Lauren se redressa de toute sa taille en s'efforçant de ne pas se laisser intimider par leurs airs goguenards et leurs regards appréciateurs.

— Cet entrepôt appartient à mon fiancé. Je suis venue jeter un coup d'œil parce qu'on m'a dit qu'il se passait des choses louches. M. Townsend est prévenu, et je vous conseille de déguerpir avant qu'il arrive. Il n'apprécierait pas de vous trouver ici. C'est une violation de propriété, et cela l'inciterait à penser que vous aviez de mauvaises intentions.

Le plus râblé, dont le nez semblable à une fraise trahissait le penchant pour le gin, ricana avec insolence et prit son acolyte à témoin.

— T'entends ça ? Sa Seigneurie n'apprécie pas qu'on « viole sa propriété » !

Tête haute, Lauren essaya de les contourner, mais le balafré vint se planter devant elle.

— Où allez-vous comme ça, ma jolie ?

Un fracas soudain ébranla les murs du vieil entrepôt. Un nuage de poussière s'éleva au fond du bâtiment, et une odeur de poudre envahit les narines de Lauren. Elle se retourna et réalisa que la porte côté quai avait volé en éclats. Elle distingua plusieurs silhouettes masculines, aperçut dans leurs mains des barres de fer et des filets de transport.

— Trop tard, ma jolie. Maintenant, on est obligés de vous emmener, gronda le balafré.

Ils se saisirent d'elle. Elle eut beau se débattre, ils ne tardèrent pas à lui lier les poignets dans le dos. Elle voulut crier. Une grosse patte la gifla. Étourdie, elle sentit qu'on lui fourrait un mouchoir dans la bouche. Puis on l'entraîna vers le quai, où était amarrée une goélette. Une bande de peinture jaune ornait la coque noire entre le pont et la ligne de flottaison.

Des hommes étaient en train de faire rouler des tonneaux sur la rampe d'accès. Lauren fut hissée à bord comme un vulgaire paquet. Sur le pont, un homme coiffé d'un gibus et vêtu d'une redingote démodée houspillait les dockers.

Ce ne pouvait être que l'odieux Murdoch, le gérant de la Consolidated Shipping dont lui avait parlé Mme Trimble.

— Qu'est-ce que c'est que ça ? éructa-t-il en voyant Lauren.

— Cette fille nous a surpris dans l'entrepôt. Elle dit qu'elle est la fiancée de Townsend, se justifia le balafré.

— Oh, vraiment ?

L'homme au gibus enveloppa Lauren d'un regard acéré, nota la qualité de ses vêtements et son regard défiant, qui n'était pas celui d'une simple fille du peuple.

D'un geste rude, il attrapa son menton pour lui relever la tête, lui meurtrissant la mâchoire.

— C'est un contretemps inattendu, dit-il avec un sourire cauteleux. Mais les problèmes deviennent parfois de belles occasions. Je crois que vous allez nous servir, ma jolie.

Il se pencha, et elle sentit son souffle qui empestait l'absinthe.

— Il y a toujours moyen de se servir d'une femme, ajouta-t-il en la relâchant avec un rire salace.

Sans ce mouchoir qui lui bloquait la bouche, elle lui aurait craché dessus.

Il ordonna qu'on l'entrave plus étroitement et qu'on l'enferme. Alors qu'on l'entraînait vers l'écoutille principale, elle entendit des cris et tourna la tête, juste à temps pour voir un marin gifler Jims à la volée.

— C'est la dernière fois que tu me mords, sale petit morveux !

La terreur envahit Lauren quand on lui fit descendre l'escalier de bois avant de la conduire dans une cabine. Elle eut beau se démener, on la jeta sur la couchette, puis on lui lia les chevilles. Les marins en profitèrent pour la peloter sans vergogne, tout en décrivant en termes crus ce que Murdoch avait l'intention de lui faire.

Humiliée et horrifiée par ce qui l'attendait, elle retomba sur le matelas. Dans son malheur, elle n'oubliait pas Jims. Personne ne savait qu'ils étaient partis. Nul n'aurait l'idée de les chercher à bord de cette goélette. Et à l'instant, elle avait vu des matelots vérifier les voiles, tout en incitant les autres à se dépêcher de charger la cargaison. Ils s'apprêtaient donc à partir.

Qu'adviendrait-il d'elle et de Jims s'ils quittaient le port ?

Pour la première fois de sa vie, elle ne voyait pas d'issue. Aucune échappatoire. Personne ne viendrait à leur aide.

Et Rafe ? Le reverrait-elle un jour ?

Elle se remémora la chaleur de ses bras autour d'elle, la douceur de ses baisers, la tendresse avec laquelle il l'avait réconfortée quand le comité l'avait bannie de l'école...

Elle avait perdu tant de temps à le critiquer...

Des larmes roulèrent sur ses joues, jusque dans ses cheveux.

Si par bonheur elle le revoyait, elle lui dirait à quel point il comptait pour elle, combien elle tenait à lui, combien elle le respectait et... combien elle l'aimait.

Si elle le revoyait...

21

Dans l'entrepôt Townsend, les accusations et imprécations fusaient. Le juge réclama le silence d'une voix de stentor et ordonna à la police portuaire d'arrêter le prochain qui oserait parler sans sa permission.

Un silence tendu retomba. S'appuyant pesamment sur sa canne, le magistrat s'approcha des trois employés qui s'étaient assis par terre.

— Vous deux, dit-il en désignant Jake et Willie, pouvez-vous me dire à quoi ressemblaient ceux qui vous ont agressés ? Les connaissiez-vous ?

Jake haussa les épaules.

— Leurs visages étaient dissimulés sous un mouchoir. Et ils n'ont pas dit grand-chose. Ils ont fait irruption ici dès que Willie a ouvert la porte. Mais en tout cas, ils savaient se battre !

Le juge se tourna vers Willie, qui eut un petit mouvement de recul involontaire.

— J'en suis pas sûr, mais j'ai cru reconnaître un type qui a travaillé avec nous. Un grand gars mince, avec une grande gueule. Tu te rappelles, Jake ? Tu t'es enguirlandé avec lui, un jour. Le patron l'a viré parce qu'il avait volé.

— Morris ?

— Oui, c'est ça. On l'appelait « Mo ».

— Bien, alors nous avons une piste pour savoir de quel côté chercher cette cargaison, déclara le juge.

Furieux du tour que prenaient les choses, Ledbetter s'interposa.

— Voyons, Votre Honneur, ce qui s'est passé ici saute aux yeux. Vous n'êtes pas naïf à ce point. Vous voyez bien que tout cela n'est qu'une mise en scène orchestrée par les Townsend...

— Officier, arrêtez cet homme, ordonna le juge en désignant Ledbetter.

L'incrédulité cocasse qui se peignit sur les traits du sous-secrétaire rachetait presque les problèmes qu'il avait créés. Rafe échangea un regard avec son père et ravala un sourire.

— C... comment osez-vous traiter un membre du gouvernement de Sa Majesté avec un tel manque de respect ! postillonna Ledbetter, encadré par deux policiers. Je vous garantis que le ministre va en entendre parler !

Le juge s'approcha de lui.

— Vous aurez tout loisir de vous plaindre plus tard, mais pour l'heure je veux savoir comment vous avez su que la cargaison avait disparu. Vous étiez au courant dès ce matin. Qui vous l'a dit, et quand ? Je vous préviens : vous avez intérêt à me dire la vérité. Vous marchez déjà sur une couche de glace très fragile.

— C'est vous qui prenez des risques, riposta Ledbetter sans se démonter. Ce n'est pas moi qui suis accusé. Je n'ai pas à subir un interrogatoire comme un vulgaire fonctionnaire de bas étage. J'ai des relations haut placées dans la magistrature... et aussi au gouvernement. Je peux vous faire radier.

Et maintenant que je vois comment vous menez une instruction, je suis surpris que cela ne soit pas arrivé plus tôt !

On entendit quelques murmures offusqués parmi ceux qui assistaient à cet affrontement entre le pouvoir judiciaire et l'exécutif.

Tout le monde fut surpris quand le juge éclata de rire.

— Vous vous croyez très influent, hein ? Et vous voulez démontrer votre toute-puissance en vous déchaînant contre Townsend pour quelques caisses et quelques barriques. Mon vieux mentor m'a dit un jour qu'un homme doit faire très attention en choisissant ses ennemis. À l'évidence, vous n'avez pas bénéficié de la sagesse d'un mentor. Vous devriez savoir, monsieur le sous-secrétaire, qu'en tant que magistrat en retraite de la Haute Cour de justice, je suis libre de choisir les audiences où je siège. Si j'ai pris cette affaire, c'est parce que le ministre du Commerce lui-même me l'a suggéré. Il se posait beaucoup de questions sur l'augmentation des taxes et les problèmes que vous causez. Et quand vous sortirez de prison, vous vous rendrez compte que l'on vous reproche bien plus que votre ingérence discutable dans cette histoire.

Le magistrat avisa les policiers, qui semblaient plutôt mal à l'aise au milieu de ce conflit.

— Emmenez-le au poste, leur enjoignit-il. Inscrivez son nom et sa profession sur les registres pénaux. Il ne sera relâché que sur mon autorisation expresse.

Alors que les policiers entraînaient Ledbetter qui s'étouffait d'indignation, Rafe pressa le bras de son père pour l'inciter à faire profil bas. La situation ne se résumait pas aux abus de pouvoir de Ledbetter et à sa vendetta personnelle contre Horace. Le juge n'était manifestement pas du genre à se laisser faire et il avait l'intention d'aller au fond des choses.

Pour la première fois depuis une bonne heure, Rafe chercha Lauren du regard. Mais son attention fut réclamée par le juge, qui demandait où la cargaison avait bien pu passer. Rafe décida que le moment était venu de révéler certaines choses.

— Des menaces ont été proférées contre nos entrepôts. Une connaissance nous a prévenus qu'un de nos concurrents risquait de s'en prendre à nous. Nous avons découvert que leur entrepôt est situé juste à côté de notre vieux hangar de Cutter Lane. Je n'aime pas accuser sans preuves formelles, mais… je crois qu'il serait bon de s'intéresser à la compagnie Consolidated Shipping.

Le juge hocha la tête en grommelant, à la fois pour marquer qu'il prenait note de l'information et également pour signifier une fois de plus qu'il n'aimait guère se fier aux rumeurs.

— Emmenez-moi là-bas, et voyons si nous pouvons glaner quelques informations utiles, décida-t-il.

Escortés de plusieurs policiers, le juge, Horace, Rafe et Lawrence prirent la direction de Cutter Lane.

À leur arrivée, Rafe se pétrifia en voyant la porte de l'entrepôt grande ouverte.

Le cadenas gisait par terre.

Il se précipita à l'intérieur et s'immobilisa de nouveau à la vue de la porte arrière fracassée.

Son père le rejoignit, haletant.

— Bon sang de bois !

Pendant que les policiers examinaient les dégâts et prenaient des notes, Rafe déboucha sur le quai.

Comme le juge apparaissait à son côté, il exprima ses pensées tout haut.

— Pourquoi a-t-on forcé la porte de ce vieux hangar ? Les marchandises entreposées ici n'avaient pas grande valeur.

Il flottait dans l'air une forte odeur de poudre. On avait manifestement fait exploser la porte à l'aide d'une petite bombe, suffisamment précise pour ne pas endommager les marchandises stockées à l'intérieur. Les cambrioleurs ordinaires étaient rarement des artificiers…

Un officier de police qui venait d'inspecter le quai rebroussa chemin dans leur direction. Il tenait quelque chose entre ses mains. Rafe eut l'impression de recevoir un coup de poing dans l'estomac en reconnaissant le chapeau blanc à rubans roses de Lauren.

— Où avez-vous trouvé ça ? s'exclama-t-il.

— Un peu plus loin, sur le quai.

Rafe tourna les talons et courut rejoindre Lawrence et Horace dans l'entrepôt.

— Lauren était ici. Les types qui se sont introduits dans l'entrepôt pour voler nos marchandises l'ont enlevée !

— Voyons, fiston, tu vas un peu vite en besogne. Pourquoi diable… ?

— Ils l'ont emmenée, vous dis-je ! J'ignore pourquoi elle est venue ici, mais nous avons retrouvé son chapeau sur le quai.

Lawrence poussa un gémissement.

Fosse, Gus et P'tit Bob s'approchèrent.

— Pardon, m'sieur… mais tout à l'heure, j'ai vu votre fiancée parler à ce garçon… celui qu'était sur le *Clairon* avec vous, intervint P'tit Bob.

— Jims ? Il est venu la chercher ?

Rafe ne savait pas si c'était une bonne ou une mauvaise nouvelle. Jims et ses camarades n'étaient pas les derniers à faire des bêtises.

Il retourna dehors, longea le quai jusqu'à l'emplacement où était amarrée la goélette dont lui et Barclay avaient épié le chargement la veille. Le bateau avait disparu.

Un frisson d'angoisse le parcourut.

Il pivota face à l'entrepôt de la Consolidated Shipping, cogna du poing contre la porte, mais personne ne répondit. Des gardiens étaient pourtant censés surveiller les lieux.

Il se déplaça sur le côté du bâtiment, repéra une fenêtre située en hauteur. Après être retourné chercher un tonneau, il grimpa dessus, jeta un coup d'œil dans le hangar. Tout était sombre. Apparemment, l'endroit était désert.

Armé d'un gros caillou, il brisa la vitre, indifférent aux policiers qui étaient dans les parages. Comme il arrachait les derniers bouts de verre coincés dans la rainure, il entendit un coup de sifflet, esquissa un sourire ironique. Que risquait-on quand on commettait un délit d'effraction sous le nez d'un juge ?

Il se glissa à l'intérieur.

Quand ses yeux se furent acclimatés à la faible luminosité, il se déplaça à la recherche d'une pièce qui aurait pu servir de bureau. Il n'y en avait pas, mais il découvrit une table installée dans un coin, près d'une étagère. Celle-ci contenait divers documents, des tarifs douaniers, des bordereaux d'expédition jaunis. Quelques feuilles avaient été jetées dans la corbeille. Les tiroirs de la table ne recelaient que de la poussière, un flacon d'encre séchée et des morceaux de papier buvard.

Si l'entreprise tenait une comptabilité, les registres n'étaient pas ici, et Rafe ne trouva aucun indice sur la destination qu'aurait pu prendre la goélette.

Il serra les poings. Lauren avait bel et bien disparu, ce qui signifiait qu'elle était forcément à bord du *Cormoran*. Celui-ci était parti depuis moins de deux heures. Combien de temps lui faudrait-il pour rejoindre la Tamise, puis la Manche ?

Alors que des coups retentissaient contre la porte du fond, il attrapa une vieille échelle pour atteindre le vasistas et grimper sur le toit plat et goudronné.

De là, les dockers pouvaient surveiller l'arrivée des bateaux qui venaient s'amarrer au quai avant de décharger leur cargaison. La main en visière, Rafe scruta les eaux du port. La plupart des embarcations étaient ancrées loin des pontons. Les marins étaient toujours en bisbille avec les douanes. Il y avait peu de mouvement parmi la forêt de mâts dressés… mais, au bout d'un moment, il repéra un bateau engagé dans le canal qui reliait le port à la Tamise. Sans en être absolument certain, il crut discerner un deux-mâts avec la grand-voile et l'artimon déployés.

Le navire s'apprêtait à déboucher dans le fleuve.

Le ventre noué, Rafe serra les poings. Des images terrifiantes défilaient dans son esprit.

Il avait besoin d'un bateau.

Allongée sur la couchette, le corps engourdi, Lauren percevait à peine le roulis du navire. Étroitement ligotée, les mains coincées dans le dos, elle avait très mal aux épaules. Mais le pire était de savoir qu'on l'emmenait loin de chez elle, loin de sa famille et de Rafe.

Combien de temps leur faudrait-il pour comprendre qu'elle avait été enlevée ? Et combien de temps ensuite pour faire le lien avec les gamins qui surveillaient Cutter Lane et le maudit Murdoch ?

Tout cela était sa faute. C'est elle qui avait eu l'idée de mettre le feu au *Clairon* pour créer la pagaille et sauver la cargaison. Elle s'était crue très maligne, elle avait convaincu Rafe de participer à son plan, avait entraîné Jims, Fosse, Gus et P'tit Bob, ainsi que le reste de l'équipage...

Et maintenant, Townsend Imports était sous le coup d'une enquête douanière. Le pauvre Jims était enfermé quelque part sur ce bateau qui les emmenait Dieu sait où. Fosse, Gus et P'tit Bob faisaient face au juge. Et elle était menacée de viol par un scélérat qui volait les veuves et les orphelins.

La situation n'aurait pu être pire.

Elle fouilla la cabine du regard, cherchant n'importe quoi qui pourrait l'aider à se libérer. Il n'y avait là rien d'utile... un compas, quelques rouleaux de cartes maritimes, un flacon d'encre, des vieilles plumes, un échiquier...

Son regard revint se poser sur les plumes. Il fallait les tailler régulièrement, aussi devait-il y avoir un canif non loin. Elle se rapprocha du bord de la couchette, tenta de se mettre debout... mais retomba sur le dos.

Alors que son moral touchait le fond, la porte de la cabine s'ouvrit sur Obadiah Murdoch qui arborait un sourire satisfait.

Il ôta son chapeau, le posa sur la table, puis se tourna vers la couchette, une lueur métallique au fond des yeux.

Avec une moue faussement compatissante, il se baissa pour enlever le mouchoir qui bâillonnait Lauren. Son regard salace glissa sur elle.

— Pauvre petite demoiselle. Voilà. C'est mieux, n'est-ce pas ?

— Que… Qu'allez-vous faire de nous ? demanda-t-elle d'une voix enrouée.

— *Nous ?* Ah oui, vous parlez de ce mioche. Bah ! Il pourra toujours servir d'appât à poisson. Vous devriez plutôt vous inquiéter pour *vous*.

— Mes liens sont si serrés que je ne sens plus mes mains ni mes pieds. Vous feriez aussi bien de me jeter tout de suite à l'eau, cela vous évitera des ennuis.

— Vous croyez que vous allez me créer des ennuis ?

— C'est ce que je fais partout où je vais. Demandez à Rafe Townsend, mon fiancé. Il n'en demandait pas tant, le pauvre.

Après une hésitation, Murdoch alla chercher un couteau dans le tiroir de la table et revint couper ses liens. Lauren se redressa tant bien que mal. Murdoch recula et posa le couteau sur la table, en prenant soin de ne pas lui tourner le dos. Il était plus malin qu'il n'en avait l'air.

— Eh bien, nous verrons cela, cher Ange.

Il sourit en la voyant écarquiller les yeux.

— Oh, je sais qui vous êtes. J'ai entendu parler de vous.

Il ôta sa redingote, la posa sur le dossier de la chaise, puis commença à déboutonner son gilet.

Le cœur de Lauren s'affola.

— Vous ne m'offrez même pas un verre d'eau ? se plaignit-elle d'une voix chevrotante.

— Pardon. C'est grossier de ma part.

Il retourna près de la table, saisit la carafe et remplit un verre.

— Gardez les mains derrière le dos et tenez-vous tranquille. Au moindre mouvement, je vous punis, menaça-t-il.

Il garda le verre en main et la fit boire. Lauren était trop assoiffée et épuisée pour tenter quoi que ce soit en cet instant, aussi obéit-elle. L'eau était fraîche et lui parut délicieuse. Lorsque Murdoch s'écarta, elle se sentait mieux et ses méninges s'étaient remises à fonctionner.

Comme Murdoch portait les mains à ses boutons de chemise, elle poussa un soupir blasé.

— Vraiment, vous n'avez pas beaucoup d'imagination…

— En effet, mon ange. Et ce n'est pas un talent auquel j'aspire.

— Pourtant, vous vous exprimez comme un gentleman… du moins, quand vous n'insultez pas vos hommes. Et vous avez une certaine classe.

Elle l'enveloppa d'un regard appréciateur. Titiller la fierté d'un homme était toujours un bon calcul, et elle voulait gagner du temps.

— Vous vous rendez bien compte que je n'ai pas assez d'expérience pour vous faire passer un moment inoubliable ?

— Justement, cela aura le parfum de la nouveauté. Je ne crois pas avoir jamais eu une vierge, même si certaines affirmaient l'être.

— En revanche, je peux vous offrir une expérience que vous n'avez jamais vécue.

— Quoi donc ?

— Une défaite écrasante aux échecs.

Il la dévisagea, éclata de rire.

— Vous cherchez juste à gagner du temps, mais ça ne changera rien à l'issue, vous savez.

— Peut-être serai-je sauvée à temps ?

— Eh bien, au moins vous êtes franche. J'admets que je n'ai jamais affronté une femme sur le plan de l'intelligence.

— Vous trouverez peut-être cela plus agréable que prévu ?

Il soupira.

— Bon sang, êtes-vous aussi têtue avec votre fiancé ?

— Pourquoi croyez-vous que nous ne sommes toujours pas mariés ? répliqua-t-elle, soulagée de voir qu'elle avait réussi à le distraire de ses appétits lubriques - au moins pour un moment.

— Barr !

Rafe venait de faire irruption chez Barclay, suivi des trois matelots. Ces derniers s'immobilisèrent dans le hall pour jeter des regards admiratifs à cet environnement luxueux, tandis que Rafe déboulait dans le bureau du maître de maison.

Confortablement installé dans une bergère qui avait dû appartenir jadis à quelque aristocrate aux goûts dispendieux, Barclay était plongé dans la lecture du roman qu'il avait dû abandonner la veille pour accompagner Rafe aux docks.

À son entrée, il leva le nez de son livre, la mine renfrognée.

— Tu ne vas pas recommencer ! Il ne me reste plus que quelques pages à lire...

— Barr, j'ai besoin d'aide. Elle a été enlevée !

Barclay se redressa dans un sursaut, sans toutefois lâcher son précieux livre.

— Qui ? Mlle Alcott ?

— Oui. Par ce salopard de Murdoch et ses sbires de la Consolidated. Elle s'est rendue à l'entrepôt de Cutter Lane et les a surpris en train de piller la place. Du moins, je suppose que cela s'est passé ainsi. Le *Cormoran* a quitté le port juste après. Bon sang, elle aurait dû me prévenir ! Mais non, il a fallu qu'elle joue encore les héroïnes !

Barclay enfilait déjà sa veste. Il appela son majordome.

— Es-tu sûr qu'ils l'ont kidnappée ? Qu'elle n'est pas quelque part en ville en train d'accomplir une bonne action ?

— Elle était présente à l'audience ce matin, et elle nous a accompagnés avec le juge à l'entrepôt principal. Plus tard, nous avons découvert son chapeau sur le quai de Cutter Lane, juste à côté de l'endroit où était amarré le *Cormoran*.

Barclay glissa *Ivanhoé* sous son bras.

— Elle est peut-être partie faire des emplettes ou essayer une robe chez la couturière ? Les femmes passent toujours un temps fou en essayages...

— Bon sang, Barr, elle a disparu et je te dis que c'est Murdoch qui l'a enlevée ! rugit Rafe, prêt à étriper son ami. Vas-tu nous donner un coup de main, oui ou non ?

— *Nous ?* De qui parles-tu ?

Rafe lui saisit le bras et l'entraîna dans le hall, où ils retrouvèrent les trois marins bouche bée devant les moulures du plafond et les tableaux aux encadrements dorés. À leur vue, ces derniers se raidirent, comme au garde-à-vous.

Rafe procéda rapidement aux présentations.

— Voici le maître d'équipage Fosse, le matelot Gus et le mousse P'tit Bob. Ils travaillaient sur le

Clairon et sont venus témoigner à l'audience de ce matin.

— Bonjour, messieurs. Et maintenant, Rafe, dis-moi ce que tu as en tête ?

— Il faut sauver Lauren.

— Nous partons en mer ? Mais… comment ?

— À bord du *Clairon*. Fosse m'a assuré que le navire était encore capable de naviguer. L'incendie n'a touché ni les mâts ni la roue à aubes. Le pont est brûlé par endroits, mais nous nous débrouillerons.

— Il y a un problème, patron, intervint Fosse, la mine soucieuse. Nous n'avons pas de capitaine.

— Bah ! En avons-nous vraiment besoin ? demanda Barclay.

Rafe lui jeta un regard incrédule.

— Bien sûr que nous en avons besoin !

Il réfléchit un instant, et un nom jaillit dans son esprit.

— Vite, il faut aller au Crystal Palace.

Barclay mit une seconde à comprendre ce qu'il avait en tête.

— Oh, non ! gémit-il.

— Tu as une autre solution ?

— Il doit y avoir cinquante capitaines désœuvrés près du port…

— Mais aucun n'acceptera d'abandonner sa cargaison pour monter à bord d'un bateau à moitié carbonisé.

— Tu viens de dire que le *Clairon* pouvait naviguer !

— Il flotte, et il a des voiles. Pour un loup de mer, c'est amplement suffisant.

Rafe se dirigeait déjà vers la porte. Barclay soupira.

— Eh bien, j'espère que vous avez tous fait votre testament !

Le capitaine Harlow Stringer était comme d'habitude installé au petit café du Crystal Palace. La joue calée dans sa main, il affichait une mine morose et semblait s'ennuyer ferme. À cette heure, la foule de promeneurs s'était dispersée et il n'y avait plus grand monde pour l'écouter raconter ses exploits.

À la vue de Rafe et de ses compagnons, il se redressa. Rafe lui fit un salut militaire. Le vieux capitaine se leva et l'imita.

— Que fais-tu ici en si curieuse compagnie, mon garçon ? s'étonna-t-il en avisant les trois matelots qui regardaient d'un air impressionné les rangées de médailles ternies sur sa poitrine.

— Il nous faut un capitaine aguerri pour accomplir une mission périlleuse.

— Vraiment ? Explique-moi ça, dit Stringer en grattant sa barbe.

— Ma fiancée… Vous vous souvenez d'elle ? Lauren Alcott. Elle a été kidnappée par un équipage félon. Nous devons nous lancer à leur poursuite. Nous n'avons pas le meilleur des bateaux, et il faudra sans doute monter à l'abordage, mais… rien ne m'empêchera de la rejoindre ! Et vous êtes mon seul espoir, capitaine.

— Quel genre de bateau ?

— Un cargo, coque en fer, à voile et à vapeur. Seulement trois hommes d'équipage, mais ce sont de braves types. Il faut partir le plus vite possible, insista Rafe en priant pour que le vieux bougre ait encore la fibre aventureuse.

— Un navire marchand, grommela Stringer en jetant un regard dédaigneux aux trois marins.

Néanmoins, la perspective de sentir de nouveau le pont d'un bateau sous ses pieds le tentait visiblement.

— Y a-t-il du rhum à bord ?

— Une bouteille avec votre nom écrit dessus, répliqua Rafe avec un sourire.

— Alors, qu'est-ce que vous attendez tous ?

Le capitaine tira sur les pans de sa vareuse et se dirigea vers la sortie d'un pas martial en dépit de son pilon de bois, si bien que les autres furent obligés de courir pour le rattraper.

Barnaby Pinkum les repéra dès qu'ils arrivèrent aux docks.

Il s'était rendu à la Direction générale des douanes ce matin-là dans l'espoir de glaner des informations pendant l'audience, mais on lui avait dit que tout le monde était parti à l'entrepôt Townsend, y compris le juge.

Une fois là-bas, il avait découvert que la troupe s'était de nouveau déplacée à cause d'un grabuge quelconque qui avait eu lieu du côté de Cutter Lane, à quelques rues de là.

Des policiers patrouillaient encore dans les parages. En laissant traîner ses oreilles, Barnaby avait appris que Lauren Alcott avait disparu. Les policiers s'interrogeaient en se demandant s'il était possible qu'elle ait été enlevée à bord d'un bateau.

Excité par la perspective d'un nouvel article – peut-être encore plus sensationnel que les autres –, Barnaby rôda dans le quartier jusqu'au moment où il aperçut Rafe Townsend, les trois matelots et un vieux type barbu avec une jambe de bois qui se dirigeaient vers le quai principal.

Il se passait quelque chose, et il n'était pas question que Barnaby loupe ça. Jamais il n'avait mis les pieds sur un bateau, mais il était plein de ressources.

22

Lauren faisait traîner en longueur la partie d'échecs. Murdoch n'était pas mauvais. Chaque fois qu'elle parvenait à mettre son roi en position de faiblesse, il réussissait à s'échapper et faisait monter la tension d'un cran. Et il commençait à s'agacer de sa lenteur de réflexion.

Sous la table, sa main gauche était crispée sur les plis de sa jupe.

Enfin, alors qu'il ne restait plus que quatre pièces sur l'échiquier, elle parvint à le mettre échec et mat.

Dès qu'elle prononça les mots, il balaya les pièces d'un geste rageur.

— Vous m'avez eu. Maintenant, c'est à moi de vous avoir !

Il se leva, le souffle lourd, furieux de s'être fait battre. Elle l'avait blessé dans son orgueil. Un frisson de peur la parcourut. Sa main se crispa davantage sur sa jupe, et ses doigts rencontrèrent alors un objet dur et long. Elle se souvint soudain de l'épingle à chapeau qu'elle avait fichée dans le tissu. Cela pouvait lui servir d'arme, mais il fallait s'attendre en retour à une réaction violente de la part de Murdoch.

S'il décidait de la déshabiller et de la livrer à l'équipage, elle n'aurait aucun moyen de l'en empêcher, songea-t-elle avec effroi.

Il la saisit rudement par le bras, lui donna une secousse. Elle réagit à peine. Ses os semblaient s'être liquéfiés.

— Debout !

Il l'attrapa aux épaules, voulut la remettre sur ses pieds. Elle s'effondra comme une masse sur le plancher.

— Debout ! répéta-t-il, furieux. Retournez sur la couchette, sinon je vous prends ici même, par terre !

Lauren avait presque le nez sur ses bottes et s'attendait à moitié à ce qu'il lui envoie un coup de pied. Mais il se laissa tomber sur elle, la fit rouler sur le dos et glissa un genou entre ses jambes.

— C'est comme ça que vous vous y prenez avec les femmes ? haleta-t-elle. Par la force ? Vous ne connaissez pas d'autre méthode ?

Il répondit d'un sourire cruel pour lui faire comprendre qu'il n'était plus temps de parler. Cette fois, elle ne s'en tirerait pas en le piquant dans sa vanité. Lauren comprit qu'elle s'était laissé abuser par sa courtoisie de façade. Il avait joué avec elle en jubilant à la pensée de ce qui suivrait.

Écrasée sous son poids, elle se démena en vain pour le repousser. Appuyé sur un coude, Murdoch commença à déboutonner son pantalon de sa main libre. Il n'en était sûrement pas à son coup d'essai. C'était bel et bien le monstre que Mme Trimble lui avait dépeint.

— Lâchez-moi ! cria-t-elle.

— Cause toujours, ma jolie.

Elle essaya de décocher des ruades, mais il bloquait ses jambes. Désespérée, elle tâtonna dans les plis de sa jupe, trouva l'épingle et la dégagea du tissu. C'était une arme dérisoire face à la force brute de Murdoch, mais elle n'avait rien d'autre pour se défendre.

Dès qu'il fit glisser son pantalon... elle frappa.

La pointe métallique s'enfonça dans la chair de son postérieur dénudé. Il se cabra dans un sursaut de douleur, posa la main sur sa fesse blessée en beuglant. Lauren roula vivement de côté, se redressa d'un bond.

Quand Murdoch s'élança, elle frappa de nouveau. Cette fois, l'épingle s'enfonça profondément dans son bras et la douleur le fit reculer.

— Bon Dieu, qu'est-ce que c'est que ça ? rugit-il.

Il chercha à lui tordre le bras, mais elle lui flanqua un coup de pied dans le tibia.

— Aïe ! Sale garce ! Quand j'en aurai fini avec toi, tu ne vaudras pas mieux qu'une putain de caniveau !

Il fonça sur elle, la renversa d'un coup d'épaule. Lauren s'effondra à demi sur la couchette. Elle comprit que son prochain coup serait le dernier. Avec l'énergie du désespoir, elle visa l'œil, mais son bras dévia légèrement et l'extrémité de l'épingle perfora la joue de Murdoch.

Il s'écroula en hurlant. Lauren n'attendit pas et se rua vers la porte. Elle gravit l'escalier de bois, passa l'écoutille et émergea sur le pont.

À la vue de ses cheveux hirsutes et de sa robe toute chiffonnée, les membres de l'équipage ricanèrent, persuadés que leur patron avait obtenu ce qu'il voulait. Mais quelques secondes plus tard,

Murdoch jaillit à son tour par l'écoutille, le visage en sang.

— Attrapez-la !

Les marins réagirent et se jetèrent sur Lauren. Elle se débattit, mais fut vite submergée par le nombre. Ils la maîtrisèrent, et Murdoch s'approcha, tremblant de fureur.

— Tu vas regretter d'avoir croisé mon chemin, ma petite !

— Comme si je ne le regrettais pas déjà ! riposta-t-elle avec un regard de défi.

Il la gifla et, étourdie, elle sentit ses jambes se dérober sous elle. Elle l'entendit à peine ordonner qu'on la descende dans la cale pour l'enfermer dans « la réserve à barbaque ». Luttant pour ne pas sombrer dans l'inconscience, elle sentit qu'on la transportait dans l'escalier, puis dans les profondeurs du navire.

Les marins ouvrirent une porte en bois et la jetèrent dans une pièce. Elle tomba sur quelque chose de mou qui empestait, se rendit compte qu'il s'agissait d'une litière en paille. Un couinement de douleur retentit et elle se demanda un instant si on ne l'avait pas enfermée avec un cochon.

— C'est vous, mam'zelle ?

— Jims ?

Comme ses yeux s'adaptaient à la pénombre, elle distingua une grosse caisse en bois sur laquelle le garçon était allongé.

— Est-ce que ça va ?

— Le grand type a eu la main lourde, mais je survivrai, répondit-il d'une voix faible.

Elle grimpa sur la caisse pour le rejoindre et fut atterrée en voyant l'état de son visage. Il avait un œil fermé et la lèvre éclatée. Sa joue était pleine de sang coagulé.

Le cœur brisé, elle l'entoura de ses bras pour le serrer contre elle. Qui pouvait battre un enfant de la sorte ? Elle ferma les yeux. Elle aurait préféré que les marins s'en prennent à elle plutôt qu'au pauvre Jims.

Comme il se blottissait contre elle, elle sentit une colère brûlante balayer son chagrin et son écœurement.

Des salopards. Des brutes, qui ne méritaient pas le nom d'êtres humains.

Elle ne savait pas encore comment, mais elle allait leur faire payer ça.

Quitter le port ne fut pas une mince affaire, étant donné que l'équipage était réduit, ceux qui avaient déserté leur poste lors de la mort du capitaine n'ayant pas été remplacés. Dès que la chaudière à charbon commença à cracher de la fumée, un bateau de la capitainerie vint se ranger contre le flanc du *Clairon* pour exiger que les droits d'amarrage soient payés.

Le capitaine Stringer répondit par une bordée d'injures colorées, mais Rafe intervint en prétendant qu'ils emmenaient seulement le bateau au chantier naval pour effectuer des réparations.

Convaincues, les autorités portuaires leur laissèrent la voie libre et ils purent s'activer aux derniers préparatifs avant le départ.

Il était tout d'abord essentiel de présenter Stringer comme le seul maître à bord. Les matelots observaient d'un air sceptique le vieux loup de mer, dont le nez en forme de fraise trahissait le penchant pour le rhum. Mais lorsque Stringer se mit à aboyer des ordres, ils s'aperçurent vite qu'il connaissait son affaire et s'empressèrent d'obéir.

Stringer inspecta les dégâts causés par l'incendie dans la cale, sur la charpente et dans les cabines situées à la poupe. Il éprouva la solidité du pont en tapant du pied, puis intima au maître d'équipage de colmater les brèches et les zones les plus fragilisées en rivetant des planches par-dessus.

Puis il fallut régler le problème du charbon qui alimentait la chaudière. Les deux colosses qui se chargeaient habituellement de le pelleter avaient été parmi les premiers à abandonner le navire, après la mort du capitaine Pettigrew.

Stringer était d'avis qu'il n'y avait rien de tel que l'adversité pour souder une équipe. Il décréta que tous les hommes se relaieraient pour effectuer cette corvée, « aussi longtemps qu'il faudrait faire tourner cette fichue roue à aubes ».

Il y eut quelques protestations, surtout du côté de Barclay qui avait été désigné pour faire partie de la première équipe. Quand il argua qu'il n'avait aucune aptitude pour pelleter du charbon, on lui fit remarquer que de toute façon il ne connaissait rien non plus à la navigation.

Barclay marmonna qu'il s'était porté volontaire pour sauver une demoiselle en détresse, pas pour travailler de ses mains. Mais il rougit sous le regard courroucé des marins, et ne tarda pas à comprendre que ses caprices de privilégié n'avaient pas leur place à bord.

Un peu honteux, il accepta de gagner la salle des machines pour se faire quelques ampoules et mériter son verre de rhum du soir.

Rafe rejoignit Stringer qui s'était campé sur la poupe pour surveiller les hommes à la manœuvre.

— Alors, qu'en pensez-vous, capitaine ? Sommes-nous en mesure de prendre la mer ?

— Le rafiot a quelques braises dans la bedaine, mais... oui, il peut nous conduire jusqu'en Chine, aller et retour, assura Stringer avec un large sourire.

Il flanqua une tape sur l'épaule de Rafe, puis se mit à éructer des ordres d'une voix capable de réveiller les morts.

Tout le monde s'activa et, moins d'une heure plus tard, ils larguèrent les amarres, s'engagèrent dans le canal, puis sur la Tamise.

On posta une vigie sur le grand mât, avec pour mission de repérer à la jumelle un deux-mâts à la coque noir et jaune, et Stringer donna l'ordre de monter la voilure pour gagner de la vitesse.

Nul ne savait quelle direction prendrait le *Cormoran* quand il quitterait les eaux de la Tamise.

Tout en sachant que c'était peine perdue, Rafe se déplaça vers la proue dans l'espoir d'apercevoir la goélette. Un nœud dans l'estomac, il s'agrippait de toutes ses forces au bastingage, s'efforçant de ne pas penser à ce que Lauren subissait peut-être.

Il se rappelait parfaitement la brutalité avec laquelle Murdoch commandait ses hommes. Certes, les dockers étaient parfois indisciplinés, et sans doute fallait-il les tenir d'une main ferme, mais la violence verbale et physique de Murdoch était celle d'une véritable brute. Et Lauren n'était pas du genre docile. Rafe n'osait imaginer ce qu'un tel barbare pouvait lui infliger. Y penser lui donnait la nausée.

Il fut surpris de voir Stringer apparaître à son côté. Il n'avait pas entendu le claquement de son pilon sur le pont. Et soudain, il réalisa que le capitaine n'avait pas réclamé une seule fois du rhum depuis qu'il était monté à bord.

— Tu es inquiet, fiston, dit le vieux loup de mer en s'accoudant au bastingage pour soulager son dos ankylosé.

— Oui.

À quoi bon le nier ?

— Elle est bien jolie, ta fiancée. Tu crois qu'ils vont demander une rançon ?

— Je n'en sais rien. Mais je sais qu'il faut la retrouver au plus vite.

Rafe se força à se concentrer sur des questions plus pragmatiques.

— Le *Cormoran* a deux ou trois heures d'avance sur nous. Croyez-vous que nous puissions les rattraper ?

— Le vieux cargo a encore de la ressource. À vue de nez, je dirais que nous pouvons filer dix ou douze nœuds. La roue à aubes nous en donnera deux ou trois de plus. Ces tourniquets ne servent pas à grand-chose quand la mer est agitée, mais...

Scrutant le ciel, Stringer ajouta :

— On dirait bien que nous allons avoir du vent d'ouest.

— Si nous mettons cap au sud, le vent ne nous aidera pas, soupira Rafe.

— Ouais. Ce sera la course. Mais nous avons un avantage.

— Lequel ?

— Moi !

Stringer pivota en se grattant la poitrine, et la Victoria Cross tournicota sur sa vareuse. Le métal poli capta brièvement la lumière, clignota dans l'œil de Rafe.

Il se demanda si c'était un effet de son imagination, regarda Stringer repartir en claudiquant pour inspecter le travail de Fosse qui venait de clouer des planches sur la section de pont calcinée.

Certes, le vieux capitaine semblait avoir la bénédiction de Poséidon quand il naviguait. Et ils en auraient fort besoin, s'ils voulaient rattraper le *Cormoran* avant que celui-ci disparaisse dans la Manche.

Depuis combien de temps étaient-ils enfermés dans cette pièce ? Lauren n'avait aucun moyen de le savoir, mais le tangage s'était accentué. Quand Jims lui demanda pourquoi, elle put seulement lui dire qu'ils avaient sans doute atteint la mer. Ce que cela impliquait… elle n'en avait aucune idée.

Comme il reposait la tête sur son giron, elle s'adossa à la cloison de bois avec un soupir.

Elle essayait de ne pas penser à ce qui s'était passé avec Murdoch dans la cabine, mais cette lutte féroce n'était sans doute qu'un avant-goût. Elle ne croyait pas une seconde qu'il allait l'ignorer pendant le reste du voyage, où qu'ils aillent. Elle l'avait humilié en lui déchiquetant la joue, et elle avait perdu son épingle par la même occasion. Quand il revicndrait se venger, elle devrait se soumettre ou le payer de sa vie.

Tandis que la pénombre s'épaississait, Lauren s'abandonna à la fatigue et s'assoupit. Un peu plus tard, elle se réveilla en sursaut, tourna automatiquement les yeux vers la porte. Celle-ci pivota et la lumière d'une lanterne l'éblouit. Elle distingua finalement la silhouette d'un homme de petite stature.

Elle replia les jambes, prête à bondir, mais se figea en entendant l'inconnu murmurer son nom.

— Mademoiselle Alcott...

Il souleva sa lanterne, révélant un visage rond surmonté de cheveux rares et des lunettes crasseuses.

— Je vous ai apporté à manger. Mais ne le dites à personne, ça me ferait des ennuis.

— Oh ! Soyez béni, monsieur.

Reconnaissante, elle prit les deux bols qu'il lui tendait et en posa un près de Jims, qui était en train de se réveiller.

— Qui êtes-vous ?

— Je m'appelle Merrell Hampstead. Je... J'étais le gérant de l'entrepôt de la Consolidated Shipping.

— Ah ! Mme Trimble m'a parlé de vous.

— Ces salopards, murmura Hampstead qui regardait le pauvre Jims d'un air navré. Comment peut-on faire ça à un petit garçon ?

Cette simple remarque décida Lauren à le ranger dans la catégorie des alliés.

— Tout va bien, Jims. C'est un ami, assura-t-elle. Monsieur Hampstead, que faites-vous à bord de ce bateau ?

— Murdoch m'a forcé à venir. Il a confisqué mes livres de comptes et mes bordereaux d'expédition, en disant que nous allions recommencer de zéro, que cela devenait trop dangereux. Au début j'ai refusé, mais ses hommes m'ont... convaincu. Ils ont dit que la mort de Gilbert Trimble n'était pas accidentelle, et ils m'ont clairement menacé du même sort.

— Savez-vous où nous allons ?

— Quelque part sur la côte sud, répondit Hampstead en baissant la voix. Peut-être le Dorset ou la Cornouailles, peut-être le Devonshire ? La Consolidated Shipping fait de la contrebande, mademoiselle. Et c'est un trafic dangereux.

Ils entendirent un bruit de voix non loin. Quelqu'un approchait. Hampstead éteignit la lanterne, et ils retinrent leur souffle jusqu'à ce que les voix s'estompent.

Au bout d'un moment, M. Hampstead craqua une allumette et ralluma la lanterne.

— Je vous ai apporté une bougie et quelques allumettes. Je repasserai vous voir dès que j'en aurai la possibilité, avec de l'eau et de la nourriture.

— Et peut-être de quoi soigner les blessures de Jims ?

— Je verrai ce que je peux faire.

Hampstead se glissa hors de la pièce et tira le verrou.

Lauren chercha la main de Jims, mais il tenait son bol de soupe et le buvait à petites gorgées. Elle-même était trop anxieuse pour avaler quoi que ce soit.

— Mange tout ce que tu peux, Jims. Il faut garder nos forces.

Barnaby Pinkum était étendu sur des rouleaux de tapis enveloppés dans de la toile. Il se félicitait d'être parvenu à se faufiler à bord du *Clairon* pendant qu'on chargeait diverses fournitures à bord. Dans la précipitation du départ, les marins n'avaient pas fait attention aux nouveaux visages, et personne ne lui avait demandé ce qu'il fichait là. Il s'était glissé dans la cale et s'était fait un petit nid avec ce qu'il pouvait. Il avait pris soin de repérer la configuration du navire. Plus tard, il irait chiper de quoi grignoter dans la cambuse… et peut-être même un peu de bière.

Il s'étira de tout son long sur les tapis.

— Mon petit Barnaby, tu es un sacré malin !

Une heure plus tard, quand le bateau entra dans la Manche et se mit à tanguer plus fortement, Barnaby Pinkum commença à se sentir beaucoup moins bien.

23

Le lendemain matin, la vigie donna l'alerte. Stringer, Rafe et le reste de l'équipage se précipitèrent au bastingage de la proue.

Stringer scruta les flots à l'aide de sa jumelle et hocha la tête avec satisfaction, avant de passer l'instrument à Rafe.

La goélette était en vue.

Ils avaient navigué toute la nuit, luttant contre la fatigue et les vents changeants, mais leurs efforts avaient payé. Ils avaient monté la voilure au maximum, et bien qu'ils aient dû tirer des bords contre le vent d'ouest, il était clair qu'ils étaient en train de rattraper leur retard sur le *Cormoran*.

Stringer ordonna qu'on installe les deux petits canons à tribord. L'équipage se mit en branle et entassa également sur le pont sacs de poudre et boulets. Deux vieux marins – tous deux vétérans de la Navy – se mirent à polir les canons.

Quand Rafe s'étonna que ceux-ci soient placés du même côté, Stringer gloussa en se tapotant la tempe.

— La stratégie, mon garçon. Nous arriverons sur leur bâbord. Dans cette zone, il y a des récifs et des hauts-fonds. Je la connais comme ma poche, et je te parie que ce n'est pas le cas de Murdoch. Ils sont coincés. Tu ferais bien de préparer tous ces marins d'eau douce au combat. Oh... et maintenant, il serait peut-être temps de sortir cette bouteille de rhum dont tu m'as parlé, ajouta-t-il en levant une main qui tremblait un peu.

Rafe et Barclay ouvrirent l'armurerie pour attraper des fusils et des munitions qu'ils distribuèrent aux matelots. Ces gars simples de la marine marchande n'étaient pas habitués au maniement des armes, et ne semblaient guère taillés pour affronter des contrebandiers aguerris. Mais Rafe se rassura en voyant que la plupart avaient des couteaux glissés dans leur ceinture. Ils avaient l'habitude de protéger leur cargaison quand ils faisaient escale dans des ports où rôdaient de nombreux prédateurs.

Dès que la goélette fut à portée de canon, Stringer ordonna aux membres de l'équipage de se poster à tribord en se protégeant derrière des tonneaux et de se tenir prêt à tirer.

— Voir ses voiles réduites en lambeaux, il n'y a rien de tel pour démoraliser un marin, affirma-t-il.

Barclay rejoignit Rafe sur le pont. Il apportait deux fusils et lui en tendit un.

— Comment Lauren est-elle habillée ? s'enquit-il alors que Rafe vérifiait l'état du fusil.

— Pourquoi me demandes-tu ça ?

— Parce que je voudrais éviter de lui tirer dessus.

Rafe réalisa que le combat à venir allait mettre Lauren en grand danger. Il s'obligea à prendre une profonde inspiration qui ne dissipa guère son angoisse.

— Elle avait une robe dans les tons roses. Mais rien ne dit... qu'elle la porte toujours, articula-t-il, la gorge nouée par l'émotion.

Barclay lui pressa amicalement l'épaule.

— Compris. Si je vois du rose, je ne tire pas. Je vais passer le mot aux autres.

Comme il s'éloignait, Rafe le suivit du regard et aperçut tout à coup un petit homme qui, courbé en deux sur le bastingage, était en train de vomir tripes et boyaux.

Intrigué, il essaya de se rappeler quelle était sa fonction à bord du *Clairon*. Emportant le fusil, il traversa le pont… et pila net au moment où le type se relevait.

Ce nez épaté, ces oreilles décollées, ce regard fuyant… Le journaliste !

Aussitôt, il pointa le canon de son arme dans sa direction.

— Que faites-vous ici ?

Le type se laissa glisser contre la rambarde et tomba assis sur le pont.

— Achevez-moi, cela mettra un terme à mes souffrances, gémit-il.

— Vous êtes ce journaliste qui a écrit des articles sur Lauren et moi !

— Pas tous. Juste les meilleurs. Je me présente : Barnaby Pinkum, « chasseur d'histoires extraordinaires ». C'est ce que vous aurez la bonté de faire graver sur ma stèle, j'espère.

Il avait le teint verdâtre.

— Vous êtes malade comme un chien, hein ? Bien fait pour vous ! ricana Rafe.

Sur ces entrefaites, Barclay arriva en courant pour voir ce qui se passait. Il dévia le canon du fusil de Rafe, puis baissa les yeux sur le type.

— Oh… lui. C'est un marin d'eau douce. Il a vomi au moins trois fois.

— Ce n'est pas un marin. C'est le salopard de journaliste qui a inventé le personnage de l'Ange.

— Oh... alors je m'étonne que tu ne l'aies pas déjà pendu à la grand-vergue.

— Je n'ai pas dit mon dernier mot. En attendant, c'est un passager clandestin. Il va payer le voyage en rédigeant un ou deux articles sur notre vaillante équipée à la poursuite de celui qui a enlevé l'Ange.

— Elle... elle a été enlevée ? bredouilla Pinkum en se redressant.

Apparemment, la perspective d'un scoop était aussi revigorante qu'un flacon de sels.

— Où l'a-t-on emmenée ? demanda-t-il encore.

— Elle est à bord de cette goélette que nous pourchassons, répondit Rafe en pointant le pouce derrière lui.

Pinkum se dévissa le cou pour apercevoir le bateau dont le *Clairon* se rapprochait.

Il se frotta l'abdomen, parut reprendre du poil de la bête.

— Il me faut des détails, décréta-t-il. Et un petit verre de whisky pour me calmer l'estomac.

Lauren et Jims avaient passé une nuit horrible dans la pièce à cochon. Hampstead avait quand même réussi à leur apporter des linges propres et un pichet d'eau. Lauren avait nettoyé de son mieux les plaies du pauvre Jims, mais la douleur l'avait empêché de bien dormir. Quand il s'était mis à frissonner, elle avait enlevé son jupon le plus épais pour l'en recouvrir. Il lui avait demandé de lui raconter une histoire pour passer le temps et, les larmes aux yeux, elle avait parlé à mi-voix jusqu'à ce qu'il s'endorme.

Puis elle avait cédé à l'abattement.

Penser à Rafe l'aidait ponctuellement, mais il était difficile de garder espoir dans les circonstances présentes.

Elle avait fini par s'assoupir.

Le bruit du verrou la réveilla au matin. Elle était si épuisée qu'elle se demanda un instant si elle ne l'avait pas imaginé. Mais non. C'était l'un des marins, qui leur apportait du pain et un pichet de bière. Il marmonna qu'ils n'avaient plus d'eau fraîche, avant de reculer et refermer la porte.

Jims se leva, mâchonna un bout de pain dur qu'il fit passer avec une gorgée de bière. Après avoir bu un peu, Lauren abandonna le reste au garçon, dans l'espoir que la bière engourdisse un peu sa douleur.

En milieu de matinée, l'ambiance sonore changea sur le bateau. On entendit un bruit de course sur le pont, et la navigation parut soudain plus chaotique. Ils étaient sérieusement ballottés quand la porte de la pièce s'ouvrit de nouveau.

Lauren se raidit. Était-ce Murdoch qui revenait la chercher ?

Mais il s'agissait de Hampstead, venu leur apporter des nouvelles.

— Un autre bateau nous fonce droit dessus. Murdoch se prépare au combat.

— Un bateau ? Quel genre de bateau ?

— Plus gros que le nôtre. Avec une coque noire. Ils cherchent à nous rabattre vers le rivage. Je vais laisser l'écoutille ouverte mais ne sortez pas, sauf si vous entendez des tirs. Murdoch sera alors bien trop occupé pour se soucier des prisonniers.

Il ébaucha un mouvement pour se retirer.

— Monsieur Hampstead ?

— Oui ?

— Faites attention à vous.

L'air gêné, il hocha la tête et s'en alla, sans tirer le verrou.

Lauren attendit avec angoisse, en priant pour que ce bateau à la coque noire soit celui qu'elle espérait.

Elle organisa un plan d'évasion avec Jims et lui fit promettre de rester caché sous le pont jusqu'à ce que quelqu'un l'appelle par son nom et son prénom. Ce serait le signal que tout allait bien et qu'il pouvait sortir. Il ne protesta pas, ce qui prouvait à quel point il était épuisé.

— Soyez prudente, mam'zelle.

Lauren tressaillit lorsque les premiers tirs retentirent. Un frisson de peur la parcourut, mais le besoin de savoir ce qui se passait était plus fort encore. Rassemblant son courage, elle remonta au niveau des cabines, puis se posta au bas de l'escalier et tendit l'oreille.

Les membres d'équipage étaient tous sur le pont. Par l'écoutille, elle entrevit des hommes armés de fusils qui grimpaient dans la mâture pour riposter aux tirs de l'autre bateau. S'agissait-il des gardes-côtes ? D'un autre navire de contrebande ? Le capitaine Stringer avait évoqué des heurts entre bandes de trafiquants rivales...

Elle décida de monter sur le pont. Elle gravit les marches et, tête baissée, courut vers la poupe. Des marins tapis derrière des tonneaux la remarquèrent, mais n'eurent visiblement aucune envie de se mettre à découvert pour la rattraper.

Accroupie derrière la rambarde, elle jeta un coup d'œil au bateau qui les poursuivait.

Un trois-mâts… à la coque noire… avec une roue à aubes à bâbord. Et il y avait des traces noirâtres sur un mât. Oui, ça ne pouvait être que le *Clairon* !

Sans réfléchir, elle se dressa, la main en visière, scruta le pont du bateau et, à la proue, repéra une silhouette courtaude surmontée d'un tricorne. Elle ne connaissait qu'une seule personne qui portât encore ce type de couvre-chef.

À côté se trouvait un homme aux cheveux clairs qui braquait un fusil vers les voiles du *Cormoran*.

Soudain, il agita le bras.

Était-elle victime d'une hallucination ?

Non, c'était Rafe ! Il l'avait vue !

Lauren lui fit signe à son tour, presque étouffée par l'espoir qui explosait en elle.

Elle sut alors exactement ce qu'elle devait faire.

Retroussant ses jupes jusqu'à la taille, elle dénoua le lacet qui maintenait son dernier jupon. Sans s'occuper des marins les plus proches qui ricanaient, elle s'en débarrassa, puis ôta ses bottines, ses jarretières et ses bas.

Une voix fusa dans son dos – celle de Murdoch :

— Qu'est-ce que vous faites, bande d'incapables ? Attrapez-la !

Lauren avisa un tonneau calé contre le bastingage et l'escalada. Elle tourna la tête pour voir Murdoch qui fonçait sur elle, le visage déformé par la rage. Elle lui adressa un grand sourire plein de défi… et plongea dans la mer.

Le cœur de Rafe avait manqué un battement quand il avait vu Lauren apparaître à la poupe du *Cormoran*. Sans doute cette vision eut-elle le même effet sur l'équipage, car les hommes cessèrent aussitôt de tirer.

Il eut le pressentiment de ce qu'elle s'apprêtait à faire.

— Non... non, non, non ! cria-t-il.

Il agita les bras frénétiquement pour tenter de la dissuader de commettre cette folie. Les récifs proches et la marée montante les aidaient à rabattre le *Cormoran* vers la terre, mais le courant était fort et la mer tumultueuse. Même si Lauren était bonne nageuse, elle n'avait aucune chance de s'en tirer !

La panique le gagna quand il la vit refaire surface parmi les vagues écumeuses.

Un flot de souvenirs remonta à sa mémoire...

La mer déchaînée, les cris, le crépitement des balles... Il était dans l'eau, luttant désespérément pour se maintenir à la surface et éviter d'être projeté contre les rochers aux arêtes acérées. L'eau l'engloutissait, l'oxygène lui manquait. Incapable de se retenir, il inspirait de l'eau dans ses poumons. Son corps se révoltait, mais il n'arrivait pas à tousser. La terreur le submergeait. Le froid... le noir... Il ne distinguait plus rien, perdait le contrôle de son corps. Ses membres ne lui obéissaient plus. Dans un ultime spasme, il s'abandonnait...

Une détonation l'arracha à ces horribles réminiscences. Non loin, quelqu'un cria. Barclay apparut à son côté et le saisit par le bras pour l'obliger à s'accroupir derrière un tonneau.

— Ce salopard de Murdoch lui tire dessus !

Barclay pointa son fusil vers le *Cormoran*, visa un homme sur une vergue et l'atteignit en pleine poitrine.

Lauren ! Rafe se redressa pour tenter de l'apercevoir. Il mit un moment à la repérer dans l'eau. Elle se démenait pour éviter d'être entraînée vers les récifs qui cernaient la baie. Elle était vigoureuse, déterminée. Elle avait une chance de s'en sortir, finalement, songea-t-il.

Une chance minime.

Puis il entendit une nouvelle détonation. Tournant la tête, il aperçut Murdoch, à bord du *Cormoran*. Un sourire sardonique aux lèvres, celui-ci épaulait son fusil...

Rafe ne prit pas la peine de réfléchir. Il arracha ses bottes et sa veste. Il n'avait pas le temps d'en enlever plus. Chaque seconde comptait.

Bravant les coups de feu, il se dressa, passa pardessus le bastingage et se jeta à l'eau.

La mer se referma sur lui, ralentit sa chute, puis le souleva jusqu'à la surface. Il n'eut même pas peur. Il était dans l'action pure. Son esprit, son cœur, chacune de ses respirations étaient focalisés sur Lauren.

Il se répéta son nom tel un mantra, à chaque battement de bras, de jambe... pour qu'elle devienne sa force, son guide. Il ne pouvait pas la perdre, cette femme avec qui il avait l'intention de partager sa vie. Elle était sa lumière, son phare qui le conduisait vers un monde meilleur.

Pendant ce temps, les coups de feu retentissaient et la surface de la mer crépitait.

Il tendit le cou, distingua la tête de Lauren entre deux vagues, se remit à nager. Chaque mouvement le rapprochait des eaux plus turbulentes, mais il continuait sa progression... en l'appelant, pour qu'elle sache qu'il arrivait... pour qu'elle tienne assez longtemps et qu'il ait le temps de la rejoindre.

Lauren avait cru qu'elle nagerait facilement, débarrassée de son jupon et de ses bottines, et il est vrai que cela l'aidait, mais elle n'avait pas réalisé que la mer était aussi démontée.

Le *Cormoran* était en train de dévier vers les hauts-fonds, et elle n'avait aucune idée de la profondeur de l'eau à cet endroit.

Pataugeant pour garder la tête hors de l'eau, elle agrippa sa robe, l'entortilla autour de sa taille pour libérer ses jambes nues. Elle avança plus librement ainsi, mais ces maudites vagues ne faiblissaient pas et la ballottaient en tous sens. Chaque mètre gagné était aussitôt perdu.

Puis elle entendit des coups de feu et vit des éclaboussures autour d'elle. Un frisson de peur la galvanisa et elle redoubla d'efforts. Elle devait à tout prix...

Une secousse ébranla son corps et la douleur explosa dans son épaule, sa poitrine, sa tête. Le choc fut si grand que, l'espace d'un instant, elle ne put que se recroqueviller entre deux eaux.

Au moment où elle remontait à la surface, une vague la submergea. Elle avala de l'eau, s'étrangla. Une deuxième vague la frappa avant qu'elle puisse retrouver son souffle et la renvoya sous l'eau. Suffoquée, elle parvint néanmoins à sortir la tête et inhaler une petite bouffée d'air. Sa trachée la brûlait horriblement, et ses poumons semblaient bloqués. Elle essaya d'appeler à l'aide, mais la fureur des vagues couvrait ses faibles cris.

Désespérée, elle puisa dans ses ultimes réserves d'énergie pour tenter de s'éloigner des récifs qui créaient des tourbillons. Mais les vagues la malmenaient sans pitié, et la mer l'aspirait vers le fond...

Rafe ne voyait plus Lauren, qui avait été entraînée du côté des rochers. Il prit une profonde inspiration et plongea sous la surface écumeuse, se força à ouvrir les yeux. Au moment où le manque d'oxygène l'obligeait à refaire surface, il l'aperçut enfin.

Sans force, elle ne nageait plus et dérivait dangereusement.

Il fendit l'eau dans sa direction en criant son nom. Lauren parut l'entendre, sans parvenir à le localiser. Lorsqu'il l'atteignit, elle respirait par à-coups. Ses membres étaient flasques et son regard eut du mal à se fixer sur lui.

— Je te tiens, ma chérie !

Il referma les bras sur elle, soulagé de pouvoir la tenir contre lui. Puis il réalisa qu'ils ne parviendraient jamais à regagner le *Clairon*, avec toutes ces vagues et ces coups de feu. Il scruta le rivage et, entre deux vagues, distingua un bout de plage. De ce côté-ci, la mer était plus calme.

Il positionna Lauren sur le dos, glissa un bras autour de sa poitrine.

— Laisse-toi aller, Lauren. Fais la planche.

Puis il vit le sang qui tachait sa robe et rougissait l'eau.

— Mon Dieu, tu es blessée ?

Pendant les minutes suivantes, il nagea avec une vigueur décuplée vers la plage, poussant ses muscles à leur limite d'endurance. Son corps était en train de se refroidir en dépit de l'effort fourni, mais il tenait bon et serrait les dents, encouragé par Lauren qui faisait ce qu'elle pouvait pour l'aider en battant des pieds.

L'eau se réchauffa à mesure qu'ils approchaient de la crique. Enfin, il eut pied et put se redresser.

Il souleva le corps inerte de Lauren, la déposa sur le sable sec, puis s'écroula à côté d'elle et ferma les yeux.

Sa main chercha la sienne.

— Nous avons réussi, murmura-t-il.

Son répit fut de courte durée. Lauren se mit à tousser. Il la tourna promptement sur le flanc pour qu'elle puisse expectorer plus facilement. Enfin, elle se calma et il la laissa reprendre ses esprits, pendant qu'il se reposait également.

Puis il vit que le sable sous elle était rougi.

— Il faut que j'inspecte ta blessure, mon ange...

Il déboutonna le dos de sa robe.

— Est-ce que... c'est grave ? souffla-t-elle.

— La balle a traversé l'épaule de part en part. La plaie est nette.

Il lui bougea doucement le bras. Elle grimaça de douleur, se mordit la lèvre, mais son bras remuait normalement.

— Les os et les tendons ne sont pas touchés, Dieu merci. Il va quand même falloir comprimer la plaie pour stopper l'hémorragie, jusqu'à ce que nous puissions trouver un médecin. Désolé, je vais être obligé de sacrifier ton...

Il s'interrompit.

24

Lauren avait les idées plus claires. Le brouillard dans sa tête s'était dissipé. Elle se rendit compte que Rafe fixait ses jambes nues. Se redressant sur son bras valide, elle saisit sa robe coincée dans son pantalon de dentelle et la rabattit sur ses cuisses.

— Qu'as-tu fait de tes jupons ?

— Je les ai enlevés avant de plonger. Enfin, j'ai enlevé celui qu'il me restait. J'ai donné l'autre à Jims cette nuit pour lui tenir chaud. J'ai cru que je nagerais facilement sans chaussures et sans bas, mais les vagues...

— Cette fois, tu as quand même gardé ta robe, remarqua-t-il avec un sourire qui masquait son angoisse. Bon, dans ce cas, nous allons nous servir de ma chemise.

Il mordit dans l'ourlet du vêtement, le déchira de bas en haut, dégagea ses épaules, puis se servit des manches pour nouer la chemise sur l'épaule de Lauren et comprimer la blessure.

Elle se sentit étrangement rassurée. Pour la première fois, elle prit vraiment conscience de ce qui venait de se passer.

— Tu m'as sauvée.

Il la regarda droit dans les yeux.

— Je serai toujours là pour toi, Lauren.

— Tu m'as sauvée, répéta-t-elle en lui touchant la joue, puis l'épaule, comme pour se persuader qu'il était bien là, en chair et en os.

Il l'attira dans ses bras en prenant soin de ménager son épaule blessée. Tremblante, elle se blottit contre lui.

— J'avais si froid... Je ne savais plus où était le haut, où était le bas... Les vagues déferlaient et je n'arrivais plus à respirer... J'ai vraiment cru que j'allais...

— Mourir ?

Elle hocha la tête, enfouit le visage contre sa poitrine.

— Je n'ai jamais été si près de me noyer.

— Moi, je me suis noyé un jour, confessa-t-il dans un soupir.

Elle tressaillit, se redressa pour le dévisager. Il semblait bizarrement détaché.

— C'était il y a longtemps, quand je servais dans la marine. Nous faisions des exercices militaires le long de la côte, et nous avons été surpris par une violente tempête. Des vagues immenses s'abattaient sur le pont. Je suis passé par-dessus bord. Heureusement, un de mes camarades s'en est aperçu, mais les conditions climatiques étaient telles qu'ils n'ont pas pu se porter immédiatement à mon secours. Et quand ils m'ont repêché, je ne respirais plus.

» Un des officiers m'a donné un coup de poing sur la poitrine, et le cœur est reparti. Ce fut une sorte de miracle. Par la suite, mes camarades m'ont regardé comme une bête curieuse. Les marins sont des gens superstitieux. Un noyé qui revient à la vie est considéré comme un « Jonas ». J'ai quitté la Navy pour rentrer à Londres. Et depuis ce jour, je n'ai jamais pris un bain autre part que dans ma baignoire.

— Alors... il t'a fallu faire preuve d'un courage extraordinaire pour te jeter à l'eau aujourd'hui ?

Il détourna un instant son regard vers la mer, avant de dévisager la jeune femme avec gravité.

— Je ne pouvais pas te laisser subir ce que j'avais subi. Tu comptes beaucoup pour moi, Lauren. Non... tu comptes *plus que tout*. J'ai failli devenir fou en imaginant ce que cette ordure de Murdoch allait te faire. J'ai enrôlé Barclay de force, j'ai piqué Stringer dans son orgueil et j'ai harcelé l'équipage du *Clairon*. Mais cela en valait la peine. Tu es ici avec moi, saine et sauve... Enfin presque, dit-il en désignant son épaule blessée.

Lauren se laissa aller contre lui, rassérénée par sa solidité. Il lui embrassa le front, et elle comprit que lui aussi puisait de la force en elle. Ils savourèrent cet instant précieux et, pendant quelques minutes, se crurent presque seuls au monde...

Puis la réalité s'imposa à eux quand ils se rendirent compte qu'il se passait quelque chose à bord du *Cormoran*.

Rafe se remit debout et aida Lauren à en faire autant. Il la soutint d'un bras, et tous deux regardèrent la goélette s'incliner peu à peu sur tribord.

— Stringer a réussi. Il voulait pousser le *Cormoran* vers les hauts-fonds. Le bateau s'est échoué.

Pendant ce temps, sur le *Clairon*, on mettait des chaloupes à la mer. Les marins, armés de fusils, avaient visiblement l'intention de se rendre maîtres du *Cormoran*. Fosse et Barclay étaient parmi eux.

Voyant les chaloupes approcher, les marins du *Cormoran* se précipitèrent à tribord pour sauter à l'eau. Ils ne tardèrent pas à prendre pied sur le banc de sable et, de l'eau jusqu'à la taille, gagnèrent les rochers qui bordaient le rivage.

— Ces salauds sont en train de s'échapper, gronda Rafe. Nous ne pouvons pas les laisser faire.

— Jims ! s'exclama soudain Lauren. Il est à bord du *Cormoran*. Ils ne vont quand même pas l'abandonner ?

— Ce sont des criminels sans scrupules. Ils abandonneraient leur propre mère. Reste ici, tu es en sécurité.

— Mais… Barclay et les autres vont monter à bord et…

Rafe s'élançait déjà vers les rochers.

Rafe courait, sans quitter des yeux les fuyards, et en particulier l'un d'entre eux. Il avait reconnu Murdoch à sa redingote sombre. Cette crapule emportait une grosse besace qui le gênait pour escalader les rochers. Comme une salve de balles ricochait sur les pierres, il se jeta à plat ventre. Les contrebandiers ne pouvaient pas se mettre à couvert, et chaque fois que Murdoch tentait un mouvement, les balles pleuvaient. Il finit par comprendre que ses ennemis n'essayaient pas de le tuer et, toujours muni de sa précieuse besace, il se lança dans l'ascension de la falaise.

Les balles sifflaient, percutaient la roche presque sous le nez de Murdoch. Rafe ravala un sourire. Il n'y avait qu'un homme en Angleterre capable de viser avec une telle précision... hormis lui, bien sûr.

Parvenu au pied des rochers, il commença à escalader la falaise, sans se soucier des arêtes qui écorchaient ses pieds nus. Enfin, il put attraper la cheville de Murdoch et, d'une violente secousse, le fit dégringoler.

Ils retombèrent sur le sable. Rafe se redressa aussitôt et décocha plusieurs coups de poing à son adversaire, qui réussit quand même à brandir un couteau. La lame rasa le flanc de Rafe avant qu'il parvienne à saisir Murdoch par le poignet.

— Espèce de lâche ! Voleur... kidnappeur... Et tu as osé tirer sur une femme ! Tu mérites d'être traîné sous la quille jusqu'à ce que mort s'ensuive !

Il aurait voulu que ces mots soient les derniers que Murdoch entende, mais cette fripouille avait encore de la réserve. Il le repoussa brusquement et tenta de fuir. Rafe le rattrapa et dut éviter ses attaques au couteau, tout en lui assenant des coups chaque fois qu'il le pouvait.

Il prit conscience que les tirs avaient cessé. Sur la plage, les marins des deux camps s'affrontaient maintenant au corps à corps. Certains gisaient à terre. Rafe adressa une petite prière au ciel pour que ce soient ses camarades qui aient le dessus. Ce fut sa dernière pensée cohérente. L'instinct de survie annihila tout le reste quand la lame du couteau zébra l'air à quelques millimètres de sa peau. Il chargea, l'épaule en avant, heurta Murdoch en plein estomac. Celui-ci lâcha son couteau et s'effondra.

Rafe lui tomba dessus et commença à faire pleuvoir les coups de ses bras musclés par des années d'aviron. Bientôt, Murdoch retomba sur le sable, inerte, le visage en sang. Mais rien ne pouvait stopper la fureur dévastatrice de Rafe.

Ce fut finalement Barclay qui le tira en arrière.

— Arrête ! Il a son compte.

Rafe s'écroula sur le dos, haletant. Du sang coulait de sa bouche. La lame du couteau lui avait éraflé le flanc, mais après une brève inspection il constata que ce n'était rien de grave.

Et soudain Lauren fut là, la tête posée sur sa poitrine, la main dans ses cheveux… à lui dire qu'il était un idiot, qu'il l'avait abandonnée pour risquer sa vie, et qu'il n'avait pas intérêt à recommencer, sans quoi il verrait de quel bois elle se chauffait.

Puis elle l'embrassa, devant Dieu et tous les autres.

Barclay et Fosse se chargèrent de Murdoch, le ligotèrent comme un saucisson, puis l'entraînèrent vers les autres prisonniers, regroupés à l'extrémité de la plage.

Rafe se releva et s'approcha des contrebandiers.

— Nous devrions les enterrer dans le sable jusqu'au cou et attendre que la marée monte, gronda-t-il, encore tremblant de fureur.

Barclay glousse.

— Oh non ! Cela demanderait trop de travail. Et les aligner devant un peloton d'exécution ne serait pas très chevaleresque. Je suggère plutôt de les ramener à Londres et de les livrer à Scotland Yard.

— Bon, d'accord. Mais d'abord, j'ai quelques questions à poser à l'un d'entre eux.

Tandis qu'on transférait les prisonniers à bord du *Clairon* pour les enfermer à fond de cale, Rafe,

Lauren et Barclay prirent une chaloupe pour monter à bord du *Cormoran.*

Après la bataille, la goélette était étrangement calme. La coque était criblée de balles, des dizaines de douilles jonchaient le pont, et les voiles déchiquetées pendouillaient comme si elles demandaient grâce.

Le navire donnait de la gîte sur tribord, et il n'était pas aisé de circuler sur le pont. Lauren se rendit compte qu'avec son bras en écharpe, elle était incapable de descendre l'escalier raide et étroit qui menait aux cabines.

— Jims Gardiner ! appela-t-elle. Sors de là, nous allons te ramener chez toi.

Rafe descendit dans le ventre du bateau et avança tant bien que mal parmi tous les objets qui avaient glissé ou étaient restés coincés dans les poutres traversières. Puis elle le perdit de vue et dut attendre plusieurs longues minutes avant qu'enfin il réapparaisse par l'écoutille, portant Jims sur son dos.

Lorsqu'il le déposa sur le pont, le garçon se jeta dans les bras de la jeune femme en sanglotant.

— J'ai attendu, mam'zelle. Comme vous me l'aviez demandé.

— Tu as été très courageux, le félicita-t-elle en l'entourant de son bras valide.

Elle lui ébouriffa les cheveux et l'embrassa sur la joue, avant de reporter son attention sur Rafe qui les observait, l'air attendri.

— Je crois que M. Gardiner mérite une récompense après tout ce qu'il a fait pour nous, déclara-t-il. Nous verrons cela quand nous serons de retour à Londres.

En fouillant le navire, ils découvrirent non seulement l'ancienne cargaison du *Clairon*, mais un autre survivant.

Merrell Hampstead sortit par l'écoutille de bâbord en titubant. Il avait perdu ses lunettes et avait une grosse bosse sur le front. Il fut enchanté de voir Lauren et Jims sains et saufs, et leur indiqua où trouver une trousse à pharmacie. Peu après, l'épaule de Lauren fut proprement bandée et on lui administra un calmant pour atténuer la douleur.

Les plaies de Jims furent inspectées et désinfectées. On lui donna un médicament qui, jura-t-il, avait goût de pisse de cochon. Personne ne lui demanda s'il en avait déjà goûté, mais une âme compatissante lui offrit des pastilles à la menthe prélevées dans les affaires personnelles de Murdoch.

Il restait quelques tâches à accomplir avant de retourner sur le *Clairon*. Rafe fouilla la cabine de Murdoch et y trouva des relevés bancaires et des registres de ventes que ce dernier n'avait pas eu le temps d'emporter. Il faudrait des jours pour passer tout cela au peigne fin, mais cela regardait la police et les douanes.

Ils décidèrent de faire un feu de camp sur la plage pour se sécher. Hampstead avait déniché une bouteille de cognac pour les réchauffer. Jims rendit son jupon à Lauren, qui avait récupéré ses bottines sur le pont du *Cormoran*. Elle se blottit sous une couverture pendant que sa robe séchait devant les flammes.

De son côté, Rafe avait mis la main sur une chemise qui avait dû appartenir à Murdoch et qui semblait raisonnablement propre.

Dès qu'elle put remettre sa robe, Lauren étala la couverture sur le sable et s'étendit pour faire une petite sieste bien méritée. Jims se pelotonna près d'elle, et Rafe trouva juste assez de place sur la couverture pour s'allonger un moment lui aussi.

Ce fut Barclay qui les réveilla un peu plus tard. Bras croisés sur la poitrine, il les observait, goguenard.

— Debout, bande de feignants ! Le bateau des gardes-côtes est arrivé et ils ont interpellé Stringer. Ils ont été très impressionnés quand il a décliné son identité. Effectivement, ce type est une vraie légende. Bref, il leur a expliqué que le bateau échoué était un navire de contrebande plein de marchandises volées. Les gardes-côtes ont décidé de surveiller l'épave pour maintenir les éventuels pilleurs à distance. Nous pourrons lever l'ancre et repartir pour Londres dès l'aube.

Lauren jeta un regard à Rafe, qui parut lire dans ses pensées.

— Et tu voudrais que nous allions dormir sur le pont ou dans une cabine qui empeste la fumée ? Pas question, mon vieux. Nous restons là. Tu n'auras qu'à revenir nous chercher demain matin.

Barclay eut un petit rire entendu. Il jeta un coup d'œil à Hampstead qui se leva, visiblement impatient de s'en aller. Barclay l'aida à rassembler la paperasse de Murdoch, contenue dans une dizaine de boîtes en carton. En venant prendre la dernière, il fit signe à Jims.

— Allons-y, mon garçon.

Jims se rembrunit, et Lauren glissa un bras autour de ses épaules.

— Il reste avec nous cette nuit.

— Vraiment ? fit Barclay en regardant Rafe.

Avec un soupir, celui-ci hocha la tête.

Barclay s'éloigna en riant. Il gloussait encore à bord de la chaloupe qui le ramenait vers le *Clairon*.

Le lendemain matin, on fit monter Murdoch sur le pont pour l'interroger. Il clama qu'on l'avait dupé, que s'il avait transporté des marchandises de contrebande, c'était à son insu. Ils comprirent qu'il n'avouerait jamais.

En revanche, sa morale personnelle ne l'empêchait nullement de dénoncer les autres. Questionné sur l'identité des propriétaires de la Consolidated Shipping, il renâcla un peu pour la forme, négocia quelques avantages, puis donna en pâture le nom qui était sa seule carte maîtresse.

— Leddy Creighton. C'est lui le principal investisseur, et le seul auprès de qui je prenais mes ordres. Je ne l'ai pas vu souvent. Il s'en remettait entièrement à moi pour diriger les opérations, se contentait de me communiquer des dates, des lieux… et s'arrangeait sans doute pour que les douaniers du coin soient occupés ailleurs quand nous jetions l'ancre.

Rafe fut stupéfait. Était-ce une coïncidence si « Creighton » était le prénom de Ledbetter, et si « Leddy » rappelait fortement son nom de famille ? Sûrement pas. Cet abruti ne s'était même pas donné le mal d'utiliser une autre identité. Se croyait-il à ce point au-dessus des lois ?

— Et ces papiers dans votre besace ? Pourquoi avez-vous tenu à les emporter ? Qu'ont-ils de particulier ?

— Ce sont des documents que Creighton ne voulait pas voir tomber entre certaines mains. Surtout les vôtres. On ne peut pas dire qu'il tienne la famille Townsend dans son cœur.

Encore un indice contre Ledbetter.

— Qu'est-ce que cela concerne ?

— Je ne vous dirai plus rien. Vous n'avez qu'à le découvrir par vous-même. Et si vous y arrivez, je vous conseille de surveiller vos arrières, cher monsieur. J'ai dans l'idée qu'il y a des gens encore plus haut placés que Creighton, qui n'ont pas envie qu'on mette le nez dans leurs affaires.

— Une dernière chose, dit Lauren en s'avançant.

Elle vint se camper devant Murdoch, qui ricana avec arrogance. Alors elle lui décocha de son bras valide une gifle retentissante qui le fit chanceler.

Il se redressa, les yeux étincelants. Sur sa joue, la plaie s'était rouverte.

— Vous irez croupir en prison, Murdoch. Et je ferai en sorte que Creighton Ledbetter sache que vous l'avez dénoncé, articula-t-elle.

On entraîna Murdoch qui hurlait et la traitait de tous les noms. Lauren ne cilla pas. Son expression farouche aurait effrayé une meute de loups.

Riant, Barclay se tourna vers Rafe.

— C'est une sacrée femme que tu t'es trouvée là, mon ami ! Es-tu toujours sûr de vouloir l'épouser ?

— Il va peut-être falloir y réfléchir à deux fois, répondit Rafe en souriant.

Lauren s'approcha, le regard étincelant. Le sourire de Barclay s'évanouit et il battit en retraite, abandonnant Rafe à son destin.

— Il y a encore un détail à régler, dit-elle en glissant une main sous son bras. Il y a eu beaucoup de tractations autour de ce mariage. Des contrats ont été négociés, des annonces ont été faites, des exigences formulées... Mais pour le moment, personne n'a demandé la main de personne. Je te préviens, Rafe Townsend : il n'est pas question que j'aille à l'autel sans demande en bonne et due forme, devant témoins. Avec tout le décorum de rigueur.

— Tu... tu veux une demande en mariage ? Maintenant ?

— Je ne tolérerai aucun manquement à la tradition.

— Bon, je vois que tu es sérieuse... Peut-être pourrais-tu me montrer comment procéder ?

Avec un petit sourire, il croisa les bras sur sa poitrine. Consciente qu'il lui lançait un défi, elle leva les yeux au ciel.

— Il faut que je te fasse un cours, en plus ? Bon, très bien. Tout d'abord, tu dois t'agenouiller. Comme ça...

Elle mit un genou à terre.

— Puis prendre ma main...

Il lui abandonna ses doigts.

— Et parler avec ton cœur.

Le sourire de Rafe disparut pour laisser place à une expression grave, et elle sut qu'il était temps de dire la vérité.

— Je suis folle de vous, Rafe Townsend, commença-t-elle solennellement. Quand nous sommes ensemble, vous ne cessez de me surprendre, de m'intriguer, de m'enchanter. Et quand nous sommes séparés, je me languis de vous. Je vous respecte et je suis fière de l'homme que vous êtes. Vous êtes mon *héros*. Je veux passer le reste de ma vie avec vous, avoir des enfants avec vous, soutenir de nobles causes avec vous, et faire plein d'autres choses qui ne regardent que nous.

Il n'était plus question de taquineries, seulement de sentiments et de l'avenir qui s'annonçait.

— Je vous aime de tout mon cœur, de toute mon âme, de tout mon corps. Vous devez savoir que si vous m'épousez, vous ferez de moi la plus heureuse des femmes. Je vous demande de me faire la joie d'accepter d'être mon époux. Et j'ai hâte.

Tout l'équipage avait les yeux braqués sur eux. Tirant doucement sur sa main, Rafe la remit debout, puis s'agenouilla à son tour.

— Je vous aime, Lauren Alcott. Vous me stupéfiez, vous m'estomaquez, vous me rendez fou de joie, et la vie n'a plus aucune saveur quand vous êtes loin de moi. Je n'ai jamais rencontré une femme comme vous, pour qui j'aie autant de respect et de désir. Vous êtes mon âme sœur, à chaque pensée, à chaque baiser. Avant de vous connaître, je croyais qu'un mariage se résumait à un contrat et à des devoirs. Grâce à vous, j'ai ressenti des émotions que je n'imaginais même pas. Je veux que vous soyez ma partenaire, mon amante, ma confidente. Je veux que nous ayons des enfants et des petits-enfants. Je veux vous aider à réaliser vos rêves, car vous avez exaucé les miens. Chérie, moi aussi je suis impatient de vous épouser. Et je le ferai… quand vous voudrez et où vous voudrez. Je vous adore. J'adore votre bravoure et la foi que vous placez en moi. Et je prie pour en être digne.

Elle retomba à genoux devant lui, et ils s'embrassèrent passionnément.

— Es-tu satisfaite ? chuchota-t-il.

— Entièrement satisfaite ! dit-elle, entre rire et larmes de joie.

Quelqu'un se racla la gorge.

Ils relevèrent la tête. Stringer les regardait avec émotion. À son côté, Barclay reniflait en clignant furieusement des yeux. Fosse, Gus et P'tit Bob se tamponnaient les paupières de leurs mouchoirs. Et un autre type aux oreilles décollées, s'essuyait son nez épaté contre sa manche.

— Vous savez, dit Stringer, avec mon statut de capitaine... je suis autorisé à consacrer une union.

— Vraiment ? s'exclama Lauren en se relevant d'un bond.

Elle regarda Rafe, qui hocha la tête pour confirmer.

— Alors mariez-nous, capitaine. Tout de suite !

Rafe se redressa, et tous deux vinrent se placer devant Stringer qui bomba le torse, épousseta les manches de sa vareuse et cala cérémonieusement son tricorne sur son crâne.

— Hum... Nous voici donc réunis ici, sur ce vieux rafiot carbonisé, pour unir dans les liens sacrés du mariage ce valeureux jeune homme et sa douce bien-aimée...

Pouffant, Lauren et Rafe l'écoutèrent réciter les paroles qui les lieraient pour l'éternité.

C'était un moment drôle et charmant, peut-être pas vraiment légal, mais pour eux ces noces étaient les seules qui comptaient.

Lauren réussit même à glisser une ultime négociation au milieu de la cérémonie. Elle voulait appeler la future compagnie issue de la fusion « Alcott Townsend Shipping », plutôt que Townsend Anglia Trading. Et qu'un capital soit établi au nom de chacun de leurs enfants le jour du baptême.

Riant, Rafe déclara qu'il lui donnerait bien volontiers satisfaction.

— Elle est toujours comme ça ? demanda Stringer.

— Oui. Et c'est comme ça que je l'aime, répondit Rafe.

Ensuite, Stringer réclama des rations de rhum supplémentaires pour tout l'équipage. Quelques marins allèrent chercher leurs harmonicas et d'autres se mirent à chanter. Bientôt, tout le monde tapa du pied en rythme. Après une deuxième tournée de rhum, on guincha sur le pont. Chacun voulut faire danser la mariée, et Lauren accepta gracieusement.

Plus tard, Rafe l'emmena sur la proue admirer le coucher du soleil sur la mer. Il se glissa derrière elle et l'enlaça.

— Eh bien, qu'est-ce que ça fait d'être une femme mariée ? s'enquit-il.

— C'est merveilleux. Je suis la femme la plus heureuse d'Angleterre. J'ai épousé l'homme le plus beau, le plus courageux et le plus riche que je connaisse.

— Tu seras encore plus heureuse si tu acceptes de dormir dans une cabine qui sent le cochon grillé, chuchota-t-il à son oreille.

— Bien que cela me paraisse follement romantique, je préfère attendre un vrai matelas et des draps propres. Et peut-être aussi une licence de mariage valide et l'apposition de nos signatures sur les registres d'état-civil.

— Une licence ? Mais nous en avons, ma chérie. Nos pères ont demandé à l'évêque d'en établir une, le jour où ils ont signé le contrat de fusion. Il ne nous reste plus qu'à signer et faire enregistrer les papiers.

25

C'est seulement en arrivant au port que Lauren réalisa qui était le petit homme au nez épaté et aux grandes oreilles décollées.

Elle le vit griffonner dans son calepin alors qu'on amarrait le bateau sous l'œil des autorités douanières. Puis il mit son chapeau melon, et elle reconnut enfin le reporter qui avait écrit toutes ces âneries à son sujet.

Elle alla trouver Rafe pour clamer son indignation.

— Je savais qu'il était là, avoua-t-il, la mine penaude.

— Comment ? Tu étais au courant et tu ne m'as rien dit ?

— Quand je l'ai repéré, il était en train de vomir tripes et boyaux par-dessus le bastingage. Il n'a vraiment pas le pied marin. Il n'y avait pas trente-six solutions : soit je le jetais par-dessus bord, soit je le laissais tranquille. Mais j'ai exigé de lire son prochain article, et je dois dire qu'il a bien travaillé. Sous sa plume, l'histoire est aussi héroïque que romantique. Tous les jeunes mariés de Londres vont nous envier, assura-t-il, avant d'ajouter en souriant : Et j'ai promis de lui briser les deux jambes si jamais il reparlait de l'Ange.

— Oh. Alors, dans ce cas... je crois que nous pouvons supporter un dernier moment de gloire.

Elle se blottit contre lui. Sa proximité la rendait toute chose.

— Je voulais te demander... Où allons-nous dormir, ce soir ? Nous avons passé notre nuit de noces sur ce « vieux rafiot carbonisé », en compagnie de vingt matelots éméchés. Je ne me plains pas, mais j'aimerais être enfin seule avec toi.

— Tu es décidément une effrontée. Que dirais-tu du Claridge ?

— Excellente idée ! Je veux du champagne, des fleurs, et le petit déjeuner au lit. Et un bain moussant que nous prendrons ensemble.

— Tout ce que vous voudrez, madame, dit-il en riant.

Ils empruntèrent la passerelle pour rejoindre leurs parents qui les attendaient sur le quai, partagés entre angoisse et colère.

— Mais où diable étiez-vous passés ? s'exclama Lawrence.

— Pourquoi ne m'as-tu pas prévenu que tu prenais la mer ? aboya Horace.

— Avec ta fiancée, en plus. Oh, le scandale va être épouvantable ! gémit Caroline, qui semblait n'avoir pas fermé l'œil depuis des jours.

Tante Amanda ouvrit les bras à Lauren.

— Ma chérie, est-ce que ça va ? Nous étions morts d'inquiétude.

Lauren étreignit son père, puis Caroline, et enfin Horace. Elle rayonnait, et Rafe éclatait de fierté.

— Que s'est-il passé ? demanda encore Lawrence. Vous avez l'air si... si...

— Heureux ? acheva Lauren. Nous le sommes ! Nous venons de nous marier.

— Vous êtes… mariés ? bredouilla Caroline, hésitant entre stupeur et ravissement.

— J'ai été kidnappée, j'ai failli me noyer, Rafe m'a sauvée, nous avons capturé une bande de contrebandiers et le capitaine Stringer, qui est un ami de Rafe, a béni notre union. Si vous ne me croyez pas, demandez à Barclay Howard. Il a tout vu.

Tous la regardaient, bouche bée.

— Aussi, il n'y aura pas de scandale et je vous informe qu'après l'annonce de notre mariage dans la presse, il n'y aura plus d'articles à propos de l'Ange. Rafe, ai-je oublié quelque chose ?

— Quelques détails. Nous leur parlerons plus tard de Ledbetter, qui est le propriétaire secret de la Consolidated Shipping, et des preuves accablantes que nous avons rassemblées contre lui.

— Quoi ? rugit Horace. Dites-m'en plus, je vous en conjure ! Le juge a ordonné un non-lieu et nous sommes lavés des chefs d'accusation qui pesaient contre nous, mais Ledbetter a des amis haut placés qui l'ont fait sortir de prison. Il se targue maintenant d'être en bonne voie d'obtenir le poste de ministre, et il m'accuse d'avoir graissé la patte du juge.

Rafe soupira, puis échangea un regard avec Lauren.

— Tout cela est très intéressant, dit-il, mais vous voyez ce monsieur, là, sur le pont ? Il s'appelle Merrell Hampstead, et il a en sa possession un stock de cartons pleins de documents explosifs. Il va lui falloir un bureau pour travailler. Qui peut lui en fournir un ?

— Nous pouvons le recevoir, proposa tante Amanda. Sauf s'il a la sale manie de cracher. Je ne supporte pas les hommes qui crachent partout.

— Alors nous vous le confions, ma tante, fit Lauren. Il faudra juste lui acheter de nouvelles lunettes. Et sachez qu'il a un penchant pour le clafoutis aux prunes. Comme l'a dit Rafe, ses investigations seront cruciales, alors traitez-le bien.

— Quant à nous, nous allons partir en lune de miel, annonça Rafe. Nous allons prendre une chambre au Claridge, et je veux qu'on ne nous dérange sous aucun prétexte pendant au moins une semaine. Envoyez-nous juste quelques vêtements de rechange et donnez-nous votre bénédiction. Nous nous occupons du reste.

Il héla un fiacre, aida Lauren à s'installer sur la banquette, puis s'assit près d'elle et glissa un bras sur ses épaules.

— Bon, ça s'est bien passé, finalement, murmura-t-il.

Elle l'embrassa sur la bouche.

— Quand on a affaire aux parents, il vaut toujours mieux distribuer les informations au compte-gouttes. Ils sont fragiles, les pauvres. Imagine le tintouin si je leur avais dit que je me suis fait tirer dessus !

Le Claridge était un hôtel luxueux, l'endroit idéal pour être dorlotés et avoir toute l'intimité voulue. Un bouquet de fleurs et une bouteille de champagne les attendaient dans le salon de la suite. Dans la salle de bains, ils trouvèrent des serviettes bien épaisses et du savon parfumé. Une domestique s'occupa de faire couler un bain, puis se retira.

Lauren se glissa dans l'immense baignoire, savourant le contact de l'eau chaude et mousseuse sur sa peau. Même si elle devait prendre garde à ne pas mouiller son épaule blessée, c'était divin.

Rafe entra dans la salle de bains. Il ôta sa chemise, son pantalon, puis enfin son caleçon. Surprenant le regard curieux de Lauren sur sa nudité, il ne fit rien pour se cacher et se glissa derrière elle dans la baignoire.

Pour la première fois, il parcourut de ses mains son corps mince aux courbes délicieusement féminines.

— Tu es un joli petit morceau, commenta-t-il, taquin.

— Non, je ne suis pas un « morceau ». Je suis une femme. Et une épouse. La plus heureuse du monde.

Il embrassa sa nuque, tout en cueillant au creux de ses paumes ses seins ronds comme des pommes.

— Tu sais ce qui me ferait plaisir ? chuchota-t-elle en tournant la tête vers lui.

— Dis-moi. Je suis tout à toi.

— Embrasse-moi. Et n'arrête pas avant que je te le demande.

Il s'exécuta, et continua jusqu'au moment où ils rejoignirent le lit pour consommer joyeusement leur union, entre soupirs et éclats de rire.

Au matin, ils reprirent un bain, séparément cette fois.

Lorsque Lauren sortit de la salle de bains, enveloppée dans une serviette, une autre roulée en turban sur ses cheveux mouillés, elle trouva Rafe étendu sur le lit dans le plus simple appareil.

Il n'était pas seulement beau : il était splendide, partout. Un jour, il lui faudrait rassurer tante Amanda sur ses talents d'amant. Il était exactement l'homme dont elle avait rêvé… et bien plus encore.

Comme elle s'avançait vers lui d'une démarche chaloupée, il leva les yeux un instant, puis replongea dans la lecture de son livre.

Surprise, Lauren pencha la tête pour lire le titre sur la couverture.

— *Ivanhoé* ? Tu t'es enfin décidé à le lire ?

— Il faut bien que je me renseigne sur les héros.

— Tu n'as pas besoin de ça, tu sais.

Elle voulut lui prendre le livre, mais il refusa de le lâcher. Ils firent semblant de se battre et la serviette glissa, révélant une portion de chair nue. Rafe daigna enfin poser le roman sur la table de chevet.

— Je croyais que tu voulais vivre avec un vrai héros ?

— J'en ai un. Valeureux, chevaleresque, astucieux, brillant… passionné.

— Tu exagères. Je ne suis pas Ivanhoé.

Lauren eut un petit rire de gorge et lui tendit les bras.

— Que ferais-je d'Ivanhoé quand je t'ai, *toi* ?

Épilogue

Dix-huit mois plus tard

On était en mars et il faisait très beau. Les jonquilles fleurissaient partout à Londres et les gens se promenaient dans la ville. Les bouquetières et les vendeurs de rue faisaient de bonnes affaires. Les souliers et les capelines se vendaient comme des petits pains.

Quand Rafe rentra du bureau vers midi et demanda à Lauren de mettre ses gants et son chapeau, elle crut qu'il allait l'emmener faire des emplettes. Il n'oubliait jamais une date importante et ne cessait de la couvrir de menus présents.

Il demanda au cocher de baisser la capote, et ils profitèrent du soleil en traversant Kensington. Puis la voiture prit la direction de la City. Ce n'était pas vraiment le lieu où faire du shopping, et Lauren fut encore plus intriguée quand ils quittèrent le quartier des affaires pour entrer dans une zone résidentielle cossue.

Ils atteignirent enfin leur destination : une grande demeure dont les nombreuses fenêtres avaient récemment été changées. Des peintres étaient en train de ravaler la façade, et on avait dû bâcher les portes et le trottoir pour les protéger.

Rafe la conduisit à l'intérieur. Ils traversèrent le hall qui, manifestement, venait aussi d'être rénové.

— Où sommes-nous ? s'enquit-elle en s'arrêtant au centre de la pièce pour pivoter sur elle-même.

Le carrelage et les appliques étaient neufs. Le hall distribuait plusieurs pièces dont les portes étaient closes. S'il s'agissait d'une boutique, Lauren n'en avait encore jamais vu de telle.

Il lui prit la main et l'entraîna vers une grande porte à double battant devant laquelle il s'immobilisa.

— C'est ton cadeau d'anniversaire, chérie. J'espère qu'il te plaira.

Puis il ouvrit la porte qui donnait sur une immense pièce, très haute de plafond. Là, une foule de gens étaient réunis. Des tables et des chaises étaient disposées un peu partout. Au fond, une grande bannière était suspendue au-dessus d'une table sur laquelle trônait une énorme pièce montée. Deux serveuses attendaient, prêtes à faire le service.

Jims Gardiner déboula en courant et se jeta dans les bras de Lauren.

— C'est pas fantastique, mam'zelle ? Ma maman est là. Venez, je vais vous la présenter.

Lauren rencontra Mme Gardiner et salua les sœurs de Jims qui avaient mis leurs habits du dimanche. Il y avait bien d'autres enfants présents, accompagnés pour la plupart de leur mère. Puis elle aperçut Lawrence qui discutait avec Caroline et Horace Townsend. Près de la porte-fenêtre qui donnait sur une cour, tante Amanda et Merrell Hampstead distribuaient aux enfants des balles et des cordes à sauter.

Lauren pivota vers Rafe.

— Mais… que se passe-t-il ?

— N'as-tu pas lu la bannière, chérie ?

Lauren reporta son attention sur le fond de la salle et ses yeux s'emplirent de larmes. Il était inscrit : *Bienvenue à l'école Alcott Townsend*.

— Mais comment… ?

— J'ai acheté cette demeure et je l'ai fait rénover. Les travaux ne sont pas encore tout à fait terminés. Je l'ai transformée en école. Pour toi, mon ange, et pour les enfants dont tu prends soin.

Les larmes de Lauren débordèrent. Sa vision devint floue et elle ne vit plus que le beau visage de son mari. Elle était particulièrement émotive ces derniers temps, depuis qu'elle avait découvert… qu'elle était enceinte.

L'espace d'un instant, elle fut incapable de parler, ne put que savourer la joie radieuse qui l'envahissait.

— Tu es un homme extraordinaire ! Qu'ai-je fait pour te mériter ? s'exclama-t-elle lorsqu'elle retrouva l'usage de la parole.

Elle lui caressa la joue. Ses larmes ne tarissaient pas. Souriant, Rafe lui tendit un mouchoir. Depuis qu'elle attendait un heureux événement, il n'oubliait jamais d'en prendre plusieurs avec lui.

Lawrence claqua des mains pour réclamer l'attention générale, et tout le monde entonna un guilleret *Joyeux anniversaire* qui fit couler encore plus de larmes.

Certaines mamans avaient également du mal à contenir leur émotion. Elles vinrent parler à Lauren, parfois par groupe de deux, pour lui dire combien elles étaient reconnaissantes de savoir que leurs petits pourraient apprendre à lire et à écrire, qu'ils auraient enfin une chance d'avoir une vie meilleure. Elles la remercièrent chaudement, la bénirent, et l'une d'elles déclara même qu'elle était « un ange descendu du ciel ».

— Mais ce n'est pas moi, protesta Lauren en regardant Rafe. C'est toi qui as pris cette initiative, mon chéri. Tu as tout organisé et tout construit.

— Je l'ai fait pour toi, parce que tu es la lumière de ma vie. Grâce à toi, je vois le monde d'un autre œil. Mes valeurs ont changé. Je veux que les enfants soient bien nourris, qu'ils s'instruisent et qu'ils puissent devenir des adultes capables de se débrouiller dans la vie. C'est *ton* école, Lauren. Elle est à toi et à tes élèves.

Puis il se pencha et chuchota à son oreille :

— Je t'aime, Lauren Alcott Townsend. Joyeux anniversaire.

Lauren était si heureuse qu'elle avait envie d'étreindre toutes les personnes présentes. Elle finissait son tour de salle quand elle avisa un homme dont la silhouette lui parut familière. Il tenait deux enfants par la main. Lorsqu'il se tourna, elle resta coite une seconde.

— Monsieur le pasteur ?

Il lui sourit.

— Bonjour, madame Townsend. Mais je suis simple vicaire, à présent. À la paroisse de St. Martha, tout près d'ici. Ces petits font partie de mes ouailles. Leurs mères travaillent et n'ont pas pu se déplacer, alors je me suis proposé...

— Je suis ravie que vous les ayez amenés. Ils sont les bienvenus, naturellement.

Le cœur en paix, elle s'en alla retrouver Rafe.

— Tu te sens bien ? Tu ne veux pas t'asseoir quelques minutes ? s'inquiéta-t-il.

Lauren n'eut pas le temps de répondre.

— Voyons, tu ne peux pas la laisser debout dans sa condition. Bonté divine, Rafe, pense un peu à ta femme ! s'exclama Caroline Townsend, qui entraîna aussitôt Lauren vers la chaise la plus proche.

Riant, cette dernière jeta un regard impuissant à Rafe. Caroline alla lui chercher une part de gâteau, puis revint s'installer sur le siège voisin.

— Je sais que vous lui pardonnez tout parce que vous êtes très amoureuse de lui, mais parfois il faut rappeler aux hommes les choses essentielles, non ?

Lauren prit une bouchée de gâteau, puis fit glisser son regard sur sa nouvelle école. Elle poussa un soupir de contentement.

— Oh, je vous assure que votre fils a le sens des choses essentielles. Voilà pourquoi il est mon héros !

Note de l'auteure

J'espère que l'histoire de Rafe et Lauren vous a plu. Je me suis beaucoup amusée en écrivant ce livre. J'adore ces personnages, et j'ai pris grand plaisir à les réunir et à leur faire découvrir leurs qualités respectives.

L'idée du roman m'a été inspirée par une anecdote de la vraie vie. Ma chère nièce a sauté d'un canoë pour sauver deux femmes dont la barque s'était retournée dans des rapides… alors que le jeune homme qui l'accompagnait se contentait de regarder. J'ai trouvé cette histoire intéressante, et j'ai pensé qu'elle ferait un début de roman explosif. Je n'imaginais pas alors le mal que j'aurais ensuite à réunir mes deux héros !

Ce qui m'a frappée lors de mes recherches, c'est de voir comment l'histoire se répète. Par exemple, la crise financière de 1873 au Royaume-Uni : la peur a provoqué des achats fébriles, des ruées sur les banques, et des créations de taxes successives qui, dans un vaste jeu de dominos, ont entraîné inflation et ralentissement économique dans toute l'Europe. À l'époque, on appelait ça le protectionnisme. C'est toujours le cas aujourd'hui, et cela suscite presque autant de problèmes que cela en résout.

J'ai appris que les compagnies maritimes, pour protester contre ces taxes, laissaient effectivement mouiller leurs bateaux dans le port, parfois pendant des semaines. J'ai donc décidé que l'histoire se passerait dans ce contexte. C'était le prétexte idéal pour insuffler de l'aventure, des actions héroïques, un peu d'humour... et donner à Lauren et Rafe l'occasion de tomber amoureux.

J'ai également obtenu beaucoup d'informations sur la gestion du port, l'histoire de la Direction générale des douanes (dont le bâtiment existe toujours), les salaires des dockers, la législation douanière, ainsi que les luttes de pouvoir entre les autorités et les compagnies de transport.

Les écoles sont un autre aspect historique de ce roman. En 1880, année où se déroule notre histoire, l'instruction obligatoire était une notion relativement nouvelle. La plupart des écoles primaires avaient été fondées par l'Église qui gardait la mainmise dessus. On y imposait une morale stricte, et les professeurs étaient surveillés de près. Oui, les institutrices étaient remerciées si elles utilisaient des livres jugés scandaleux (comme les romans !) ou si elles fréquentaient les théâtres ou les cabarets. Des deux côtés de l'Atlantique, on imposait aux professeurs des règles draconiennes selon nos critères actuels.

Les navires de commerce étaient un étonnant mélange de technologie et d'ingénierie. À l'époque, la plupart marchaient à la voile et dépendaient des conditions atmosphériques. L'ajout de la roue à aubes s'avéra nécessaire pour naviguer dans des zones où le vent manquait, comme le canal de Suez. Les officiers de marine se plaignaient dans leurs livres de bord que les voiliers soient contraints d'être remorqués dans le canal à des tarifs prohibitifs.

J'ai aussi intégré au roman l'utilisation des épingles à chapeau comme arme de défense. Sous l'ère victorienne à Londres (et un peu plus tard aux États-Unis), les femmes y avaient recours contre les hommes qui les « courtisaient » de manière trop pressante. Non seulement on les sifflait et on les apostrophait, mais certains n'hésitaient pas à les tripoter. En conséquence, elles avaient peur de s'aventurer dans certains quartiers. Les plus téméraires avaient pris l'habitude de se munir de longues épingles pour se défendre. Et des hommes se plaignaient dans la presse que les femmes essayaient de les embrocher quand ils se montraient un peu trop entreprenants !

Une dernière chose : à l'époque victorienne, les gens étaient aussi accros aux gazettes à scandale que nous le sommes aujourd'hui à Facebook, Twitter et YouTube. Les réclames étaient publiées à la une, pour que les annonceurs soient sûrs d'avoir un retour sur investissement. Les articles étaient souvent des *fake news*. Une fois de plus, l'histoire se répète.

Si vous avez apprécié ce roman, retrouvez-moi pour une autre aventure dont le héros sera Barclay Howard, le colosse au sourire carnassier qui terrifie les délicates demoiselles de Londres.

N'hésitez pas à visiter mon site, BetinaKrahn.com, et à laisser un commentaire ou une photo de vous avec mon livre...

13656

Composition
FACOMPO

Achevé d'imprimer en Italie
par GRAFICA VENETA
le 7 novembre 2022

Dépôt légal : décembre 2022
EAN 9782290371701
OTP L21EPSN002441-404194

ÉDITIONS J'AI LU
82, rue Saint-Lazare, 75009 Paris

Diffusion France et étranger : Flammarion